नये सिरे से

(कहानी-संग्रह)

किताबघर प्रकाशन
नयी दिल्ली

नये सिरे से

गोविन्द मिश्र

ISBN—978-93-81467-28-2

प्रकाशक
किताबघर प्रकाशन
4855-56/24, अंसारी रोड, दरियागंज
नयी दिल्ली-110002

प्रथम संस्करण
2012

आवरण
रवि शर्मा

मूल्य
एक सौ पंचानबे रुपये

मुद्रक
बी०के० ऑफसेट
नवीन शाहदरा, दिल्ली-110032

NAYE SIRE SE (Stories in Hindi)
by Govind Mishra
Price : Rs. 195.00

अनुक्रम

काम	...	7
धुंधला पीला	...	14
तुम हो!	...	27
उसका रंग	...	36
यत्र धर्मः	...	45
प्रेम-संतान	...	55
पेंचदारी	...	63
नये सिरे से	...	76
खोह-दर-खोह	...	85
बेवजह	...	94
खिलाड़ी	...	102
छाया	...	107
मोहलत	...	115
करीमगंज का कलक्टर	...	122

काम

वे दो ही थे। काले नहीं थे, लेकिन मैल की जमती पर्त दर पर्त ने उन्हें काला बना दिया था। फटी कमीजें और उठंग हाफ पैंट…जिनके नीचे उनकी पतली टांगें अलग दीखती थीं। कभी-कभी तो शक होता था कि पांच-छह साल की उम्र के उन दुबले-पतले बच्चों की काया को भी पतले बांसों जैसी वे टांगें कैसे ढोती होंगी? वक्त-बेवक्त आकर वे मेरे घर के बाहरी फाटक पर खड़े हो जाते और एकरस आवाज में बारी-बारी से टेरने लगते—'दादा…दादा…!' पहले वह जो दूसरे से थोड़ा बड़ा दिखता था, फिर छोटा, फिर बड़ा…लेकिन भीतर से सुनो तो उनकी आवाज अलग-अलग दो बच्चों की नहीं, एक की ही लगती थी। आवाज आते ही मैं पहचान जाता— वे ही होंगे…और भीतर बैठा भरसक उनकी टेर की उपेक्षा करता रहता, पर वे वहीं बाहर फाटक पर हिलगे रहते, बिना थके 'दादा…दादा…' करते रहते। वह एकस्वर, एकरस आवाज न ऊंची, न नीची—'दादा…दादा' थोड़ी देर में मेरे माथे पर चढ़ जाती, मैं बाहर बरामदे में आ जाने को मजबूर हो जाता। मुझे देखते ही वे बारी-बारी से भीख-सी मांगते—

"दादा, सफाई का काम…"

"कोई नहीं"…मैं कहता।

"झाड़ू लगा दें?"—वे मकान के पोर्टिको की तरफ इशारा करके पूछते, जहां सूखे फूल और पत्ते बिखरे रहते थे।

"नहीं।"

"लॉन में झाड़ू लगवा लो।"

"नहीं…कुछ नहीं।"

"नाली ही साफ करा लो"…वे फाटक के नीचे की नाली की तरफ इशारा करते।

"नाली का ढक्कन वजनी है, तुमसे नहीं उठेगा।"

"उठ जाएगा।"

"नहीं उठेगा…"

"तो कुछ और करा लो।"

"कुछ नहीं," मैं जोर देकर कहता, "जाओ, भागो।"

वे खड़े रहते। मैं उन्हें जोर से दबकता। वे चुपचाप फिर भी डटे रहते।

आखिर मैं उन्हें मारने के लिए दौड़ता-सा दिखाता, तब कहीं वे भागते। मुझसे थोड़ा दूर और सुरक्षित हो जाने पर उनके चेहरे पर हलकी हंसी उभर आती—कैसे खुद को बचाया। उनके क्षीण चेहरों पर वह हंसी मुर्झायी-सी ही बिछती···फिर भी इतनी ज़रूर कि उसके पीछे उनका बचपन झलक जाता···जैसे कि इसमें भी झलकता था कि मेरी डांट को भूल तीसरे दिन वे फिर गेट से आ चिपकते और 'दादा···दादा···' शुरू हो जाते। डांट खाकर वे मेरा गेट छोड़ आगे बढ़ जाते, किसी और घर पर दस्तक देते, जहां तक वहां भी झिड़क खाते। वे कोई-सा भी काम करने को तैयार रहते थे, भले ही उनसे बन सके या नहीं···बदले में कुछ भी दे दो—एक रुपया, दो रुपया, कुछ भी···लेकिन शायद ही कोई उनसे काम कराता हो, क्योंकि वे कोई काम करने लायक ही नहीं थे, इतने कमजोर। जहां तक मेरा सवाल था तो उनके काम मांगते ही मेरे दिमाग में बड़े-बड़े विचार इधर से उधर दौड़ने लगते···बच्चों से काम नहीं कराना चाहिए—चाइल्ड लेबर! ये उनके उचकने-कूदने के दिन हैं। वे जहां भी रहते होंगे, वहां कोई न कोई स्कूल तो होगा। अब तो सरकार ने भी प्राइमरी शिक्षा मुफ्त कर दी है। अच्छा पढ़ाई न सही, वे खेल तो सकते हैं।···अपनी नालियों के पास छोटे-मोटे मैदानों में घुच्चूपारा, कांच की गोलियों का खेल, गिल्ली का खेल, गिल्ली-डंडा···अब तो रबर की गेंद से क्रिकेट भी खेलते हैं···कोई भी खेल। वह खेल जैसा न भी सही, उनकी कल्पनाशीलता को उड़ान देगा, उन्हें वह करने का मौका देगा जो वे इसी उम्र में कर सकते हैं। मैं अगर उनसे काम कराता हूं तो उनकी उम्र के एक खूबसूरत हिस्से को कलुषित करता हूं। काम के एवज में जो पैसा उन्हें देता हूं···उसका भी कोई ज़रूरी नहीं कि वे खाने-पीने के लिए इस्तेमाल करें। खाना-पीना तो वे मां-बाप के जिम्मे छोड़े होंगे। यह पैसा उन्हें बिगाड़ सकता है, वे इसका इस्तेमाल नशापत्ती के लिए कर सकते हैं, जुआ खेल सकते हैं, बड़ों की देखा-देखी दारू पी सकते हैं। इस उम्र में उन्हें पैसे खर्च करने की अक्ल कहां?

और मैं उन्हें झिड़ककर हर बार ही भगा देता था··· पर वे हर बार आ जाते थे ···दो-तीन दिनों के अंतराल पर।

× × ×

उस रोज सुबह के टहलाव के बाद मैं झील के किनारे-किनारे वापस लौट रहा था। सड़क अपेक्षाकृत सुनसान थी। छुट्टी का दिन था। पिछली रात बारिश हुई थी,

गीला होने के कारण सुबह की सैर के लिए कम लोग निकले थे और समय भी बड़े सवेरे का था। कोई पचास गज दूर पर किसी बच्चे की एक पैनी चीख उठी, जो ऊंचाई पर जाकर एकाएक विलुप्त हो गई। कुछ ही कदम आगे बढ़े और मेरी नजर के घेरे में दो बच्चे आ गए जो एक बड़े लड़के और एक तिपहिये स्कूटर वाले से उलझे थे। मैं एकदम पास आ गया तो देखा, वे ही थे। उनमें से जो छोटा था उसके आंसू सूख गए थे और वह अपनी दोनों छोटी मुट्ठियों को कसकर बंद किए हुए था। यों मेरे वर्ग के लोग इन पचड़ों में नहीं पड़ते, नाक की सीध में चलते चले जाते हैं, पर पता नहीं क्यों मैं रुक गया, शायद सहज उत्सुकतावश। स्कूटर वाला लड़का ड्राइविंग सीट पर बैठा हुआ था, नौजवान लड़का नीचे खड़ा उन दोनों से डांट-डपट कर रहा था, शायद वे दोनों स्टेशन से आ रहे थे।

"इन्होंने मेरे रुपए चुराए हैं।" मेरे साधारण 'क्या हुआ' पूछने पर नौजवान ने बेपरवाही से मेरी तरफ बिना देखे हुए कहा और फिर उन लड़कों को डपटने में लग गया। बड़े बच्चे को पकड़कर उसने उसकी सारी जेबें देख डालीं, कुछ नहीं निकला।

"कहां से चुराए, क्या ये आपके साथ थे?" मैंने पूछा।

"यहीं से। यहां मैं पता पूछने रुका तो रुपए जेब से गिर गए।"

"गिर गए और इन लड़कों ने उठा लिए तो वह चोरी तो नहीं हुई। क्यों बच्चो, रुपए तुम्हें मिले हों तो दे दो इन्हें। वे रुपए तुम्हारे नहीं हैं।"

"हमने नहीं लिए साब!"

"नहीं, तुम्हें मिले होंगे···यहां पड़े होंगे।"

"नहीं मिले साब!"

"तब यहां इन दो के अलावा कोई नहीं था?" नौजवान लड़के ने तीखे स्वर में कहा।

"और वह जिससे आपने रास्ता पूछा था?"

"वह मेरे सामने ही चला गया था। ये दोनों ही यहां डोलते रह गए थे।"

उपेक्षा-भरी नजरों से मुझे एक तरफ सरकाकर वह उन बच्चों को नये सिरे से डराने-धमकाने लगा। कुछ ही क्षणों में वह उन्हें ढकेलकर स्कूटर में ठूंसने लगा—"चलो सालो, पुलिस थाने···वहां तुम्हें मार-मारकर भुरता बना दिया जाएगा।"

छोटा बच्चा अब थर-थर कांप रहा था, उसके दाएं हाथ की मुट्ठी इतनी कस आई थी कि उससे पसीना चू रहा था। बड़ा बच्चा थोड़ा प्रतिरोध कर रहा था। नौजवान लड़के ने उसे किसी तरह स्कूटर की पिछली सीट पर बिठा दिया और छोटे बच्चे को भी उधर ढकेलने लगा। दोनों रो रहे थे। रोता-बिलखता बड़ा बच्चा

उधर से भाग निकला। नौजवान उसका खयाल छोड़ छोटे को अपनी गिरफ्त में लिए रहा। तभी उसने उसकी बंधी मुट्ठी खोलनी शुरू की। बच्चा उसे बंद रखने के लिए अपनी पूरी ताकत लगा रहा था। बराबरी से उसका चीखना भी फूट पड़ा···जैसे बच्चे के प्राण सब जगह से खिंचकर उस बंद मुट्ठी में आ गए थे और वहां से वे बाहर खींचे जा रहे थे···तार-तार चीख अब भयंकर आर्तनाद में बदल गई थी। बच्चे के लिए मुट्ठी बंद रखना, वहां छिपी चीज को हर हाल में बचाए रखना जैसे प्राण बचाने से भी बड़ी बात थी। चीखें पुलिस के डर से नहीं, बल्कि मुट्ठी में बंद चीज के छिन जाने के डर से निकल रही थीं···कुछ-कुछ वैसे ही जैसे मुर्गे की निकलती है जब कसाई उसे जिबह करने के इरादे से उठाता है।

आखिर नौजवान ने बच्चे की मुट्ठी खोल ली। उसमें मुड़ा-तुड़ा, मैला, दो रुपए का एक नोट था जिसे नौजवान ने अपने हाथ में ले लिया। बच्चे की हिचकियां चल रही थीं। मुझसे न रहा गया, मैं आगे बढ़कर नौजवान से मुखातिब हो गया—

"अब तो तुम्हें विश्वास हो गया कि इन्होंने तुम्हारे रुपए नहीं चुराए थे?"

"कैसे?"

"तुम उस बच्चे की तलाशी ले चुके हो और इसके पास सिर्फ यह निकला है—दो रुपए का मुड़ा-तुड़ा नोट, जो तुम्हारा नहीं हो सकता। तुम्हारे नोट ज़्यादा रहे होंगे, अच्छी हालत में रहे होंगे···कितने थे?"

"हुंह···" कहकर नौजवान स्कूटर में बैठा, स्कूटर वाले को चलने का इशारा किया और देखते ही देखते वह और स्कूटर वाला भर्र करके चले गए। नौजवान बच्चे का दो रुपए का नोट जबरदस्ती लेता गया।

"तुम्हें कहां से मिला था वह नोट?" मैंने छोटे बच्चे से पूछा।

उसने कोई जवाब नहीं दिया। उसके आंसू सूख गए थे, अब हिचकियां भी बंद थीं। आंखों में एक निर्विकार भाव था जो उस कच्ची उम्र में मुझे भयावह लगा।

"कहां रहते हो?"

उसने सामने पहाड़ की जड़ पर उगी झुग्गियों की तरफ इशारा कर दिया।

"कितने लोग हैं तुम्हारे परिवार में?"

"सात।"

"कितने कमरे हैं घर में?"

"एक।"

"बाप है?" उसने हां में सिर हिलाया तो मैंने आगे पूछ दिया—"क्या करता है?"

''क्या पता?'' वह शून्य में ताकने लगा।

''मां करती है कुछ?''

''बर्तन-भांड़ा···''

''तुम जो रुपए दिन में इकट्ठे करते हो, क्या करते हो उनका?''

''बाप को देता हूं, नहीं तो वह मारता है।''

मेरा मुंह सूख आया। कैसा बचपन इनका कि जिसमें मार ही मार···घर में भी और बाहर भी। बाप कहता होगा—जाओ, अपने खाने-भर का कमाकर लाओ। कमाई क्या और कहां से करें वे···काम है कहां, घर-घर तो काम मांगते फिरते हैं। कौन जाने बाप घर में बैठा इनसे और इनकी मां से दारू-टैक्स वसूलता हो···यहां की झुग्गियों में रहने वाले ज्यादातर आदमी यह करते हैं—बीवी-बच्चों से कमवाना, दारू पीना, मारपीट करना। मेरे जेहन में ठिलिया में सब्जी बेचने वाला एक बच्चा उतरा आया—वह बड़ी सुरीली आवाज में चिल्लाता है—'बो···ल···सब्जी वाले···' उसकी आवाज से आकृष्ट हो मैंने उसी से सब्जी लेने की सोची थी, लेकिन उसके पास सड़ी-गली सब्जी ही होती थी। दूसरी बार मैंने उससे कहा—''सब्जी थोड़ी अच्छी लाया करो···'' तो वह बोला—''बाप रात को लाता है, वही ठिलिया में लगा मुझे बेचने भेज देता है।''

''तो तुम उससे कहो कि अच्छी सब्जी लाया करे। लोग यह सड़ी-गली नहीं लेते।''

वह चुप। उसने ठिलिया आगे कर दी और आवाज़ लगाने लगा—''बो···ल··· सब्जी वाले···''। यह 'बोल···' क्यों···? सिखाते समय बाप डांट-डांटकर कहता होगा—'बोल···सब्जी वाले···ए···'। तो बच्चा यह 'बोल' भी घसीटता ले आया था।

''ये तुम्हारा भाई है···?'' मैंने छोटे बच्चे से ही पूछा।

''नहीं···'' और वह सामने खड़े बच्चे की तरफ चला गया, शायद मेरे सवालों से तंग आकर।

दोनों साथ-साथ सामने की दिशा में चलने लगे। आगे कुछ दूर पर झील के किनारे लगी बेंचें थीं, जैसे कि पीछे थीं जिधर से मैं आया था। जब तक मैं अपने रास्ते के लिए मुड़ता, वे उन बेंचों के पास पहुंच गए थे। वे अब बेंचों के इधर-उधर, नीचे कुछ ढूंढ़ रहे थे। बराबरी से उनके पैर मिट्टी इधर-उधर करते जाते थे—शायद पिछली रात बैठने वाले कुछ गिरा गए हों! जहां तक वह दो रुपए का नोट उस बच्चे को पीछे की बेंचों के पास गिरा मिला था···कितनी बड़ी संपत्ति थी उसके लिए वह।

× × ×

तीन दिनों बाद वे फिर मेरे फाटक पर थे···'दादा···दादा!' 'सफाई का काम'··· 'कोई काम'। पहली ही आवाज में मैं बाहर निकल आया, उनके चेहरों पर उस दिन की खरोंचे ढूंढ़ने लगा। एक भी नहीं थी। उस दिन उस प्रसंग में मैं भी उनके आसपास था, पर मुझे लेकर कोई हिचकिचाहट या कोई नजदीकियत की भावना ···ऐसी भी कुछ नहीं। वे वैसे ही थे जैसे पहले हुआ करते थे···जैसे वह घटना हुई ही नहीं थी, या उनके साथ वैसी घटनाएं होती ही रहती थीं। भले ही उस समय वे जानलेवा हों, पर उनके लिए वे इतनी आम थीं कि भीतर से उठकर उनकी कमीजों पर आ चिपकतीं और वहां से झड़ जातीं।

"दादा···सफाई का काम···"

कोई नहीं···कुछ नहीं···जैसी झिड़कियां इस बार मेरे मुंह से नहीं निकलीं। मेरे जेहन में 'चाइल्ड लेबर' आदि को लेकर जो बड़े-बड़े विचार आते थे, वे विश्व के सुदूर कोनों से आए पक्षी थे, जो जाड़ा बीतते ही लौट जाते हैं। विचार से भी बड़ी चीज़ है जीना···हर हाल में जीना। कैसे भी जीना, अगर समाज तुम्हारे लिए कुछ नहीं करता तो भी। मैं चुपचाप उनकी तरफ बढ़ गया। वे खड़े रहे···

"नाली साफ कर दें?"

"इसका ढक्कन वजनी है, तुमसे नहीं उठेगा।"

"हम दोनों उठा लेंगे, साफ कर देंगे।"

"अच्छा ऐसा करो···कोने से वह सींकदार झाड़ू ले लो और वह बालटी। लॉन साफ कर डालो···पत्ते बालटी में भरकर उधर के कूड़ाघर में फेंक आना···"

उनके चेहरे पर रौनक आ गई। तड़ाक-फड़ाक उन्होंने गेट खोला और बालटी-झाड़ू की तरफ दौड़ गए और अगले ही क्षण वे काम पर थे—एक झाड़ू लगा रहा था, दूसरा सूखे फूल और पत्ते बीन-बीनकर बालटी में भर रहा था। छोटा-सा लॉन···तो काम जल्दी ही खत्म हो गया। पोर्टिको के नीचे पहले से साफ था। सुबह बाई ने धुलाई की थी।

"दादा, नाली साफ करा लो।" उन्होंने फिर पुराना राग छेड़ दिया, जानते थे, वहां कूड़ा ज्यादा था, क्योंकि पोर्टिको साफ करके बाई सारा कूड़ा सामने की नाली में डाल देती थी। उन्हें उस काम के पैसे ज्यादा मिलेंगे।

"अच्छा चलो···"

नाली पर जालीदार दो ढक्कन थे। पहले को खोलने के लिए मैंने एक बच्चे को एक सिरे पर खड़ा किया, दूसरे पर दूसरे को, बीच की सलाखों को मैंने कसकर पकड़ा। उन्हें बताया कि किस तरफ को उठाना है। हम तीनों ने एक साथ जोर लगाया, ढक्कन खुल गया। इसी तरह हमने दूसरा ढक्कन भी खोल लिया।

दोनों ने बहुत मन लगाकर नाली में पड़े सूखे-सड़े पत्तों का ढेर निकाला, उसे बालटी में भर-भरकर कूड़ाघर में फेंक आए। अब उस नाली से बरसात का पानी बेअटकाव बहकर निकल सकता था, इकट्ठे पानी पर मच्छरों के पलने की संभावना दूर हो गई थी। काम होने के बाद मैंने उन्हें कुछ खाने को दिया, क्योंकि यह जो था, वह उन तक सीधे पहुंचता था। कुछ रुपए भी दिए।

"देखो, रुपयों को जमा करना सीखो···उसके पास रख दो जिस पर तुम्हें भरोसा हो। अगर वह औरत होगी तो जरूर सहेजकर रखेगी। तुम रुपयों को अपनी मां के पास रख सकते हो"—मैंने छोटे को खास लक्ष्य करके कहा।

"कुछ सालों बाद जब काफी रुपए हो जाएं तो मां से कहना, बैंक में रखवा दें। इसी तरह करते रहोगे तो जब तक तुम बड़े होगे···तब तक तुम्हारे पास काफी रुपए इकट्ठे हो जाएंगे। उनसे तुम कोई छोटी-मोटी दुकान रख सकोगे, जिसकी कमाई से तुम धीरे-धीरे बड़े आदमी हो जाओगे···"

मैं उन्हें सपने दिखा रहा था, सपने देखना तो सिखा ही रहा था। कम से कम इस उम्र में तो वे सपने देखें!

वे सुन रहे थे···पता नहीं। इतना साफ था कि मेरी बातें उनकी समझ में नहीं आ रही थीं। वे मुझे देख रहे थे···मुझे नहीं तो मेरी तरफ···शायद मेरे भी पार··· शून्य में। उनकी आंखें देख रही थीं, या टटोल रही थीं, या सिर्फ वहीं कहीं लगी थीं।

थोड़ी देर में वे जागे-से। खुद को शून्य से समेट वे सड़क पर आगे को चल दिए, अगले किसी घर पर आवाज लगाने।

उनकी आंखों या कि उनके जेहन में मैं तब कहीं नहीं था।

[2002]

धुंधला पीला

ऊपर से किसी ने घर-पुताई की बची-खुची गीली कलई छप से नीचे फेंक दी, उनके फ्लैट के बाईं तरफ जो छोटा-सा जमीन का टुकड़ा है, वहीं कहीं···आवाज आई। ठीक कहां, भीतर से जरूर नहीं दिखाई दिया···पर गीली कलई कैसे जमीन में छितर गई है—शर्मा जी की बंद आंखों के भीतर यह साफ-साफ उभर आया।

जमीन के उस टुकड़े पर लॉन क्या, किसी तरह की हरियाली पूरी तरह नहीं पनप पाती। पानी नहीं है, फिर ऊपर के फ्लैटों से लोग जब चाहे कूड़ा फेंक देते हैं, उसे रोज-रोज साफ कौन करे? घर में सिर्फ दो बूढ़े, गुजर करने को सिर्फ एक की पेंशन। अनाप-शनाप नौकर-चाकर नहीं रख सकते। एक ही तरीका है कि कूड़े के साथ ही रहने की आदत डाल ली जाए। किनारे-किनारे जहां कहीं थोड़ी भी मिट्टी हो वहां छोटा गोल गड्ढा करो और गाड़ दो लौकी-कुमढ़ा या तोरई के बीज···जो बड़ी-बड़ी बेलों में जमीन पर पसरते चले जाएं और कूड़े को ढक लें···

नीचे का फ्लैट है, अंधेरा रहता है। सामने के कमरे में तो फिर भी खिड़की से रोशनी आ जाती है, पीछे वाले में रसोईघर की बची-खुची रोशनी ही पहुंचती है। आगे के कमरे को ड्राइंगरूम कहेंगे क्या···एक तख्त, ऊपर गद्दा और रंगीन चादर-दीवान बन गया। तीन तरफ तीन कुर्सियां हैं, नीचे सीमेंट का कहीं उजला, कहीं सीला फर्श! बैठक कह सकते हैं। रोज आने वाले कोई नहीं, कभी-कभार कोई आ जाता है, उस जैसे की खातिर ही कुछ रखना पड़ेगा। तो शर्मा दंपती पीछे के कमरे में ही सोते हैं, जिसमें सीलन-भरा अंधेरा दोपहर को भी रहता है। किसी तरफ से कोई खिड़की नहीं, सिर्फ रसोई की तरफ खुलता दरवाजा। पार रसोई की छोटी खिड़की पर जंग लगी लोहे की सलाखें। फ्लैट की धुंधले पीले रंग की छोटी चहारदीवारी सलाखों के नीचे डूबी रहती है···भीतर के कमरे से नहीं दिखती। चहारदीवारी के पार इस कॉलोनी की भीतरी सड़क है, जिस पर बनने के बाद एक बार भी कोलतार-गिट्टी नहीं बिछाई गई। गड्ढों से भरी रेतीली सड़क···जब तब लोग निकलते हैं तो कर्र-कर्र की आवाज इस कमरे तक आती है। कहां जा रहे हैं वे···कहां से···क्यों? कोई कर्र-कर्र पैनी होती है, मकसदी चाल की आवाज छोड़ते

हुए···कौन मकसद, कैसा, हो सकता है क्या कोई? कोई कर्र-कर्र बस खेंचू, घिसटवां···चल रहे हैं या कि खिंचुर रहे हैं···

कमरे में पड़े शर्मा जी कमजोर हाथों में अखबार थामे सोचते रहे हैं। कभी उनके पैरों की आवाज भी पैनी थी। जरूर उन्हें तब नहीं सुनाई देती थी, आज सुनाई क्या दिखाई देती है। कैसी कशमकश, लक्ष्य के लिए कैसी एकाग्रता! जिस चीज के पीछे पड़ जाते थे, उसे पाकर ही रहते थे। छोटे-छोटे तत्कालीन काम बड़े लक्ष्य बन बैठते थे, उन्हें पूरा करना जीवन-मरण का प्रश्न। लेकिन मोटा-मोटी लक्ष्य दो ही थे—नौकरी में पदोन्नति और दोनों लड़कों को अच्छी से अच्छी शिक्षा। नौकरी की प्राप्तियां रिटायर होने वाले दिन ही धुल गईं···लेकिन लड़कों को अच्छी शिक्षा दिलाकर वहां पहुंचाना जहां वे आज हैं···ये रहीं, अब भी हैं। जैसे उनके जीवन का लुब्बेलुबाब यही था। रिश्तेदार, पड़ोसी, परिचित अब कोई भी उनकी नौकरी के बारे में बात नहीं करता, कोई शर्मा जी को इस बात का श्रेय देने के लिए नहीं ठहरता कि वे हैडक्लर्क से शुरू करके डिप्टी सेक्रेटरी के पद तक पहुंचे, सब लड़कों का पूछते हैं। शर्मा जी भी शेखी बघारते हुए बताते हैं—"एक अमेरिका के कैलीफोर्निया प्रांत में है···कंप्यूटर इंजीनियर, दूसरा विशाखापट्टनम में कंपनी का मैनेजर है।" जब उनके जीवन की पहचान यही बची है तो वे भी उसे ही क्यों न चमकाएं, और-और···

"भाई, अमेरिका की न पूछिए, उस पर कैलीफोर्निया! एक कार खराब न दिखेगी, कोई हॉर्न नहीं बजाता, एक सड़क में कहीं-कहीं तो 21 लेंस, किसी को कहीं ठहरना नहीं पड़ता, साफ वातावरण, ऐसी जलवायु कि लगे आपके जिस्म ने झीनी-झीनी एयरकंडीशंड चादर ओढ़ रखी है, फ्लैट में दीवार से दीवार तक कार्पेट, घर में चलने में कदम उचकते हैं, आवाज चूं भी न हो, और सिगरेट का धुआं कहीं उठा तो अलार्म बजने लगता है, अलार्म···"

"लेकिन आप तो एक बार हो आए, बस···"

"अब भाई···किराया भी तो देखो, दो जनों का। आखिर पेंशनर हूं।"

"अरे, बेटे को कहिए न, वह आने-जाने का टिकट भेज दिया करे। सब यही करते हैं। हर साल जाइए।"

"सो तो···पर यात्रा भी तो कितनी लंबी है, शरीर का कचूमर निकल जाता है, अब इस उम्र में झेल सकता है क्या!"

"तो क्यों नहीं आप दोनों वहीं बस जाते, यहां पड़े हैं, इस पुराने मकान में···"

"अब भाई तमाम तकलीफें हों, पर अपना देश अपना देश है।"

"तो क्यों नहीं आपका बेटा डॉलर्स भेज देता, आप यहीं एक उम्दा मकान खरीद लेते, नौकरी के तीन साल बचे थे, तब जो खरीद सके, उसी में पड़े हुए हो, अब तो आपकी स्थिति दूसरी है, दो-दो लड़के कमाते हैं, एक अमेरिका में है!"

सामने वाला आक्रामक हो जाता है—जैसे तड़-तड़ इधर से, उधर से मारता चला जा रहा हो। शर्मा जी बचाव की मुद्रा में आ जाते हैं···बोलना बंद हो जाता है, जबड़े भिंच जाते हैं, चेहरे पर हलकी कालिख उतरा आती है, जिसे वे देख भले न सकते हों, उंगलियों से छू सकते हैं—डॉलर्स!

जीवन की सबसे लंबी यात्रा कर वे दोनों बड़े बेटे अमल के पास अमेरिका पहुंचे थे—देख तो आएं कि सात समंदर पार अपना बेटा कैसे रहता है? माना कि अब उसका साथ देने को उसकी बीवी है, पर उनके लिए तो वही है···अम्मू, जो जब उनके परिवार में प्रकट हुआ तो जैसे आसमान के नीचे खिलखिलाहट का एक और आसमान तन आया था। पत्नी की तो पूरी, शर्मा जी की दफ्तर को छोड़कर सारी, उनके मां-बापों की, जहां वे थे, वहां से मनसा—सभी की गतिविधियों का केंद्र बन गया था···वह एक बच्चा जिसे बित्तों में नापा जा सकता था, जो सभी अंगों को उछाल-उछालकर, फैलाने की कोशिश कर बोलना चाहता था, फिर भी बोल न पाता था। वह हंसता तो सब हंसते, वह रोता तो सब रुआंसे हो जाते, उसे बुखार होता तो सबके शरीर ताप में आ जाते। जब उसने बोलना शुरू किया तो उसके साथ जैसे सभी बोलने में सारे संसार को समेटने चल पड़ते···शर्मा दंपती सीधे सामने तो अमल के दादा-दादी फोन पर। स्कूल में उसके दाखिले के लिए भाग-दौड़, स्कूल बस में उसे भेजने के लिए शर्मा जी का उसके साथ भागना··· एक-एक दिन एक माह, एक-एक माह एक साल, एक-एक साल कई साल। हिसाब ही लगाना है तो कोई ऐसे भी तो हिसाब लगाए कभी—अपनी जिंदगी का कीमती हिस्सा, जो यों दूसरे के खाते में अनायास चला जाता है, या जानबूझकर डाल दिया जाता है। काफी सामान ले गए थे वे हिंदुस्तान से अम्मू के लिए—ये कानपुरिया छिलके वाली अरहर की दाल, ये तुलसी भोग चावल, ये घर के बनाए आलू और साबूदाना के पापड़, ये मूंग की बड़ी, अम्मू के लिए लखनवी कुर्ता तो बहू के लिए कांजीवरम की साड़ी। बच्चे अभी हुए नहीं कि उसके लिए ले जाते। सामान इस्तेमाल करना शुरू करने के पहले ही अमल कैलकुलेटर लेकर बैठ गया और एक-एक चीज़ की कीमत पूछने लगा···हिंदुस्तान में कीमत, अमेरिका में? कितने डॉलर्स? शर्मा जी को यही लगा कि अमल इस तरह अमेरिका और भारत में महंगाई की तुलना कर रहा है···वे सही-सही बताते चले गए। अमल ने कैलकुलेटर में कुल योग निकाला, बताया, इतने अमेरिकी डॉलर्स···इस तरह कि सब सुन

सकें। पांच दिन बाद उसने उन दो पर हो रहे खर्चे को डॉलर्स में गिनना शुरू कर दिया—एयरपोर्ट से घर तक आने का कार का पेट्रोल इतने डॉलर्स, रोज नाश्ता-लंच-डिनर एक व्यक्ति का—इतने डॉलर्स, (वह बार-बार सुनाता था कि अमेरिका में एक डॉलर का तो एक केला मिलता है।) उसके बाद जब कहीं घूमने जाते तो लौटते ही डॉलर्स जोड़ डालता—आने-जाने का पेट्रोल, वहां प्रवेश टिकट, कैफेटेरिया में खाने-पीने पर—कुल मिलाकर इतने डॉलर्स। दीगर चीजों पर बातचीत के लिए उनके पास कम समय रहता था···लेकिन डॉलर्स के हिसाब के लिए समय ज़रूर निकल आता। अमल का और चीजों के मुकाबले डॉलर्स को अधिक महत्त्व देने और बार-बार डॉलर्स की गिनती से ऐसा हो गया कि शर्मा जी हर शाम खुद को डॉलर्स का हिसाब-किताब करते पाने लगे—जिस रोज आए थे, उससे लगाकर आज़ तक इतने दिन, हर रोज अमल का अपने मां-बाप पर खर्च इतने डॉलर्स, दिनों से गुणा किया तो अब तक इतने डॉलर्स, उसमें जोड़ो घूमने-फिरने में जो डॉलर्स खर्च हुए। अमल ने उनके लाए सामान के लिए बैठाए थे इतने डॉलर्स···उसे घटाए तो इतने डॉलर्स। फिर निकल आएंगे—कितने दिन और रह सकते हैं वे यहां!

दोनों सोचकर आए थे कि अमल जब से अमेरिका गया, फोन पर ही बात हो सकी थी, विदेश पहुंचकर वह स्वयं को एकाएक छत्रच्छायाविहीन महसूस करने लगा होगा। ये दोनों पहुंचेंगे तो उसे सुकून मिलेगा, उसने टिकट भेजने की पेशकश जरूर नहीं की, पर वहां उसके खर्चे भी तो ज्यादा होंगे, कोई बात नहीं, आने-जाने का ही खर्चा है, रहना और खाना तो अमल के साथ ही है, छह माह कम से कम रहेंगे, मन लग गया तो ज्यादा भी रुक सकते हैं। लंबी हवाई यात्रा में जब थकान शरीर और मन पर छाने लगती तब भी वे खुद को तसल्ली देते—एक बार पहुंच गए तो चार-छह महीने आराम ही करना है···अमल की नजरों से अमेरिका देखेंगे, वह अमेरिका के बारे में फोन पर बड़ी-बड़ी बातें करता है। वे बातें अमल अब भी करता था, पर हर बार ही खर्च पर उतर आता, जैसे अमेरिका की सबसे बड़ी बात वही हो। ऐसा भी नहीं था कि उसके खर्चे उसकी तनख्वाह से ज्यादा हों···एक छोटा-सा फ्लैट और कार, जो यहां सब रखते हैं! उन्होंने एक बार पूछा भी—क्या तनख्वाह कम है? वह भी नहीं, हां, बचत करने का थोड़ा दबाव रहता है— यहां नौकरी न रही तो, हिंदुस्तान लौटे तो जब तक दूसरी नौकरी न मिली तब तक के लिए जुगाड़ चाहिए···पर इतना क्या कि मां-बाप के साथ रोज की बातचीत में भी डॉलर्स आ घुसे! जरूर मानसिकता बदल गई, जीवन में संबंधों के रस की जगह डॉलर्स आ गए। कौन जाने दूर कहीं अमल और उसकी पत्नी के

मन में यह भी डर हो कि कहीं वे लंबे अर्से के लिए यहां न रह जाएं, तो उनकी स्वतंत्रता भी गई···

शर्मा जी ने पत्नी से बात की। उन्हें भी बहू की तरफ से कुछ-कुछ ऐसे इशारे मिल रहे थे। एकाएक मन उचट गया। अमेरिका में कुछ और देखने की बात ही नहीं सोच सकते थे। डॉलर्स! घर में रहते हुए भी बराबर महसूस होता था जैसे वह छोटा-सा फ्लैट उनके वजन का दुगना भार ढो रहा था, पत्नी का भी तो था। नहीं रहा गया। महीना गुजरने के पहले ही उन्होंने लौटने की बात छेड़ दी—"घर खाली पड़ा है, उधर चोरी-चपाटी बहुत होने लगी है।"

अमल ने औपचारिकता निभाई—"कुछ दिनों तो और रहिए, फिर उसके टूर शुरू हो जाएंगे, उसके बाद उसे ही समय नहीं रहेगा, अमेरिका में सबसे मुश्किल चीज समय है···"

हां, समय ही। जीवन में हम नहीं खेलते, समय खेलता है···या वह हमें खिलाता है अपने खेल। वही अमल जिससे कभी उनके घर का तापमान तय होता था, अब जैसे अमेरिका में बसा कोई भी···दूर का। शर्मा जी यहां से भी उसमें कुछ ढूंढ़ने की कोशिश करते हैं जिससे लगे कि वह उनका बेटा है···लेकिन वह उतना ही अजनबी जितना उसका जीवन, उसका शहर···और अमेरिका!

उनकी खुशनसीबी कि पत्नी—उनकी सबसे करीबी—उनके करीब हैं, अब भी।

वे रसोई में कुछ खटपट कर रही हैं। कांपते हाथों का उठाना-धरना। धीरे-धीरे। गैस पर कुछ रखती हैं, कुछ उतारती हैं···बहुत संभाल के। कुकर का इस्तेमाल अब नहीं करतीं। एक बार जल गई थीं तभी से। बाहर से खाने का डिब्बा बांधकर देखा था, पर एक ही तरह का खाना···ऊपर से नमक-मसाला ज्यादा···शर्मा जी को नुकसान करता है। तो घिसट-घिसट दिन में किसी भी समय बना लेती हैं, छोटे-छोटे भगोनों में। ज्यादातर दोपहर को ही बनाती हैं। दाल, सब्जी, चावल। दिन को रोटी नहीं। शाम को गिनकर पांच रोटियां सेंक लेती हैं—तीन शर्मा जी के लिए, दो अपने लिए। शर्मा जी कभी दो ही खाते हैं, तो एक सवेरे के लिए रख लेती हैं। सब्जी-दाल दोपहर की ही हो जाती है। रात को शर्मा जी को एक गिलास दूध देना नहीं भूलतीं, उनकी दवा भी। दिल के मरीज हैं, उनसे ज्यादा कमजोर, पर उनके एकमात्र संरक्षक। बचपन में पढ़ा था—स्त्री की बचपन में रक्षा पिता करता है, बीच की अवस्था में पति और बाद की अवस्था में पुत्र। औरतों को तो एक लड़के की ही साध होती है, उनके तो दो-दो हैं। जब वे बड़े हो रहे होते थे, पढ़ रहे थे तो सब देखकर ही निश्चिंत हो जाते थे—उनके बुढ़ापे का क्या···यों बीत

जाएगा, थोड़ा एक के यहां रहे, थोड़ा दूसरे के वहां, एक समर्थ न हुआ तो दूसरा तो होगा। उनके तो दोनों समर्थ निकले। सब उनसे ईर्ष्या करते थे—कितने निस्संतान होते हैं, कितनों के सिर्फ लड़कियां, कितनों का एक लड़का भी सैटिल नहीं हो पाता···यहां तो दोनों सटाक-सटाक निकल गए···किसी को कोई कमी नहीं, एक से बढ़कर एक। झट नौकरी, पट ब्याह। दोनों के ऐसे भाग्य कि उनकी हर चीज सर्र-सर्र निकलती जाती है···निर्बाध। उसका घमंड भी तो व्याप जाता है ···पर भाग्य तो ये लड़के मानते नहीं। लड़के तो अपनी होशियारी, अपनी मेहनत मानते हैं। कहते हैं—'मां-बाप ने पाल-पोस दिया, शुरू में पढ़ाया-लिखाया तो वह तो सभी करते हैं, न करते तो बच्चे पैदा क्यों किए थे? बाकी सब तो उनका अपना अर्जित किया हुआ है—उनकी प्रतिभा, उनकी लगन, उनकी मेहनत।'

शर्मा जी को दिल की बीमारी का घुन अमेरिका में ही लग गया था, जब वहां से जल्दी-जल्दी लौटना पड़ा। वे काफी चुप हो गए थे। यों रास्ते में, और यहां लौटकर कई दिनों तक उन्हें और उनके मार्फत खुद को समझाते रहे थे—अमेरिका है, लड़के को वहां की हवा लग गई। वह देश थोड़े ही है···बाजार है, आदमी की हर क्रिया लेनी-देनी। उनका गुमसुम रहना जब और बढ़ गया तो श्रीमती शर्मा को छोटे बेटे कमल की याद आई···अमेरिका की हवा से कोसों दूर वह विशाखापट्टनम में है, अपने भारत में ही। एक डगाल सड़ी निकल गई तो दूसरी तो है, उसके पास पहुंचकर शर्मा जी का मन बदलेगा, ठीक तरह से मेडिकल जांच भी हो जाएगी। कमल का स्वभाव फर्क है। यह अमल की तरह अकड़ू नहीं है, मिलनसार है। मां-बाप से लगाव ज्यादा रहा है, शुरू से ही। मां-बाप क्या, किसी से भी तत्काल मेलजोल बढ़ा लेता है। शर्मा जी से कहा तो शुरू में हिचके, फिर तैयार हो गए ···कौन जाने जो खरोंचें अमेरिका से ले आए थे, वे मिट जाएं, आखिर यह हिंदुस्तान है—यहां की हवा, यहां की परंपरा! पर उनका आग्रह था कि चलेंगे गिनकर पंद्रह दिनों के लिए, वापसी का रेल आरक्षण भी यहीं से कराकर चलेंगे।

"ज्यादा रुकने का मन बन गया तो?"

"तो भी इस बार नहीं अगली बार जाएंगे। इस बार देख-दाखकर चले आएंगे।"

"जांच के लिए ज्यादा रुकना पड़ा तो?"

"देखा जाएगा···कौन-सी जांच, कैसी जांच रह जाती है। वैसे टिकट कैंसिल करवाकर नया हमेशा बनवाया जा सकता है।"

लड़का-बहू दोनों ही स्टेशन पर लेने आए थे। शर्मा जी ने पहले ही साफ कर दिया था कि मेडिकल जांच पर जो भी खर्च आएगा, वे उठाएंगे। रुपए वे लाए हैं,

आखिर पैसा किस दिन काम आएगा? लड़का-बहू दोनों ने उनकी बड़ी आवभगत की। उनके लिए अलग कमरा, बिस्तर पर धुले कपड़े। दोनों समय का खाना बहू पूछ-पूछकर बनाती, सवेरे नाश्ता बदल-बदलकर···'पोहा तो आपने कल खाया था, आज उपमा बनाती हूं···कम घी, कम नमक वाला।' पापा को पालक मिली मूंग की दाल बहुत पसंद है। 'मम्मी, चलिए, आपको यहां की खास साड़ी खरीदवा दें।' दोनों हाथोहाथ लिए थे उन्हें। डॉक्टरी जांच के लिए शर्मा जी ने कहा तो कमल बोला—"मैं अपने खास डॉक्टर की देखरेख में सब कुछ करना चाहता हूं, वह शहर से बाहर हैं, उनके आते ही···" एक हफ्ता खूब मिठास में बीता, कमल ने शहर भी प्रेम से घुमाया। शर्मा दंपती बड़े और छोटे लड़के के व्यवहार में फर्क देख रहे थे···कभी सोचते, अमल भी ऐसा ही होता, अगर भारत में रह जाता।

आठवां या नौवां दिन रहा होगा। कमल ऑफिस से थोड़ा उदास लौटा। खाने के बाद जब सब बैठे तो उसने बात साफ की—"उसने शहर के पॉश एरिया में एक फ्लैट लिया है, चार किश्तें भर चुका है, पांचवीं के लिए तीसरा रिमाइंडर आया है, कहा गया है कि अगर एक हफ्ते के अंदर किश्त जमा नहीं की गई तो एलॉटमेंट निरस्त कर दिया जाएगा। उसकी सारी बचत शुरू की किश्तें देने में खत्म हो गई है···"

"किश्त कितने रुपयों की है?" शर्मा जी ने पूछा।

"तीस हजार।"

"इतने रुपए तो हैं मेरे पास, पर ये कहेंगी कि इनसे अपनी डॉक्टरी जांच कराओ।"

"आप उसकी चिंता न करें। अपना डॉक्टर भर आ जाए···जांच और डॉक्टरी खर्चे तो मैं अपने क्रेडिट कार्ड से निकाल लूंगा। कार्ड का बिल आने तक तो मेरी दो तनख्वाहें आ चुकी होंगी···"

"जैसा तुम ठीक समझो···" इन्होंने कहा।

उस बैठक के बाद बहू ने सास को अलग से घेर लिया—"मम्मी, मुझे क्या मालूम आप इतनी नगदी अपने सूटकेस में रखे हैं। कैसे लाई रेल में? ड्राफ्ट बनवाकर लाना था। लाई थीं तो आते ही मुझे दे देतीं, मैं स्टील की अलमारी में रख देती···लॉकर है उसके भीतर। यहां दिन-भर नौकर-चाकर आते-जाते रहते हैं, किसी का दीन-ईमान है क्या आजकल! कहीं कोई पूरी अटैची ही लेकर चल दे। आंध्रा में गरीबी बहुत है, चोरी की घटनाएं बहुत होती हैं। चलिए, अलमारी में रख देते हैं···अब तो और भी खतरा है, हम कितनी देर से रुपयों की बातें कर रहे हैं, पापा ने तो सरेआम एलान कर दिया कि उनके पास इतने रुपए हैं, नगद,···

चलिए…”

उसी समय उसने अटैची से सब रुपए निकलवाकर अपनी अलमारी में रख दिए, रात का समय भी नहीं मिला कि शर्मा जी से उस बाबत कुछ बात हो पाती—अलग से दोनों कुछ सोच पाते।

अगले दिन से ही बहू के व्यवहार की गरमाहट में कमी आ गई। नाश्ता और खाना, जो बन गया। खाना खाने साथ बैठते तो बातें उतनी ही जितनी जरूरी थीं। उन दोनों के चेहरे खिंचे भी नहीं रहते थे, पर पहले की तरह पिघले हुए भी नहीं। कमल ऑफिस से ज्यादातर देर से आता, थका। कभी-कभी तो फोन पर कह देता कि वह देर से आएगा…वे लोग खाना खा लें। सवेरे तैयार होकर ही कमरे से निकलता, जल्दी-जल्दी नाश्ता लेकर बाहर। दोपहर का खाना वह वैसे भी कंपनी की कैंटीन में खाता था। बहू का वह बार-बार आकर इनके कमरे में पूछना—'मम्मी, पापा को चाय चाहिए क्या? चाय के साथ कुछ लेंगे? नीबू की शिकंजी बना दूं…' ये सब जैसे बहुत पुराने वक्त की बातें हो गई थीं। अब नाश्ते के समय नाश्ता, खाने के वक्त खाना, चाय के समय चाय मेज पर…बहू कमरे के बाहर से ही आवाज दे देती। शर्मा जी ने कमल से एकाध बार डॉक्टरी जांच के बाबत पूछा, तो कमल का साधारण-सा जवाब—“अभी डॉक्टर आए नहीं हैं।” फिर एक दिन अचानक उसने ले जाकर किसी डॉक्टर को दिखा दिया और उसके लिखे टेस्ट पास के ही क्लीनिक में करा दिए। साधारण टेस्ट—ई०सी०जी०,इको, सोनोग्राफी, खून की सभी जांचें। दूसरे दिन जांच की सभी रिपोर्टें शर्मा जी को थमाते हुए बोला— “डॉक्टर को रिपोर्टें दिखा दी हैं, उनका कहना है कि आपकी उम्र को देखते हुए टेस्ट के नतीजे सामान्य हैं—ब्लडप्रेशर है तो उसकी जांच कराते रहें, वहां के डॉक्टर की सलाह से गोलियां बढ़ाते-घटाते रहें।”

शर्मा जी सोचते रहे, रात को सोते समय शंका भी करते कि इतनी-सी जांचों में कितना लगा होगा? उनके रुपयों में कितना बचा होगा जो कमल देगा? पर कोई कमल से पूछे तो कैसे? कमल और बहू दोनों ऐसे चुप कि कुछ बोलने की गुंजाइश नहीं। शर्मा जी पत्नी से ही कह पाते—“आखिर कमल अभी देगा भी तो कहां से? उसने बताया नहीं था कि सारा पैसा तो पिछली किश्तों में लग गया! लेकिन वह कम से कम कुछ कहे तो कि आगे कब और किस तरह देगा?”

आखिर पत्नी ने बहू से बात उठाने की सोची—औरतें-औरतें तो बात कर ही सकती हैं। जिक्र उठते ही बहू एकदम कड़ी पड़ गई—“वक्त-जरूरत पर तो दूर के भी मदद करते हैं। मां-बाप तो पूरा घर खरीद देते हैं, अपने लड़कों को…” बात और आगे बढ़ी तो यह भी बोल गई—“अभी आप दोनों अमेरिका गए थे, क्या-क्या

बड़े भैया को दे आए हैं—सब पता है। हमें जरा-से रुपए थमा दिए तो दस बार सुना रही हैं, ऐसी दो-भांती सुहाती है क्या? वह तो हमारी गोट इस वक्त फंसी है, वर्ना इसी समय आपके रुपए फेंक देते···यों···"

आंखों में आंसू लिए वे कमरे में आ गईं। शर्मा जी से छिप-छिपकर रोती रहीं। अमेरिका के उनके घाव पुरवाने ले आई थीं यहां, क्या पता था कि वहां बाजार है तो यहां लूट है। बस, किसी तरह चल दो···शर्मा जी को जरूर कोई भीतरी प्रेरणा रही होगी कि वापसी की पक्की तारीख तय करके, टिकट रिजर्व कराकर यहां आए···गनीमत कि तारीख अभी गुजरी नहीं थी।

कमल ने उन्हें रोका नहीं। स्टेशन लेने दोनों आए थे, भेजने सिर्फ कमल आया। रास्ते के लिए खाना रखने को न बहू ने पूछा, न उन्होंने ही कहा। पानी से अपनी बोतलें भर लीं। कमल ने पैर छुए, कहा—"पापा! गोलियां रोज लेते रहना, ब्लडप्रेशर की जांच कराते रहना"···यह भी कि कुछ बात हो तो खबर कर देना, मैं फौरन आ जाऊंगा।

चलती गाड़ी में दूसरे यात्रियों को खाते देखते थे। एक ने पूछा तो शिष्टाचारवश मना कर दिया, हालांकि जानते थे कि पास में रुपया एक नहीं है। तीस हजार लाए थे, सोचते थे कि सब थोड़े ही खत्म हो जाएंगे जांच में। वापसी में कुछ तो रहेंगे ही। कमल को सब दे दिए, दे क्या दिए, उसने खींच लिए। लौटते समय उससे कुछ मांग सकते थे···पर भीतर की जिद। समझो दान कर दिया। खाने को कुछ नहीं है तो क्या एक जून खाए बिना नहीं रह सकते? सामने बैठे एक लड़का-बहू ने खाने को पूछा, उन्हें भी मना कर दिया। पता नहीं, आंखों में झांककर या कैसे उन दोनों ने ताड़ लिया कि भूखे हैं। बोले, "नहीं मांजी! थोड़ा तो आप दोनों को खाना पड़ेगा, नहीं तो हम भी नहीं खाएंगे। बुजुर्गों को भोग लगाए बिना कैसे खाएं···"

उनकी आंखें भीग आईं, रोम-रोम को कंपकंपी छू गई।

प्लेटफॉर्म पर सामान उन्हीं लड़का-बहू ने उतार दिया। गाड़ी चली गई, पर वे प्लेटफॉर्म पर खड़े कि सामान बाहर तक कैसे ले जाएं? दोनों में से कोई उठाने लायक नहीं और कुली के लिए पैसे नहीं। ताक रहे थे कि शायद कोई जान-पहचानी दिख जाए। एक लड़का-सा कुली उनकी तरफ आया और व्यापारी भाषा में बोला—"ले चलूं बाहर?"

"ले तो चलो भैया, पर हमारे पास पैसे नहीं हैं।" वे रुआंसा बोली।

सामान से नजर हटा कुली ने उनकी तरफ देखा, दोनों अशक्त···तत्काल बोला—

"नहीं हैं माता जी, तो क्या हुआ? मैं हूं तो आपका बेटा।"

स्कूटर वाले को पैसे घर पहुंचकर, ताला खोल, भीतर से निकालकर दिए थे।

सोने को लेटने-लेटने तक श्रीमती शर्मा के सामने से उन लोगों की तस्वीरें ओझल नहीं हुईं, इतने समय बाद भी। सामने की सीट पर बैठा वह लड़का–हलका सांवला, सिर पर निकलती आती चांद, झबरी मूंछें, बड़ी-बड़ी आंखें और भरा चेहरा···वैसी ही भरी-भरी उसकी पत्नी, थोड़ा मोटापे की तरफ झुकती हुई···दोनों के चेहरों पर मिठास ही मिठास। कितने भाग्यवान होंगे इनके मां-बाप, सास-ससुर! और वह कुली छोकरा–मैला-कुचैला, कपड़ों पर जहां-तहां पसीने का गीलापन और दुर्गंध, चेहरा खिंचा हुआ, कैसी खींचतान से पैसे मिलते हैं आजकल, बिना बहस किए तो नहीं ही···लेकिन कैसे एक पल में उसका चेहरा कुछ का कुछ हो गया था–वैसा ही पिघला, जैसे रेल में बैठे उस भैया का···कि अगर उसकी साफ-सुथरी पोशाक इसे पहना दी जाए तो वह भी वैसा ही निकल आए, मीठा-मीठा···

"सो गए क्या?" उन्होंने पास लेटे शर्मा जी की टोह ली।

"क्या?"

"कमल और बहू अपने फ्लैट में चले गए होंगे।"

"तो?"

"नहीं, मतलब पिछले महीने जाना था।"

"गृहप्रवेश का कार्ड आया तो था।"

"हम जा सकते थे।"

"उन्होंने फोन नहीं किया, चिट्ठी नहीं डाली। कार्ड तो कितनों को भेज दिया जाता है। वे नहीं चाहते कि हम पहुंचें।"

"क्यों?"

"क्योंकि तब उन्हें हमारे रुपयों की याद आ जाती, हम मांगते या नहीं। हमने रुपए न दिए होते तो शायद वे हमें फोन करके बुलाते।"

बाहर का सन्नाटा दोनों के बीच आ पड़ा। अपराह्न बारिश हुई थी, चारों तरफ गीला-गीला था। कोई कीड़ा भीतर खुलक आया था और कर्कश आवाज निकाल रहा था···पुराना समय होता तो शर्मा जी पूरे घर में रोशनी कर उसे ढूंढ़ लेते और झाड़ू से बाहर निकालकर ही दम लेते। आज चुपचाप पड़े रहे, उसकी आवाज दरकिनार करते।

"आपको याद है, जब हम विशाखापट्टनम से लौटे थे···तो रेल में वह लड़का-बहू···कितने अच्छे थे!" श्रीमती कह रही थीं।

"हूं"

"और वह कुली छोकरा···उसने फट से माता ही मान लिया था।"

"आज इतने दिनों बाद कैसे उनकी याद आ गई एकाएक···?"

"जाने क्यों सवेरे से सामने झूल रहे हैं। हमें उनका पता लेना चाहिए था। उनसे आगे कभी मिल सकते।"

शर्मा जी ने सिर उठाकर इधर-उधर देखा, बाथरूम में जलते जीरो पावर के बल्ब की पीली-पीली रोशनी कमरे में फैली थी।

"रसोई की खिड़की ठीक से बंद नहीं हुई—ठंडी हवा आ रही है, सिर में लगती है।" उन्होंने पत्नी से कहा।

श्रीमती शर्मा धीरे-धीरे उठीं, बाथरूम का किवाड़ खोला···ताकि पूरी रोशनी कमरे में आ सके, रसोई तक पहुंच सके। जाकर खिड़की का किवाड़ खींचा और सिटकनी लगाई। इतने में ही सांस भर आई, थकी लौटीं, बाथरूम का किवाड़ फिर आधा बंद किया, बिस्तर तक पहुंची और पस्त होकर पड़ रहीं। एक-एक रोज स्वास्थ्य गिरता चला जा रहा है दोनों का···साफ दिखाई देता है। सांस पूरी तरह थम गई तो उन्होंने कहा—

"नाके में जो जैन हैं न···हमारी उम्र के ही हैं। जैनिन के दोनों पांव में गठिया है। उनके यहां कैसी चहल-पहल रहती है···लड़का-बहू, उनके बच्चे···सब हैं।"

"वे साथ व्यापार करते हैं तो साथ रहते हैं। हम नौकरीपेशा हैं। सबके भाग्य एक-से नहीं होते। फिर उनके भीतर क्या चल रहा है···किसे मालूम?"

कहकर शर्मा जी ने करवट ले ली···जीवन की शाम और मन ललकता है चहल-पहल की तरफ। घर में अगर चहल-पहल वाले हों भी तो शिथिल शरीर में कहां से घुस सकेगी चहल-पहल। घुसी भी तो वैसे ही फूंसेगी जैसे हवा किसी खाली, ढहते हुए घर में फूंसती है, खिड़की-दरवाजों को खड़खड़ाते हुए ठठाकर हंसती है।

"सुनो, आज दोपहर जो थोड़ी देर को झंपी तो अजीब सपना देखा। देखा अपना अमल, चार बरस का, नंगधड़ंग, काला करगता पहने इस घर में इधर-उधर दौड़ रहा है···उसका शरीर गीला है, मैं तोलिया लिए पीछे-पीछे दौड़ रही हूं, पोंछने को···वह दौड़कर फिर नहानघर में घुस गया और बालटी के पानी में छप-छप करने लगा, कंपकंपी से उसके दांत बज रहे हैं···"

शर्मा जी की निगाह ऊपर सीलिंग की तरफ चली जाती है—धुंधला पीला··· चौतरफा हलकी कालिख की गोट·····सीलिंग स्वप्निल चादर-सी···इधर-उधर हिलती, उस पर परछाइयां रेंग रही हैं!

इसे फाड़ दो…कोई भीतर चीखता है।

वे उठकर कमरे का बल्ब जला देते हैं।

"क्या हुआ…?" पत्नी पूछती है।

वे कैसे बताएं कि पत्नी की ये अधजग, अधनींद के बीच फंसी बातें, स्वर इतना एक-सा, इतना मद्धिम कि बेहद डरावना—जैसे कोई हाथ पकड़कर आपको मृत्यु की ओर ले जा रहा हो। वे चुपचाप रैक पर रखी दवाइयों से होम्योपैथी की शीशी निकालने लगे। पत्नी उठकर पलंग पर बैठ गई थी।

"अमल की बेटी का मुंडन यहां करवा लो! कुछ दिनों तक तो रहेंगे वे यहां…जब इतनी दूर आएंगे…" वे कहती हैं।

जब बंधे है इन खिड़की-दीवारों से तो मन क्यों उजागर जाता है? खिड़कियां-दरवाजे बंद हों तो कमबख्त सांसों से ही खुलक जाएगा। निष्कलुषता …निर्दोषता…जो मन की ऐसी छलांगों में छिपी होती है, वह पीड़ा बन पत्नी के स्वरों से चू रही थी, शर्मा जी को झुलसा रही थी। इतना देखने के बाद भी वे यह इच्छा कर सकती हैं! शर्मा जी कुछ नहीं बोले तो पत्नी ने एक और पक्षी छोड़ दिया—

"सुनो…क्यों न हम इस घर से किसी दूसरे घर में चले जाएं।"

"कितने दिनों के लिए, कितने साल रह सकेंगे उसमें! और यहां से वहां जाने में जो उठाई-धराई होगी, वह बर्दाश्त कर सकेंगे हमारे शरीर? देखो, एक समय आता है जब चुपचाप सरकना होता है…सभी के जीवन में आता है।"

"दूर का कोई रिश्तेदार, परिचित अगर हमारे साथ आकर रहने लगे?"

"ऐसे लोग हैं कहां अब, सब स्वार्थी हैं। पता चला कि आकर उन्होंने घर पर ही कब्जा कर लिया और हम सड़क पर पड़े हैं।"

"एक तीसरे आदमी की मौजूदगी ही कितना फर्क ला देती है घर में।"

शर्मा जी से पत्नी की यह लाचारगी देखी नहीं जाती। वे क्यों सपने देखती हैं? अपनी तरफ से घर में हर सुविधा उन्होंने मुहैया करा दी। अब इसका क्या करें जो घर में वे दो ही हैं? ऐसा कोई नहीं जिसके रास्ते जीवन की आहट आए। बाहर का कोई सही आदमी वे कहां से लाएं और ऐसा आदमी तो साधारणतः मिल ही नहीं सकता जो दो बूढ़ों का भी थोड़ा बहुत खयाल करे। नौकर रखें तो कहीं जान से ही मारकर चंपत हो जाए।

क्यों हमें आदमी ही चाहिए…कैसे भी…जबकि हम देख चुके हैं अपनों को, उन्हें, जिनके लिए हम रात-रात जागे थे! आदमी की तरफ ही सहारे के लिए क्यों तकते हैं हम?

दवा की शीशी लिए हुए वे पलंग पर पैर लटकाए बैठ गए। धीरे-धीरे बगल की मेज से कागज का छोटा टुकड़ा उठाया, कांपते हाथ से उसमें गोलियां टपकाईं और मुंह में डाल लीं। फिर धीरे-धीरे बिजली के बटन तक गए और बत्ती बुझा दी। उसी गति से वापस आकर लेट गए। पत्नी शर्मिंदा थी कि शर्मा जी को नाहक उत्तेजित कर दिया, एक उसांस के साथ वे भी लेट गईं। दोनों अपनी-अपनी तरफ। जैसे भीतर का अकेलापन उफनकर बाहर फैलता है, फैलता ही चला जाता है··· एक करीबी इतना करीब होते हुए भी जैसे शर्मा जी के लिए उनकी पत्नी और उनके लिए वे। कैसा है जीवन का यह अध्याय, जिसमें अकेले ही चलना है··· टेढ़े-मेढ़े पड़ते जाते अपने अंगों को किसी तरह खचोरते हुए, रास्ता ठीक नहीं दिखता तो उसे टटोलते हुए, जहां परम करीबी भी इतना करीब नहीं आ पाता कि खालीपन भर जाए।

"सुनो···" थोड़ी देर बाद शर्मा जी ने पत्नी की तरफ करवट ली और कहा—"ऊपर कलई का काम चल रहा है, क्यों न उन्हीं मजदूरों को लगाकर दीवाली से पहले हम भी घर की पुताई करा लें, कब से नहीं हुई। इस धुंधले पीले की जगह सफेद!···"

[2003]

तुम हो!

"सुषमा! अपनी अटैची लगा लो। तुम्हें मेरे साथ अभी चलना है, फौरन।"

आदेश, सख्त-सख्त। पिता ने किसी से पूछने की जरूरत नहीं समझी, सास-ससुर किसी से भी नहीं। उसे सुम्मी भी नहीं कहा···जिस नाम से वे पुकारते थे। उनका चेहरा दबे हुए क्रोध से खिंचा हुआ था। किसी के कुछ कहने की गुंजाइश नहीं थी, फिर भी उसके ससुर ने ठंडे-ठंडे कहा, "कुछ दिन और देख लेते।"

"देख लिया···इतने दिनों से देख ही तो रहे हैं।"

दोपहर। धूप की चादर आसमान से नीचे लटकी हुई थी। बाहर देखो तो आंखों में चिलचिलाहट पैदा होती थी। पेड़ों पर पत्ते निश्चल थे, पक्षियों का अता-पता नहीं था। सारा कुछ सूना, सपाट।

उधर से नजरें समेटकर सुषमा ड्राइंगरूम से अपने कमरे में चली आई। कमरे से उसने पिता की तरफ फिर से देखा। वही नुकीली नाक, पतली मूंछें···और पतले फ्रेम के पार से झांकती पैनी-पैनी आंखें। ऊपर कंघी किए, अपनी जगह जमे, छोटे-छोटे खिचड़ी बाल। घर में सब उनसे डरते हैं। जब वे क्रोध में आ जाते हैं, तब जो वे ठान लेते हैं, वही होता है। मुखालफत से उनका क्रोध और सान पर चढ़ता है···वह चुपचाप अटैची लगाने लगी—मशीनी क्रिया। कान ड्राइंगरूम में बैठे पिता और ससुर की बातों पर थे। "वह क्या···शराबी, आवारा···" पिता का हिकारत-भरा फिकरा जोर से उछला। ज्यादा नहीं सिर्फ दो महीने पहले ये ही पिता इसी रघु की, जो तब सुषमा का मंगेतर था, तारीफ करते नहीं थकते थे।

कल ही वे लंबी यात्रा से लौटे हैं, सुषमा, सास-ससुर और उसकी ननद। यहां पहुंचकर लगा था कि इस यात्रा ने बहुत कुछ धोया है, वह उस ट्रॉमा से निकल आई है जिसमें शादी के फौरन बाद आ गिरी थी। ऐसा तो नहीं कि उन दिनों भी उसने नहाया या खाया न हो, बाल न बनाए हों या कपड़े न बदले हों···नाटकबाजी जो रघु करता था···उसके बरक्स उसे लगता कि शरीर को गंदा रखने का क्या मतलब? समस्याओं से तो दिमाग को निपटना है। जो उसे देखते, उनकी आंखें

कहती होतीं, देखो तो, लड़का राख हुआ जा रहा है और इस देवी पर कुछ असर नहीं, कैसी बेशरम है! लेकिन उसे भी तकलीफ होती थी, हर पल···वह किसी को नजर नहीं आती थी। कुछ भी हो, दोष हमेशा लड़की का ही होता है हमारे समाज में। वह रघु को नहीं बांध सकी···लेकिन रघु ही क्यों न बंध सका, यह कोई नहीं पूछता।

सब कहते हैं, वह सुंदर है—गोरा रंग, मंझोला कद, इकहरा शरीर, बड़ी-बड़ी आंखें···और सबसे ऊपर घने काले बाल जो कितने चमकीले हैं। प्रस्ताव जरूर परिवार वालों का था, पर रघु और उसने सहमति दी थी, एक-दूसरे को पसंद किया था—रघु इंजीनियर था तो उसने होम्योपैथी का कोर्स किया था। दोनों प्रोफेशनल। शादी के पहले दोनों घर के मां-बापों ने उन्हें घूमने-फिरने की छूट भी दी थी जिससे कि वे एक-दूसरे को जान-समझ लें, एक-दूसरे के स्वभाव से वाकिफ हो जाएं। इस दौरान वे सिनेमा गए, होटल-रेस्तरां में खाना खाकर देर रात घर लौटे, जिस पर एक-दो बार उसके पिता ने आपत्ति भी की। वे लड़की के पिता थे तो चिंता होनी ही थी। उन्हें विवाह के पहले लड़का-लड़की का यों घूमना पसंद नहीं था, पर लड़के का आग्रह था, न मानते तो एक उम्दा रिश्ता हाथ से निकल जाता। इसलिए जब्त करते थे। रघु का मन पतंग की तरह उड़ानें भरता था, वह कभी यहां, कभी वहां जाने को कहता···देर होने पर जब वह धीरे से घर लौटने को कहती, वह कहता, "तुम घरघुस्सू हो, शादी के पहले के ये दिन उड़ने के हैं···ये वापस नहीं आएंगे, महीने में ही शादी पर खत्म। तुम इनकी कीमत नहीं समझती।" वह उसे समझाने की कोशिश करती, "शादी के बाद खूब घूमना, तब माता-पिता या किसी की लगाम नहीं होगी।" किसी तरह वह अपने व्यवहार का संतुलन पिता और होने वाले पति के बीच बनाए रखने की कोशिश करती।

लड़की का लालच, एक ठीक-ठाक पति पा लेने का था···जबकि उसे तभी समझ जाना चाहिए था। रघु ही तब क्यों न समझ पाया? विवाह की रात···वह रघु की प्राइवेट नौकरी की चिंता, असुरक्षा में डूब गई···अपना क्लीनिक सेट करने की बातें कर रही थी। एक नौकरी करे तो दूसरा प्रैक्टिस में जमे, तभी चलेगा। अंधेरे में देख न सकी कि रघु को भविष्य में कोई दिलचस्पी नहीं थी। बातों-बातों में जो उसके मुंह से रघु के लिए यों ही निकल गया, "तुममें जरा भी महत्त्वाकांक्षा नहीं, आगे का कुछ भी नहीं सोचते···" कि बस···वह एकदम उखड़ गया। ऐसा उखड़ा कि फिर न वह संभाल सकी, न रघु की खुद संभल पाया। बीच रात तकिया-चादर उठाकर हॉल के फर्श पर सोने चला गया, हिंदी सिनेमा से सीखा होगा। दूसरी सुबह ही अपने माता-पिता को फैसला सुना दिया, "मैं इसके साथ नहीं रह

सकता, वी आर इनकॉम्पिटिबल!" आने वाले दिनों में सास-ससुर ने बहुत समझाने की कोशिश की। उसके पास तो फिर वह आया ही नहीं कि वह भी कोशिश कर देखती।

काश! जिन दिनों वे मिलते थे तब देख पाती वह···जो फर्क उनमें था। वह नहीं देख सकी तो रघु ही देख लेता!

उसी रोज से रघु ने पीना शुरू कर दिया था, पीने से ज्यादा दिखाना कि पिए हुए है। यहां भी हिंदी फिल्म! वह कुछ भूलने के लिए नहीं पीता था, सबको दिखाने के लिए पीता था, सुषमा के मन में अपने लिए घृणा पैदा करने के लिए भी। देर रात पिए घर आता···कि देख लो···यह है वह विवाह जिसमें तुम सब झूम-झूमकर नाचे थे। सुषमा सोचती रह जाती—एक जुमले की यह अहमियत होती है क्या कि इतनी बड़ी प्रतिक्रिया हो, कोई इतना जिद्दी, इतना रोमांटिक हो सकता है या कि इतना संवेदनशील ही···यह कोई गुण तो नहीं हुआ।

शायद दोनों अकेले रहें तो सब ठीक-ठाक हो जाए···यह सोचकर सास-ससुर ने दोनों को उनके लिए बनवाए फ्लैट में भेज दिया। रघु ने अपने को अटैच बाथ वाले कमरे में बंद कर लिया, उसे दूसरे कमरे में फेंक दिया। अपने कमरे में वह पीता ही रहता। वह तलाश में रहती, कब उससे बात करे, पर वह होश में कब रहता था और शराब से वह क्या बात करती? एक दिन अटैची में अपना सामान भरकर फ्लैट में उसे अकेला छोड़ वह कहीं को निकल गया, आज तक पता नहीं कहां रहता है। दोस्तों से खबर मिलती रहती कि वह पी-पीकर खुद को गला रहा है। सास-ससुर सुषमा को फ्लैट से अपने घर ले आए। वे उसके दुःख को समझते थे, उसे हाथोहाथ लिए रहते। कहते, "तुम हमारी बेटी हो···धीरज रखो, वह एक दिन अपनी गलती समझेगा जरूर।" उसका मन बहलाने के लिए वे उसे एक लंबी यात्रा पर भी ले गए। उसकी कोई हमउम्र साथ रहे तो ननद को साथ ले लिया। टैक्सी ली, खूब खर्चा किया। उसके पिता कभी इस तरह उसे घुमाने नहीं ले गए, उन्हें काम से फुर्सत ही नहीं मिलती थी। कल ही वे लौटे तो आज पिता उसे लेने आ धमके। एक दिन भी यहां हलका नहीं रह पाई। अपने घर में रहने से तो अच्छा है कि यहीं रहे। यहां रहकर कुछ उम्मीद तो है, चला जाना तो मायने यहां से पूरी तरह से काट लेना हुआ। उसे क्यों नहीं मौका देते अपना मसला स्वयं सुलझाने का! धीरज चाहिए···वे क्यों नहीं समझते···पिता से वह कैसे कहे, कभी उनके सामने जुबान नहीं खोल सकी···इस मामले में तो और भी। वह लड़की ठहरी और अभी पिता आहत हैं, बहुत···

पिता बदले की आग में जल रहे हैं। कहते हैं कि अब वे अपनी शर्तों पर लड़ाई लड़ सकते हैं। उनकी लड़की वहां नहीं है, उसे वे लोग कोई नुकसान नहीं पहुंचा सकते। इधर से हम कुछ भी करें, प्रतिक्रिया में वे कुछ नहीं कर सकते। पिता रह-रहकर सुलग उठते हैं, ''शादी के बाद लड़के-बच्चे हनीमून पर जाने का कार्यक्रम बनाते हैं, वह पीकर आने लगा! मेरी बच्ची को एक दिन का भी सुख नहीं मिला। उसे कितना बड़ा मानसिक आघात लगा! क्या पता उस शराबी ने मारपीट भी की हो! हमारे घर की लड़कियां क्या बताती हैं? हमारी इज्जत धूल में मिला दी, हम रिश्तेदारों से मुंह छिपाते फिर रहे हैं। सब पूछते हैं कि विवाह हो गया तो सुषमा यहां क्यों है···शादी में किया इतना सारा खर्चा···सब पानी हो गया! तैयारियों के सारे तनाव···सब व्यर्थ। ये लोग जो बाहर से इतने शरीफ दिखते हैं, कैसे दुष्ट निकले। बेटे की यों शादी करो, रुपए खड़े करो, फिर तोड़ दो···इसी तरह दूसरी, फिर तीसरी भी करेंगे···धंधा बना लिया है। उस शराबी की तो कितनी ही शादियां हो जाएंगी, उनकी लड़की से कौन करेगा शादी···विवाहिता का ठप्पा लग गया, एक आवारा लड़के के साथ कितने दिनों रह आई···धब्बा लग गया··· सबको कुंवारी चाहिए!''

वकील की सलाह है—कानून हमारी तरफ है, हम उन्हें डॉवरी एक्ट के तहत फांस सकते हैं, उन्हें जेल भिजवा सकते हैं। उसने एक धमकी-भरा नोटिस तैयार किया है जिसके मिलते ही वे लोग सुलह के लिए दौड़ेंगे। उसका कहना है कि पहले उनसे मिल-बात कर जितने रुपए निकाले जा सकें, निकाल लिए जाएं। सुषमा जो पहनकर आई है, वे गहने तो उसके हैं ही···इसके अलावा रिसेप्शन में जो मिले और जो सुषमा की सास ने रख लिए···वह भी लड़की का स्त्री-धन है, उसे मिलना चाहिए। पिता खुद सुषमा के पास लिस्ट बनाने बैठे। उसे एक-एक गहना याद करने को कहा। उसकी तरफ से कुछ ढिलाई दिखती तो डपटते हुए कहते, ''और याद करो·····ठीक से याद करो!'' एक-एक आइटम लिखते गए, आखिर में बोले, ''और वह हीरे का सेट कहां गया जो वे बनवाने को कहते थे?'' सुषमा ने कहा, "उसने वह देखा नहीं, शायद नहीं बनवा सके होंगे।" इस पर वे उबल पड़े। बोले, ''गलत बोलती है, उन्होंने मेरे सामने कहा था कि तुम्हें मुंहदिखाई में देना है, तुम्हें पहनाया होगा···फिर रखने के लिए वापस लिया होगा। तुम बौड़म हो! हमारे बच्चे ऐसे ही हैं···ढीले-ढाले, तभी मार खाकर आ जाते हैं।''

उन्होंने हीरे का सेट लिस्ट में डाल दिया, वे गहने भी जो सुषमा पहने थी या उसके पास थे। वह रकम, जो अलग-अलग रस्मों पर दी गई; वह खर्चा, जो विवाह में, रिसेप्शन आदि पर हुआ, और गहनों की लंबी-चौड़ी लिस्ट; इन्हें मिलाकर काफी

बड़ी रकम बना ली गई, जो सुषमा के ससुराल वालों को देने को कहा गया। नोटिस में यह भी कहा गया कि उन लोगों ने दहेज में एक फ्लैट, एक मारुति एस्टीम कार और पांच लाख रुपए नकद की मांग की थी। यह नहीं मिला तो लड़की को तरह-तरह की प्रताड़नाएं दीं, उसे घर छोड़ने को मजबूर कर दिया··· बेचारी मजबूरी में मां-बाप के घर आ गई। और कहां जाती!

नोटिस भेज दिया गया। सचमुच धमकी-भरा था···क्रिमिनल कानूनी कार्यवाही करने की बात की गई थी। पिता उन लोगों को सबक सिखाने पर तुले हुए थे।

ससुराल से फोन आता, सास या ननद सुषमा से बात करना चाहते। सुषमा को फोन पर जाने को मना कर दिया गया था। सिर्फ पिता ही बात करेंगे। अपनी तरफ से सिर्फ एक ही व्यक्ति को बात करनी चाहिए। सुषमा और ससुराल वालों की प्रेम या साधारण बातों की जगह एकाएक पिता और ससुर की कर्कश बातों ने ले ली। दोनों फोन पर झगड़-झगड़ पड़ते, एक-दूसरे को धमकियां देते···कभी-कभी तो गालियां भी दे डालते।

पीड़ा, जो रघु के व्यवहार से भी नहीं पहुंची, वह अब सुषमा के भीतर उतर रही थी। क्या हो जाता है आदमियों को! कुछ ही महीनों पहले जिन परिवारों में एक-दूसरे के लिए प्रेम ही प्रेम बरसता था···वहीं अब चौबीसों घंटे, हर पल··· कड़ुवाहट, दुश्मनी! पहले सब भीतर की सच बात निकालकर दूसरे को बताने की कोशिश करते थे, अब उनके बीच झूठ आ बैठा था जो दोनों तरफ लातें चला रहा था। सब जानते थे कि दहेज जैसी चीज की मांग कभी नहीं हुई, लेकिन न केवल नोटिस में कार, फ्लैट आदि लिख दिए गए···पिता अपनी बातों में भी यह बात बार-बार दोहरा रहे थे कि दहेज न मिलने से ही यह सब हुआ है, वे लोग लालची हैं। दोष रघु और सुषमा का था···मामला उनके बीच का था, पर जंग पिताओं में छिड़ गई। मामले के सुधर जाने की पहले जो थोड़ी बहुत उम्मीद थी, अब हमेशा के लिए खत्म थी।

अकसर फोन पर गालियों के बीच पिता उन लोगों से यह भी कहते, "जब मैं अपनी बेटी की तरफ देखता हूं तो मेरे दिल पर क्या बीतती है! आप लोग क्या जानें? आप लोगों ने हमारे घर से खुशी उठा दी है, हमेशा-हमेशा के लिए। सुषमा तो सुषमा, उसकी छोटी बहन भी सदमे में है, वह कभी शादी नहीं करेगी। इन सबकी पूर्ति क्या कभी हो सकेगी आपसे? आपको अंदाज ही नहीं है जो आपने कर डाला है।" ऐसे में सुषमा को पिता की पीड़ा अपने से कई गुना ज्यादा नजर आती और वे जो कर रहे थे वह जायज लगता···

सुषमा ने राहत महसूस की जब उसे पता चला कि उसके पिता और ससुर

एक रेस्तरां में मिले हैं। मिलना, साथ बैठना, गाली-गलौज न करना...यह शुरू तो हुआ। ससुराल वालों ने सबसे पहले जो रुपया अलग-अलग रस्मों में इधर से गया था, वह दिया। उस पर कोई विवाद नहीं था। उसके बाद जो जेवर उनकी तरफ से उसे पहनाए गए थे, वे आए। पिता ने सुषमा को दिखाए और साथ ही पूछा कि और क्या-क्या थे? सुषमा के जवाब 'यही तो थे' पर वे झल्ला पड़े, "बस...यह है हमारी लड़की...इसीलिए तो...अरे, याद करो...ठीक से याद करो।" वे चाहते थे कि सुषमा एक-दो आइटम और बताए। उनका खयाल था कि वे लोग नोटिस से डर गए हैं, इस वक्त हम उनसे जितना चाहें खींच सकते हैं। ऐसा लगता था जैसे पिता की रेल फिर अपनी पुरानी पटरी पर चली गई है। वे लड़की वाले थे, पर इस बदली परिस्थिति में दहेज उनकी तरफ से खींचा जा रहा था। सुषमा कहां से नए-नए आइटम्स बताती, जब वे थे ही नहीं। तो भी पिता ने फोन पर ससुर से चिल्लाकर कहा, "मेरी बेटी ने बताया कि हीरों का सेट उसे पहनाया गया था... आपकी पत्नी ने डपटकर वह उतरवा लिया। वह लाइए जहां भी रखा हो।" उधर से कहा गया कि इच्छा जरूर थी बनवाने की, लेकिन रुपयों की कमी पड़ जाने से वह हो नहीं सका। तो पिता चिल्ला पड़े, "आप झूठ बोलते हैं! बेटी का कहना है कि उसे पहनाया गया था...उसे ठीक से याद है।"

उसके बारे में क्या सोचती होंगी सास या ननद! जिसके लिए उन्होंने क्या-क्या किया, वह यह कह रही है! ऐसा झूठ! क्या छवि बनी होगी सुषमा की वहां! यहां किसी से यह कहो तो कहेंगे, 'अब कौन-सी छवि! वहां किसी के सोचने-ओचने की क्या, पागल हो क्या? तुम अब तो वहां जाने से रही। रहने की बात तो और दूर की...तो तुम्हें क्या मतलब?' पर जाने क्यों सुषमा का मन नहीं मानता। क्या जिनसे हमें मतलब है, सिर्फ उन्हीं के लिए हमें अच्छा होना चाहिए? अच्छा होना या न होना...यह अपने आप में कोई चीज नहीं है? हम अच्छे होते हैं ...इस या उसके लिए नहीं बल्कि इसलिए कि हमें अच्छा होना है...बात खत्म। वर्ना तो लोगों का अच्छाई पर से विश्वास ही उठ जाएगा।

इसी तरह की खींचातानी विवाह पर हुए खर्चे को लेकर हुई। आखिर दो-तीन बैठकों के बाद पिता और ससुर में डेढ़ लाख की रकम तय हो गई और वह भी आ गई। पर पिता अब भी भरे हुए थे, "इन लोगों ने जो मेरे साथ किया है...तो मैं भी इन्हें नंगा करके मानूंगा...छोड़ूंगा नहीं।" पिता और वकील में सलाह हुई कि अब वह मुकाम आ गया है जब उन पर मुकदमा ठोंका जा सकता है, उन्हें प्रताड़ित किया जा सकता है, जो किया जाना चाहिए। शुरुआत पुलिस में एक शिकायत से

हो जो सुषमा की तरफ से जाए। वकील ड्राफ्ट बनाने में जुट गया।

छह महीने होने को आ रहे हैं। पहले विवाह के बाद की वह त्रासदी···हाहाकार, फिर यह युद्ध! वह प्यार लेकर गई भी, पति का न सही, पर बाकी सबका प्यार पाकर लौटी थी···पर उसके वापस अपने घर आते ही जैसे दो सेनाएं आमने-सामने खड़ी हो गईं और शुरू हो गया घमासान। उसकी और रघु की नासमझी को फैलाकर इन लोगों ने अपने पर थोप लिया, अपनी उम्र की समझ की कोई लगाम न दे सके ये हमारे बुजुर्ग? शुरुआत में जो इतना अच्छा था, बीच में कुरूप हुआ ···पर उसके बाद भी रूपवान रहा था—तब जब वह नए परिवार के साथ यात्रा पर गई थी—कितना प्रेम, उसका कितना खयाल···जबकि सुषमा के कारण ही उनका लड़का उनके हाथ से निकल गया, अपने को तिल-तिल गला रहा था। उन लोगों के मन में यही बार-बार आता कि सुषमा अपना घर, अपने मां-बाप को छोड़कर यहां आई है, उसे हम अपनी बेटी की तरह रखेंगे! प्रतिदान में सुषमा की तरफ से उन्हें क्या मिल रहा था! कायदे से पिता की तरफ से जो नगदी दी गई थी, सिर्फ वही ली जानी चाहिए थी···या ज्यादा से ज्यादा जो गहने इस घर की तरफ से बनवाए गए थे, वे···बस! विवाह का खर्चा जो बेकार गया, वह उनका भी तो हुआ। जो गहने उन्होंने बनवाए, अपनी बहू के लिए थे, जब वह वही न रही तो उन गहनों पर उसका कैसा अधिकार···कानून स्त्री-धन या कुछ कहता रहे! पर कैसी खींचातानी मची···एक समय तो लगता था, न कहीं उसके पिता हैं, न ससुर···न बीच में कहीं वह ही···सिर्फ रुपया है जो खींच रहा है कभी इसको, कभी उसको···सारी लड़ाई वही करा रहा है। यात्रा तक जो औरतों के हाथ में था, उसके बाद उनसे खींचकर पुरुषों ने ले लिया और मार-काट मचा डाली। और सब हो जाने पर भी शांति नहीं···अब मुकदमा चलेगा तो पता नहीं कितने साल···जीवन के उतने साल और युद्ध···युद्ध!

नई लड़ाई में शिकायत सुषमा की तरफ से की जानी है, वकील ने ड्राफ्ट बनाकर भेज दिया है। वहां भी झूठ—'ससुराल में मुझे ताने दिए गए कि दहेज कुछ नहीं लाई···वायदा फ्लैट, एस्टीम कार और पांच लाख का था, ससुर ने डांटा-डपटी की, सास ने मारा···फिर दोनों ने अपने घर से निकालकर एक फ्लैट में पटक दिया, जहां पति ने उसे दूसरे कमरे में कैद कर दिया, पति शराब पीकर आता और मारता था···कमरे में बंद कर मुझे जला डालने की योजना बनाई गई थी···कि मैं भाग निकली···' खूब मिर्च-मसाला लगाकर लिखा गया था।

वकील उकसा रहा है—डॉवरी एक्ट बड़ा सख्त है, ससुर और रघु की नौकरी छूट जाएगी, उन्हें जेल होगी। कानून लड़की के पक्ष में है तो यह तो नहीं कि न्याय के लिए सच का गला ही घोंट डाला जाए। उन लोगों को दंड दिया जाए जो दूर-दूर तक दोषी नहीं हैं। पिता कहते हैं, उनके साथ धोखा किया गया है, सुनियोजित ढंग से···क्या जीवन में सब कुछ सुनियोजित ही होता है, अप्रत्याशित कुछ नहीं? पिता उन लोगों को दंड दिलाने पर उतारू हैं···क्या उन्हें दंड पहले ही नहीं मिल चुका, इतना बड़ा दंड—उनका लड़का उनके हाथ से निकल बरबादी के रास्ते चला गया···और रघु···? सुषमा कैसे भूल जाए कि गलत-सही यह तय करने के बाद कि वे साथ नहीं रह सकते···उसने सुषमा को हाथ नहीं लगाया। क्या सुषमा को पसंद न कर सकना या उस अहसास का देर से उगना ऐसा बड़ा अपराध था? उसने जानबूझकर तो यह नहीं किया होगा! कभी-कभी लगता है कि सुषमा ही जड़ है जिसने सबको दुःख दिया—रघु और उसके परिवार को, अपने मां-बाप को···जबकि उसी को हथियार बनाए हुए हैं ये लोग, कानून का सहारा लेकर। जीवन में क्या कुछ ऐसा नहीं होता जो बस घट गया···हो गया, यों ही अकारण। उसमें किसी एक का दोष नहीं होता, शायद किसी का नहीं होता। वह घट गया, क्योंकि उसे घटना था। उसे उस रूप में क्यों नहीं स्वीकारते हम···?

खिड़की पर बैठी है सुषमा! बाहर की हवा से बाल मुंह पर बार-बार आ जाते हैं, जिन्हें वह हाथ से ऊपर करती है, अगले क्षण बालों का जाल मुंह पर फिर फैल जाता है। पर इस उलझन से निजात पाने के लिए न ही वह खिड़की बंद करती है, न दुपट्टे से बालों को ढकती है। बाहर की हवा अच्छी है, उसके बाल सुंदर और चमकीले हैं। हवा और बालों का यह खेल···

कितने दिनों बाद सुंदरता महसूस की! चारों तरफ कुरूपता थी तो उसने भी अपने भीतर क्यों पनपने दिया उसे? क्यों सबके पीछे घिसटती चली गई? क्या वह कुछ नहीं है? रघु ने वैसा व्यवहार किया तो वह तिरस्कृता बनकर बैठ गई। पिता ने कहा, लड़ना है तो उठकर लड़ने लगी। दोनों ही बार दो पुरुषों के पीछे-पीछे! वे तय करते हैं जो उसे करना है, क्या उसका अपना कुछ नहीं? क्या वह कुछ नहीं है?

तुम हो···अपने भीतर देखो···तुम हो···तुम···सुषमा!

"डैडी!" जो पहला मौका हाथ आया, सुषमा ने मद्धिम स्वर में उनसे कहा, "मेरे ब्याह में जो आपका खर्चा हुआ, वह निकल आया, उससे ज्यादा ही। आगे

हम उनसे कुछ नहीं लेंगे। रघु को छोड़कर बाकी सबने मेरे साथ बहुत अच्छा व्यवहार किया। रघु ने भी एक बड़ी कृपा की कि मुझे छुआ तक नहीं। जिस झूठ को लेकर हम लड़ रहे हैं, उसे मैं और नहीं खींच सकूंगी। अब यह लड़ाई बंद करिए। मैं पुलिस में कोई शिकायत नहीं करूंगी। आप और रघु के पिता हट जाइए। रघु और मैं आपसी रजामंदी से तलाक ले लेंगे—साधारण तलाक, मैं मेंटीनेंस नहीं लूंगी, क्योंकि मैं कमा सकती हूं···।''

पहली बार उसने पिता से साधिकार कुछ कहा। अधिकार अपना, अपने होने का। खामोशी की अदृश्य डोरें पिता के चेहरे को किसी तरफ खींच रही थीं! सुषमा उनका क्रोध झेलने को तैयार थी।

[2003]

उसका रंग

बैलगाड़ी एक दिशा में हांकी···गाड़ीवान आश्वस्त कि जहां जाना है, उसी रास्ते में है। ऊंघ गया था कि क्या हुआ या कि कुछ नहीं हुआ···और दिखा कि गाड़ी किसी और ही दिशा में चली जा रही है। बैल बिफरे होते तो कोंच-कांचकर उन्हें सही रास्ते कर देते, यहां तो पता ही न चला···और यह रास्ता कहां को जाता है?

वह···उजली-उजली-सी लड़कीनुमा औरत—गोरा रंग, आनुपातिक नाक-नक्श, छड़ी-सी देहयष्टि, सुंदर—कार्यक्रम खत्म होने पर अपनी सीट से उठकर मेरी सीट पर आई। बाल बॉबकट पहले ही थे, और छोटे कर लिए थे, जिससे उसकी उम्र पैंतालीस से घटकर पैंतीस की हो गई थी। चेहरा पहले से पतला हो गया था, उम्र से कम होने के भ्रम को और गहराता हुआ।

"यह रश्मि है, मेरी बेटी। यह सोनू···इसे तो जानते ही हो, बड़ा हो गया है न!"

बेटे से काफी बड़ी लड़की थी, जवान। लड़की उसके थी नहीं, सिर्फ एक लड़का था—यही सोनू। जब वह अपने पहले पति से अलग हो रही थी तो सोनू की अपने पिता के साथ जाने की बात थी। जिसके साथ वह नया घर बसाने जा रही थी, उसकी पहली बीवी से एक लड़का, एक लड़की थे, जो अपनी मां के साथ जाने वाले थे। जिसे वह अपनी बेटी कह रही थी, यह उसके नए पति की लड़की होगी।

"बहुत दिनों बाद मिल रहे हैं हम।" मैंने कहा। "पर लगता नहीं है, शहर भी तो वही है।"

"दो बरस तो हो ही गए होंगे।"

"मैंने सोचा, तुम्हारी नई जिंदगी में दखल न दूं, नई तरह की व्यवस्था होगी। तुम्हारी जिम्मेदारियां बढ़ गई हैं।"

मैंने उसकी बेटी की तरफ देखकर कहा। उसे संभालना कतई आसान नहीं होता होगा। अपना यह नया रोल खुद उसे अटपटा लगता होगा···वह, जो अब भी

उस लड़की से कहीं ज्यादा सुंदर थी। विवाह जिसे उसने खत्म किया था, वह मां-बाप ने पारंपरिक ढंग से तय करके कर दिया था। थोड़ा जल्दी ही, अपनी राय बना सकने वाली उम्र के पहले विवाह के बावजूद वह उन्मुक्त घूमती थी। उसके प्रेमियों की न टूटने वाली कतार थी···और वह भी अपनी स्वतंत्रता समाज से छीन लेने में विश्वास करती थी। उसके यहां जब भी मैं गया, उसके किसी पूर्व प्रेमी या भविष्यकामी से टकराया—कतार में कहीं मैं भी रहा होऊंगा, हालांकि सबसे नीचे वाली सीढ़ी पर भी मैंने खुद को कभी नहीं पाया। वह सबको···मुझे भी, बहुत सहज ढंग से लेती थी। उसके लिए महत्त्वपूर्ण यह नहीं था कि कौन उससे प्रेम करते हैं, कैसी चाहना रखते हैं। महत्त्वपूर्ण यह था कि वह किसे चाहती है!

आदमियों के जिस जंगल में वह चल रही थी, वहां मुश्किल था अपनी राह पहचान पाना। पर उसने यह किया था। जहां कितने अविवाहित, उससे कमउम्र भी, उसके लिए आंखें बिछाए रहते थे, वहां आखिर जाकर उसका प्रेम उमड़ा—अधेड़, दो बच्चों के पिता के लिए। देखने में साधारण, लंबा, पर थुलथुल शरीर, थोड़ी तोंद भी। चेहरे का मांस समय से पहले लटक आया हुआ। किसी भी कोण से विशिष्ट नहीं, उसके सामने तो कुछ भी नहीं। एक बार उससे पूछा था तो उसने कई गुण गिना डाले थे, 'बहुत संतुलित हैं। कोई उतावलापन, आपाधापी नहीं, भीतर-बाहर ठोस, हर चीज सोच-समझकर करने वाले···

'सबसे बड़ी बात—मन के बहुत अच्छे हैं। मैंने न उनका पद देखा है, न कमाई, न डील-डौल, न रूप···मैंने सिर्फ उनके मन को देखा है, बहुत कोमल है, मेरी इतनी-सी भी तकलीफ नहीं देख सकते।'

जिक्र करते हुए वह भीग-भीग उठती थी। जिसे अब तक प्रेमियों का खासा अभ्यस्त हो चुकना चाहिए था, वह जैसे पहली बार प्यार कर रही हो। कुछ-कुछ ऐसा था भी। वह अपने रूप के कारण पहली उम्र में सबको शक से देखती रही होगी, एक सूखे व्यक्ति को पति के रूप में पाकर सचमुच प्यार की भूखी हो आई होगी···जिसके चारों तरफ दिलफेंक लोगों की भीड़ थी, उसकी तलाश, जैसा कि वह कहती थी, सचमुच के प्यार की हो सकती थी, भीतर का प्यार···जो शारीरिक सौंदर्य के पार उसके व्यक्तित्व को प्यार करे···

उसके प्रभामंडल में मैं ही ऐसा था जिससे वह खुली हुई थी, क्योंकि मैं दोस्त के आगे कुछ नहीं था। अंतरंग से अंतरंग प्रसंगों पर हम बहस कर लेते थे। उसने मुझे अपने होने वाले नए पति से मिलवाया भी था। वह सचमुच उस आदमी से प्यार करने लगी थी। एक बार वह बहुत ही अस्त-व्यस्त, भीतर से टूटी हुई मेरे पास आई थी, भीतर कोई चोट बूंद-बूंद रिसती हुई।

"मुझे इस वक्त, अभी उसकी जरूरत है और वह किसी और के पास है···मैं क्या करूं?"

उसने अपना सिर मेरे कंधे पर रख दिया था और काफी देर तक रोती रही थी—बेआवाज। कंधे पर मेरी कमीज भीग आई थी।

"ठीक है।" जब वह स्वस्थ हुई तो मैंने कहा, "पर प्यार दूर से भी तो हो सकता है, खास तौर से ऐसा प्यार। जैसे तुम कहती हो कि शरीर का आकर्षण तुम्हें नहीं है, तो ऐसी नजदीकी की क्या जरूरत? तुम्हें अंदाजा है, किस तरह की उठा-पटक होगी, क्योंकि तुम दोनों ही शादीशुदा हो···"

"जानती हूं, पर यह मेरी जिद है। मैं सोचती हूं—जो चीज इतनी सच है कि वह हमारे अंतर्मन से उठती है—किसी के लिए चाह—उसे चोरी-छिपे क्यों करना, अंशों में क्यों जीना, पूर्णता में क्यों न पाना, कोई क्यों हमारे प्रियतम पर अपना हक जताए—भले ही आंशिक, उसका पूरा समय हमारे लिए क्यों न हो, वह क्यों विलग हो? मैं उसे इतना चाहती हूं कि उसके होने की महक अपने घर में सूंघना चाहती हूं। हो लेगी शुरू में उठा-पटक जो होती है, टूटन-घर्षण जो भी···उसके बाद तो हम एक-दूसरे के होंगे···पूरे।"

यह हमारी समझ में नहीं आ सकता कि कोई किसी से क्यों प्यार करने लगता है और कब, उम्र के किस दौर में? अगर किसी को दूर से प्यार करने की सलाह दी जा सकती है तो किसी को सब कुछ तोड़-ताड़कर अपने प्रेमी को पा लेने की भी क्यों नहीं? उसे इस आदमी से विवाह कर लेना चाहिए—मैं सोचने लगा था।

उसके बाद मैंने स्वयं को उससे दूर कर लिया था। उसने भी अपनी तरफ से कभी मुझे याद नहीं किया, मिलने की पेशकश नहीं की, इसके लिए भी नहीं कि हम उस मसले पर आगे बात करें। वह सब उसे अपने प्रेमी के साथ ही करना चाहिए—वह सोचती होगी पूर्णता की अपनी परिकल्पना के तहत।

वह छोटा शहर था तो किस्से उड़ते रहते थे। सुना कि उन दोनों ने तलाक की अपनी-अपनी दरख्वास्तें एक साथ लगाईं···माने जग-जाहिर करते हुए आगे जो उनका इरादा था। उस दरम्यान उसके प्रेमी की पत्नी उसके घर आकर बहुत गाली-गलौज करती थी! कितनी बार पुलिस बुलाकर उसे हटवाना पड़ा। दोनों ही तलाकों में कोई अड़चन नहीं आई, क्योंकि उसका होने वाला पति व्यवहारकुशल था, चीजें जमा लेना जानता था।

जिम्मेदारियों की बात पर उसने कुछ नहीं कहा तो वह आई-गई हो गई। कार्यक्रम खत्म होने पर हॉल में लोगों के उठने/बाहर निकलने की हलचल शुरू हो

गई थी, साथ में चलते-चलते की, 'हैलो'''कैसे हैं'' वाली मुलाकातें।

"आना कभी।" उसने कहा।

"फोन करोगी?"

"करूंगी।"

मैं मुलाकातियों के बीच था। वह एक हाथ से लड़के, दूसरे से लड़की को पकड़े हुए—जैसे कि वे छोटे बच्चे हों—बाहर निकलने के लिए गेट की तरफ बढ़ रही थी। यह उसका स्वभाव नहीं था। पुराने वक्त अधिकतर वह अकेले आती थी (सोनू घर ही रहता था, उसके पिता उसके साथ होते थे), कार्यक्रम खत्म होने के बाद काफी देर तक ठहरी रहती थी, मेल-मुलाकातियों के साथ हंसी-ठट्ठा करती हुई—कभी बाहर निकलकर किसी कोने में अपने किसी पुरुष-मित्र के साथ चाय सुड़कते दिखाई देती, कभी किसी छोटे गिरोह में किसी अन्य मित्र के साथ पंजे उलझाए दिखती, कभी किसी के कोट की जेब में हाथ डाले हुए, कभी कोई उसकी जैकेट में हाथ डाले हुए, कभी सिगरेट फूंकते बौद्धिकों के बीच (वह सिगरेट नहीं पीती थी), महिलाओं के बीच भी कभी-कभी दिखाई दे जाती थी।

कोई हफ्ते-भर बाद उसका फोन आया और मैं उसके यहां गया।

घर वही था जो उसके नाम सरकार ने एलॉट किया था, जहां वह पहले सोनू के पिता के साथ रहती थी। यहां मैं दो-चार बार आया था। ड्राइंगरूम के पास वाला कमरा उसका, उसके बाद सोनू का कमरा अब भी वही थे। आखिरी कमरा, जो सोनू के पिता के लिए था, उसे अब नई बेटी का कमरा बना दिया गया था। छोटा-सा कंपाउंड, जो तब खुदा-खुदा, उपेक्षित, गंदा पड़ा रहता था, वहां अब चौकोर लॉन और छोटा-सा बगीचा उग आया था। लॉन के किनारे-किनारे फूलों के पौधे लगे थे। पीछे की तरफ कोने में अरंडी का जो एक पेड़ हुआ करता था, उसे कटवा दिया गया था। ड्राइंगरूम में पहले सादगी थी, अब सजावट। फर्श पर दो चटाइयों की जगह कत्थई रंग का एक बड़ा फर्श था। चाय पहले कलात्मक मगों में आती थी, अब ट्रे में सजकर आई थी। पर घर का भीतरी माहौल कुल मिलाकर पहले जैसा था—सब अपने-अपने कमरों में या जहां कहीं भी। उसका नया पति होता तो शायद वह हमारे साथ बैठता, लेकिन वह मुंबई में था पिछले एक साल से, अपनी नौकरी पर।

सिर्फ हम दो···वही जगह जहां पहले बैठते थे, बेशक नए फर्नीचर पर। बातें हम दोनों वही करना चाहते थे, पर दोनों को ही नहीं पता था कि कैसे, कहां से?

"तो···नए जीवन के लिए···" जाम की जगह मैंने चाय का अपना प्याला

उठाकर 'चियर्स' किया। उसने भी अपना प्याला उठा लिया, मेरी मुसकराहट में साथ दिया।

"कैसा चल रहा है?" मैं सीधा विषय पर उतरा।

"ठीक है···नो कम्पलेंट"

"यह तो हम मध्यवर्गीय लोगों का तकिया कलाम है। हमारे साथ जो होता है, अच्छा होता है—हम यही सोचते हैं या सोचना चाहते हैं। नहीं सोचते तो कहते तो जरूर यही हैं। तुम एक कदम पीछे रहीं—'नो कम्पलेंट' इस हद तक तुम ज्यादा ईमानदार हो।"

"यह कहने या वह कहने से फर्क तो कुछ पड़ता नहीं।"

"करने से भी क्या फर्क पड़ता है? तुम सोचती थीं कि उस व्यक्ति के साथ रहोगी जिसे तुम प्यार करती हो···पर तुम तो आज भी अकेली हो, पहले की तरह।"

"मेरी नौकरी है, उनकी है। नियुक्ति अलग-अलग जगहों पर है, हम नौकरी तो नहीं छोड़ सकते।"

"हां···आं···। हनीमून कहां गए थे?"

"कहीं नहीं जा पाए। इन बच्चों के इंतजाम में लग गए। आखिरी वक्त इनकी पत्नी ने कहा कि वह लड़की को नहीं रखेगी; पैसे इन्होंने भले ही रख दिए हों, पर पिता की गैरमौजूदगी में वह लड़की की सुरक्षा की जिम्मेदारी नहीं ले सकती। लड़का ले लिया, क्योंकि उसे 'एसेट' मानती थी। इधर सोनू के पिता ने कहा कि उसके पास सोनू को अच्छी पढ़ाई-लिखाई देने लायक नौकरी नहीं है, जिम्मदारी से पीछे हट गया, हमेशा से ऐसा था। हम दोनों के तुष्टीकरण में लगे हुए थे।"

उसे जरूर निराशा हुई होगी। अपने पहले हनीमून के खराब अनुभव को वह धो देना चाहती रही होगी।

"तुम्हारे यहां तो तुम्हारे बहुत सारे लोग आया-जाया करते थे। मैं जब भी आया, कोई न कोई होता था। चाय, गपशप, जमावड़ा···"

"वह सब बंद कर दिया···इन्हें खराब लगता था।"

"पर तुम्हें तो अच्छा लगता था और तुम बताया करती थीं कि यह तुम्हारे मन का बहुत खयाल रखते हैं।"

"वह शादी के पहले की बात थी। विवाह के बाद सब पुरुष और स्त्री एक ही तरह का व्यवहार करते हैं—पुरुष ज्यादा आधिकारिक, स्त्री ज्यादा आज्ञाकारी। चलाने का वही एक फॉर्मूला है।"

वह जो आम स्त्री की तरह नहीं थी—पति की परवाह न करने वाली, अपनी राह चलने वाली—वह अब साधारण विवाहिता की तरह व्यवहार करने लगी थी। पहले वह ज्यादा हिम्मती, आक्रामक हो लेती थी, क्योंकि जानती थी कि उस विवाह को उसे तोड़ना ही है। यह विवाह उसे बचाना था, इसलिए…

"तुम्हें अपने आपको बहुत बदलना पड़ रहा है?"

"ऐसा कुछ नहीं है।"

"निराश हो?"

"वैसा भी नहीं। अब यह तो थोड़ा-बहुत हर स्थिति में होता है कि हम उसको लेकर इतने सपने देख चुके होते हैं कि थोड़ी निराशा तो हाथ लगनी ही लगनी है।"

"अफसोस है?"

"कतई नहीं। सोनू के पिता के साथ रहना तो नरक था।"

"तुम एक छत के नीचे भले रहते रहे, साथ तो कभी नहीं रहते थे।"

"कुछ लोग ऐसे होते हैं कि आसपास उनके अहसास-भर से आपकी नाक दुर्गंध से भर जाती है। उससे छुट्टी तो मिली…वरना क्या पता हम हिंदुस्तानियों की जो आदत होती है—कभी कुछ फैसला न करो, खिचुरते रहो, खिचुरते रहो…ता जिंदगी। अब कम से कम यह तो है कि इस हवा में दुर्गंध नहीं है, मैं अपना साथ खुद को दे सकती हूं।"

"पर तुमने अपना साथ नहीं, अपने प्रेमी का साथ चाहा था।"

"हां, वह भी है। वे यहां आ जाते हैं, मैं बच्चों के साथ वहां चली जाती हूं।"

"यह तो 'विजिट' करना हुआ, साथ रहना नहीं। तुम या वह नौकरी छोड़ सकते हो या कम से कम लंबी छुट्टी ले सकते हो।"

वह सोचने लग गई। गोरे चेहरे पर रेखाएं पतली नसों-सी उभर आई थीं। ऐसा क्यों नहीं हो सका कि उसमें इतना विश्वास उपजा कि वह नौकरी छोड़ अपने पति के साथ रहने लगती, पल-पल साथ को भोगती, जो कि वह चाहती थी। वे दोनों अपने-अपने को अलग-अलग सुरक्षित रखे हुए थी। विश्वास तक क्यों नहीं पहुंच पाया उनका प्रेम?

"तुमने कभी सोचा तो होगा नौकरी छोड़ने का।"

"मेरे सोचने से क्या होता है, चलेगा तो उनका ही, वे पुरुष हैं।"

"तुम यह 'पुरुष' नाम की चीज से कुछ ज्यादा ही आक्रांत हो, उसके बिना चलता भी नहीं।"

"आक्रांत न भी हूं तो हकीकत तो यही है कि हम स्त्रियों की जिंदगी पुरुषों

पुरुषों से ही चाहे-अनचाहे चालित होती है। मेरी ही लो···शुरू से ही मुझमें भर दिया गया कि सुंदर हूं, पुरुषों की नजरों से देख-देखकर···तो खुद को बचाती फिरती रही। विवाह के बाद मेरे पुरुष मित्र मुझमें इस अहसास को फैलाते रहे कि मेरा पति कहीं से मेरे लायक नहीं है···और अब मेरे नए पति की मांग है कि मैं पत्नी न बनूं–जो मैं चाहती हूं–उसकी प्रेमिका ही रहूं। सुंदर हूं तो और अच्छी प्रेमिका होऊं। वह जब आए तो मुसकराती रहूं, उसे हंसाऊं, रिझाऊं–भले ही उस समय मैं किसी भी मूड में होऊं, मेरे मन में कुछ चल रहा हो। पुरुषों ने मुझे कभी सहज, जो मैं हूं, वह नहीं होने दिया।''

''यह तो हमारे हाथ में होता है कि हम वह रहें जो दरअसल हम हैं।''

''भारतीय समाज में पुरुष यह कर सकते हैं, स्त्री नहीं। वह बगावत करके निकल सकती है, पुरुष के साथ वह नहीं हो सकती, जो वह है। पुरुष से अलग रहती है तो उसमें उस तरह रहने की कुंठा पैदा कर दी जाती है और इस तरह पुरुष उसे दबोचे रहता है। कभी-कभी तो लगता है कि पूरी जिंदगी हम पुरुष की नजरों में ही झूलते रहने को अभिशप्त हैं। पुरुष भले बदलते रहें–उससे अलग हमारा कोई अस्तित्व नहीं।''

उसके स्वर में कड़वाहट उतर आई थी। वह एक पढ़ी-लिखी, अच्छी नौकरी पर लगी हुई महिला थी–आधुनिक विचारों से प्रभावित, अपनी नियति को तोड़ने का माद्दा रखने वाली। वह पति के घर में नहीं, उसके घर में पति रहते थे–चाहे यह हो या वह। उसमें ऐसी हताशा? मुझे लगा कि हमारे समाज में भले इतना बदलाव आ गया हो कि नारी अब पढ़ी-लिखी, आर्थिक रूप से आत्मनिर्भर हो सकती है···पर समाज में बदलाव नहीं आया, क्योंकि पुरुषों के विचार नहीं बदले। स्त्री में नहीं, पुरुषों में परिवर्तन की आवश्यकता है।

''सामान्य स्त्रियों को यह शिकायत हो सकती है, तुम्हें नहीं होनी चाहिए, क्योंकि तुम्हारी ख्याति यह रही है कि तुम पुरुषों को नचाती रही हो।''

''उन्हें नचाती नहीं रही, खुद को बचाती रही हूं। लड़के मेरे दीवाने हों–यह चाह मेरी कभी नहीं रही, शायद किसी औरत की नहीं होती, क्योंकि यह बहुत ही सतही तृप्ति, एक फुरफुरी-भर होती है। हां, यह मैं शुरू से ही चाहती थी कि लड़की या सुंदर होना कोई बाधा मेरे विकास में न खड़ी करें। लड़कों के बीच भी मैं स्वाभाविकता से उठूं-बैठूं, छुईमुई बनी एक किनारे न बैठी रहूं। इसमें क्या गलत था? कोई मुझे किस तरह लेता है, इस पर मेरा क्या वश? मेरी चाह हमेशा से एक का होकर रहने की रही है···जिसके लिए मैं प्रेम महसूस करती हूं, उसी की पत्नी होऊं। मैंने इनसे इसीलिए विवाह की जिद की। उसके बिना मैं स्वयं को नहीं दे

सकती। मैं कोई वेश्या नहीं हूं यार···''

वह थोड़ा तैश में आ गई थी। शायद मुझे उस तरह की ख्याति-आति की बात नहीं करनी चाहिए थी। जो ख्याति थी···वह भी उसके कृत्यों से नहीं, दूसरों की, ज्यादातर पुरुषों की गढ़ी हुई चीज थी। और आज के जमाने में इस बात से भी किसी को क्या एतराज हो सकता है कि एक विवाह अगर नहीं चला तो कोई उससे अलग हो, दूसरा कर ले? पहले ही विवाह की वेदी पर कोई होम क्यों कर डाले खुद को, खास तौर से उस जैसी लड़की, जो हर तरह से आत्मनिर्भर थी?

''तुम्हें खराब लगा?''

''हां, थोड़ा···यह भी कि तुम भी हटकर नहीं सोच पाते, तुम्हें मैं थोड़ा फर्क समझती हूं। इससे पता चलता है कि यह पुरुष-प्रधान सोच किस गहराई तक धंसी हुई है हमारे समाज में।''

वह चुप हो गई, संतुलित दिखने की कोशिश कर रही थी, खुद को चाय पर ही जमाए हुए थी। उससे कुछ आगे पूछने की मेरी हिम्मत जाती रही···वरना जो सुनते थे कि उसका नया पति अपनी पारिवारिक जिम्मेदारियों को नई-पुरानी बीवियों में बांट मुंबई में मस्ती मार रहा है, वह अब यहां, उसके पास भी उतना नहीं आता-जाता जितना पहले, शायद वहां उसके जीवन में अब कोई और आ गई है—इन सबके बारे में पूछने की कोशिश करता। ये महज अफवाहें तो नहीं थीं··· उसके रुख से तो यही झलकता था।

''बेटे-बेटी के लिए क्या योजनाएं हैं?'' मैं उसे दूसरी तरफ ले चला।

''योजनाओं से क्या होता है!''

''बेटी क्या पढ़ रही है?''

''बी०एस-सी० में थी, साइंस चली नहीं तो अब कॉमर्स में है···पर उसका बहुत ध्यान पढ़ाई में नहीं है। इसलिए नौकरी की भी क्या गारंटी हो सकती है? बचता है ब्याह···और क्या!''

''बेटा?''

''वह अभी तक ठीक है। अच्छा रहा कि वह मेरे पास ही रहा।''

वह, जो विवाह के इतने सालों, एक बेटे की मां बनने के बावजूद इतनी मुक्त, उड़ती-उड़ती-सी रहती थी, वह परिवार का बोझ उठाए थी—एक जवान लड़की को संभालना, उसके विवाह का सोचना···बेटे का कैरियर। परिवार के टूटने की खरोंचें उन्हें न गड़ें—इसका भी ध्यान रखना था।

''कभी-कभी मुझे लगता है कि हम कुछ भी कर लें, जीवन की तह में बैठी जो अपूर्णता है, वह कहीं न कहीं से उठ ही आती है, हमें पूरी तरह संतुष्ट नहीं होने

देती, किसी भी स्थिति में। क्या फायदा कोई कदम उठाने से, जब कुछ होना ही नहीं है।''

''हमने अपने मन का किया, यह संतोष तो मिलता है···और उसके बल पर तृप्ति के कुछ बहुमूल्य क्षण भी। घिसटते रहने का अफसोस तो नहीं रहता।''

उसके चेहरे पर दबी-दबी जो एक कालिख-सी बिछ आई थी, उसे फाड़ती हुई एक चमक उठी, जिसने चेहरे को फिर उजला कर दिया···वह रंग जो उसका था—अपने बल पर जीना, अपनी शर्तों पर जीना। उसने चभेटा भले ही खाया हो, पर वह गिरी नहीं थी, चलना···अपनी रफ्तार से बंद नहीं हुआ था।

वहां से वह मुझे चहकने वाली बातों की तरफ खींच ले गई···जो हम पहले किया करते थे। दोस्तों की बातें, शहर में हो रहे कार्यक्रमों की बातें, राजनीति की बातें, उसके-मेरे कॉलेजों की बातें, वहां की छोटी राजनीति की बातें, निंदा रस··· हमने वे सब बातें कीं, खूब हंसे भी। जिस मासूमियत ने उसे घेर रखा था, उसे उसने पीछे छोड़ दिया था।

''आया करना।'' चलते समय उसने कहा।

''अरे! तुम तो कहती थीं कि तुमने दोस्तों का आना बंद कर दिया है।''

''कर दिया था, फिर शुरू कर रही हूं···आज से, तुम से।''

''क्यों?''

''इसलिए कि मुझे नहीं लगता यह किसी तरह से गलत है। और जो मुझे गलत नहीं लगता, उसे करने से मैं खुद को रोकूं, किसी की खुशी की खातिर···वह गलत होगा।''

हाथ हिलाते हुए वह मुसकरा रही थी।

[2004]

यत्र धर्मः

प्रिय गिरीश!

टाइपराइटर पर पैरा चढ़ा दिया।

गिरीश का पत्र बहुत दिनों से नहीं आया, न ही फोन। खफा है—यह तो उसके अंतिम पत्र से ही जाहिर था। उसने लिखा था—'कोफ्त होती है यार कि तुम एक छोटा-सा लेख भी तैयार नहीं कर पाते, बहानेबाजी करते हो कि उसके लिए तुम्हें अभी यह पढ़ना है, वह पढ़ना है। क्या चार पेज लिखने में चार साल लगा दोगे? शर्म आती है सोचकर कि जो एक जमाने में धड़ाधड़ कहानियां-उपन्यास लिखता था···वह आज चार पेज नहीं लिख सकता! हमारा-तुम्हारा जीवन लेखन में ही है, मैं चाहता हूं कि तुम लेखन में लौटो···जल्दी।' उसने हमेशा की तरह फौरन कार्ड डाल दिया था—लेख के लिए एक लाइन में टालमटोली, दीगर चीजें ज्यादा।

गिरीश का खीझना सही है, पर पत्र का जवाब भी न देना? एक बार शराब के नशे में जब उसने गिरीश को फोन पर कहा था कि यार, लगता है अब अंत निकट आ रहा है···तो उधर से उसने कैसे झिड़का था—'नो यू मस्ट लिव···हर हाल में जियो, मेरी खातिर जियो, आई नीड यू। तुम हो—एक इसी बात से मुझे कितना बल मिलता है···'

उधर गिरीश का आर्द्र स्वर···इधर वह रो पड़ा था—संसार में कोई तो है, जिसे उसकी जरूरत है···अब भी।

वही गिरीश!

कभी वह गड्डी के गड्डी पोस्टकार्ड लिखा करता था, कोई-कोई पत्र तो तीन-चार पोस्टकार्डों में खिंचता हुआ। हर पोस्टकार्ड में ऊपर भाग-1, भाग-2, भाग-3 लिख देता था ताकि पत्र पढ़ने वाला क्रम बिठा सके। कभी ऐसा भी हो जाता कि भाग-2 किन्हीं और पोस्टकार्डों में मिल गया और उसने बाद में डाला या कि पोस्ट की ही गड़बड़ी से तीन या चार पहले पहुंच गया, तो उधर से मीठी गालियां आतीं—'एक तो भैया, तुम्हारे चींटियों जैसे अक्षर, ऊपर से बीच का कार्ड गायब!' वह हंसकर रह जाता—कोई बात नहीं, कार्ड जो गायब हुआ, वह कभी तो पहुंचेगा! न भी

पहुंचा तो क्या···असल बात है पत्र लिखना। यह जो वह इस मरे हुए कस्बे में, एक छोटे-से द्वीप में पड़ा हुआ है···उन कार्डों के सहारे वह खुद को बाहर की दुनिया से जोड़ लेता था, वह दुनिया जिसका कभी वह हिस्सा था–जीवंत हिस्सा। इससे भी बहुत फर्क नहीं पड़ता कि लोगों के जवाब आएं या नहीं···पर फर्क पड़ने लगा। उसकी बाहर की दुनिया में भागीदारी कम हुई तो संपर्क कम होने लगे, पत्रोत्तरों की रफ्तार धिमा गई। जिनके नहीं आते उन्हें लिखने की प्रेरणा भी मद्धिम पड़ती चली जाती, एक बिंदु पर जाकर बुझ जाती।

गड्डी की गड्डी पोस्टकार्ड वह अब भी ले आता है, पर गड्डी सामने पड़ी उसका मुंह ताकती रहती है···कभी बरामदे के इस तख्त से, कभी बगल की छोटी कोठरी में बिछी दरी से। घर का यह हिस्सा···कहिए, इधर वाला घर उसका है···पर कह सकते हैं क्या यह? कभी था। कोई हिस्सा बिका नहीं, कहीं कोई किरायेदार नहीं ···पर अपना कहते ही प्रश्नचिह्न लग जाता है। उसका था···जब उसका परिवार यहां रहता था। ज्यों-ज्यों वह घर को फैलाता, बड़ा करता गया त्यों-त्यों घर हाथ से छूटता गया। जब इधर का हिस्सा बड़े और उसके परिवार को दिया तो फौरन ही इससे भी बड़ा बगल में छोटे के लिए बनाना पड़ा और अब उसके भी पीछे की जमीन पर एक नया बन रहा है···इनमें से क्या उसका है? यों लिखा-पढ़ी में सब उसका है···पर असल में कुछ नहीं। जहां वह पड़ा है, वह भी नहीं–यह बरामदा, बगल की यह कोठरी, जिनके बीच वह सिकुड़ता-पसरता रहता है। निकास उसका अलग है–बरामदे से सीधा बाहर की कुलिया में। निकास के गलियारे में एक घड़ा और लोटा रखा रहता है–उसके लिए पीने का पानी। घड़े को रोज सुबह वह खुद भरता है। अभी भी उसकी सुबह की दिनचर्या पहले जैसी है–चार बजे सुबह–कभी-कभी तो उसके पहले भी जब नींद खुल गई–उठकर, फड़ाकत हो कोठरी, बरामदे, गलियारे को बुहारना, फिर सींक की झाड़ू से आंगन को धोना, उसके बाद नहाकर टाइपराइटर पर बैठ जाना। नहीं लिखा जाता तो अनुवाद करना, नहीं तो पुरानी टाइप की गई चीज को फिर से टाइप करना, या कोई पत्र ही टाइप करना···कुछ भी करना। टाइपराइटर की आवाज उसे आश्वस्त करती है कि वह कुछ कर रहा है। पिछले बीस वर्षों से यह टाइपराइटर उसका स्थायी साथी है। उसकी आवाज सुनने को वह और नहीं तो एक पोस्टकार्ड ही उसमें फंसा देता है। अंधेरे के सुनसान में खट-खट की आवाज···उसे विश्वास होता है कि वह जीवित है···

आंगन के पार···पिछवाड़े का ऊंचा हिस्सा इस घर को दाबे हुए है। उसकी छाया आंगन में घटती-बढ़ती रहती है, रात को खड़ी हो जाती है, उसे वह देख

सकता है…महसूस तो हमेशा करता है। उसने यह हिस्सा खूब ऊंचा और बड़ा बनवाया था जिससे कि उसमें धूप भरी रहे, खूब रोशनी रहे। नीचे बड़ा हॉल, ऊपर दो कमरे, कमरों के ऊपर लंबी छत। सीढ़ियां आंगन से ही ऊपर जाती हुईं…एक तरफ कमरों को, दूसरी तरफ एक खुली छोटी-सी गैलरी से होते हुए इस तरफ की छत और रसोई को…जो इस बरामदे के ऊपर बने हैं। एक वक्त था जब पूरा परिवार यहीं रहता था–नीचे का हॉल बच्चों के लिए, ऊपर का एक कमरा उसका और पत्नी का, दूसरा सिर्फ उसका–स्टडी। रसोई ऊपर ही बनती थी। पत्नी रसोई में खाना बनाती, परोसती हुई…सब जमीन पर बैठकर खाते थे। गिरीश ने भी वहां बैठकर खाया है…कितनी बार। जिस हिस्से में वह अब है, उसे बाहर से मिलने आने वालों के लिए ही इस्तेमाल किया जाता था। कैसी चहल-पहल रहती थी…

उधर अब सब कुछ सुनसान है, अंधेरा ही अंधेरा भरा रहता है। पूरा हिस्सा खाली पड़ा है। लड़कियां पहले ही ससुराल चली गई थीं। कुछ दिनों बड़ा बेटा और उसका परिवार इधर रहा। बराबरी के घर में छोटे पहले से ही है…परिवार और मां के साथ। मां…माने उसकी पत्नी, जो शुरू से ही छोटे की तरफदारी करती रही है, उधर ही रहती है, एक तरह से उसे छोड़ बेटे के परिवार का हिस्सा बन गई है। सवेरे उसके लिए इसी बरामदे में चाय, थोड़ा नाश्ता आ जाता है, दोपहर-रात दो जून खाना…

पर्दा है…मोहल्ला-पड़ोस के लिए कि वे सब एक साथ रहते हैं, वह लेखक है तो उसे एकांत चाहिए, इसलिए अकेला इधर है…यह छोटी बस्ती कुछ दूसरा पचा ही नहीं सकती। परिवार वाले लेखक को तमगे की तरह बाहर दिखाते फिरते हैं, क्योंकि उसके अलावा दिखाने को और है क्या उनके पास? लेखक–जिससे भीतर-भीतर वे सख्त नफरत करते हैं–वह है भी नहीं अब। पत्नी शुरू से ही ताने मारती थी, वह घर-परिवार पर ध्यान नहीं देता…लेखक है न, हवाई दुनिया में रहता है, नाकारा है–जिंदगी में कुछ नहीं किया। दिन ताने, रात ताने…आखिर उसकी शिराओं में चढ़ने लगे और एक रात पागलपन और क्रोध के बीच झूलते हुए उसने अपने पढ़ने के कमरे को बिथेड़ दिया…ऊपर की स्टडी, जिसे करीने से, तिल-तिल सजाया था कि इतने बड़े संसार में यह कोना है जो उसका है, उसका नितांत अपना, लंबी पसरी जिंदगी में यह हुआ उसका…उसकी प्राप्ति, उसकी जिंदगी का निचोड़…उसी को उसने तार-तार फाड़ डाला। किताबें, स्कूल, कॉलेज, जहां जगह मिली वहां फिंकवाने के लिए बोरों में ठूंसकर रख दीं और आंगन में होलिका बनाकर झोंक लिए वे कागजात जो दरअसल उसके प्राण थे–पांडुलिपियां उन किताबों की जो बनीं-छपीं, उनकी भी जो किताबें नहीं बन सकीं, शायद आगे कभी

बन जातीं···पढ़ी गई किताबों के नोट्स, दोस्तों के पत्र, वे पत्र जिनमें कभी साहित्यकारों वाली गरमागरम बहसें इधर से उधर गई थीं, प्रेमिकाओं के पत्र··· जिनमें वे इतने सालों बाद भी बोलती थीं···आग लगा दी इसी आंगन में आधी रात को···लो, सब स्वाहा! अब तुम तृप्त हो जाओ···ओ परिवार की भूखी आत्माओ··· लो, तुम्हारे लिए मैं अपनी सबसे कीमती चीजों को, अपने जीवन को, स्वयं को, होम करता हूं···स्वाहा···

चिटकती चिनगारियां, चिनगारियों की राख, राख के कण उड़कर आंगन के कोने-काने में बिछते थे···आधी रात के सन्नाटे में सिर्फ वह देख रहा था, देखदेख कर रोता था। जैसे उसने ही अपनी चिता बनाई, खुद आग लगाई और खुद को धू-धू जलते देख रहा था···अकेला। सवेरे परिवार वालों को पता चला तो हंसकर रह गए थे, बोले—'क्या डिरामेबाजी है!' वह आज भी जब सींक की झाड़ू से आंगन को धोता है तो जैसे उस राख का अगर कुछ पीछे छूट गया···उसे खरोंच-खरोंचकर बहाता होता है। घर के लिए इससे बड़ी कुर्बानी कोई दूसरी हो सकती थी? बुद्ध या दूसरे तो घर छोड़कर चले गए थे···वह अपना सब कुछ, स्वयं अपने को स्वाहा कर जिस घर ने उसका सब कुछ लील लिया, उसी की सेवा में पड़ा रहा—कभी नौकर की तरह दौड़-दौड़कर काम करने वाला, कभी कुत्ते की तरह घर की तरफ़ से भूंकने वाला···छोटे कहीं कुछ भी कर आए···उसकी तरफ से, घर की तरफ से वह, उसका बाप भूंकेगा, बस्ती की तरफ भूंकेगा। घुटता हुआ वह यहीं पड़ा रहेगा, मर-मिटेगा···

पर घर क्या बरबाद होने से बच सका? बड़े को जाना था सो गया, छोटे को शराबी-कबाबी, जुआरी-गुंडा बनना था सो बना, पत्नी को उसे छोड़कर बरबाद बेटे की तरफ चले जाना था, सो गई, रुपए जो बहने थे, बहे···और परिवार में वह बाहर का आदमी था, सो रहा···पड़ा हुआ है!

शाम भारी पड़ती है तो वह शराब का साथ लेता है, जैसे सवेरे इस टाइपराइटर का। गिरीश खफा होता है—'यार! तुम गिलास को गड़क जाते हो, सलीके से नहीं पी सकते···चुस्की ले-लेकर?' असल में गिरीश खुद को बचा-बचाकर चलता है, सजा-संवरा बबुआ है, सोशलाइजिंग के लिए शराब पीने वाला···वह क्या समझे कि कोई 'आउट' हो जाने के लिए भी पीता हो सकता है—धुत्त होने की स्थिति तक बढ़ना, वह भी धीरे-धीरे नहीं तेज रफ्तार से···और वह स्थिति पाकर उस पर टंग जाना···अपने से आउट हो जाना, अपने खोखे से अपने को बाहर निकालकर फेंक देना। एक बार साथ पीते समय गिरीश ने टोका था—'तुम्हारी खुराक तिहाई रह गई है, दो पैग गटकने के बाद ही तुम्हें नींद के झोंके आने लगते हैं, ये अच्छे

लक्षण नहीं हैं, तुम्हारा लीवर प्रभावित होता दिखता है, बी केयरफुल!'

एक पल को तो वह भी चौंक गया था। ऐसा हो सकता है क्या उसके साथ? वह यूनिवर्सिटी हॉस्टल के बैडमिंटन का चैंपियन था, अभी कुछ साल पहले तक नियमित दंड-बैठक लगाना, घूमना, लहसुन खाना, मालिश करना···यह करता रहा है। फिर वह सब फिजूल लगने लगा और छोड़ दिया। भीतर कहीं शिकायत थी कि उसका यह पुख्ता शरीर···कमबख्त गलाए नहीं गलता। पहले बनाया गया अपना स्वास्थ्य ही खुद को भारी पड़ने लगा था। कैसा बेवकूफ बनाती है जिंदगी···जैसे कभी शरीर बनाना या मकान पर मकान बनाना, पहले इधर का, फिर उधर का, अब उसके भी पीछे का। छोटे को लगा कि उसका मकान पुरानी तर्ज का है तो पीछे पड़ी जमीन पर मॉडर्न डिजाइन को बनवाना शुरू कर दिया। बाप का पैसा है तो बेरहमी से उलीच रहा है। कुछ कहो तो बोलता है—'पैसा तुम्हारा कहां, उसके दादा का है, तुमने क्या कभी कुछ कमाया?' चलो, वही सही ···उस पैसे को गंवाया तो नहीं, सुनियोजित ढंग से लगाया कि आमदनी भी आती रहे और उसे लिखने-पढ़ने के लिए समय भी मिलता रहे···जबकि छोटे तो सचमुच उलीच रहा है और वह इस स्थिति में नहीं कि रोक सके। उसके मरने-मरने तक चारों तरफ सिर उठाती मीनारें होंगी···मास्को में स्टालिन द्वारा बनवाई गई उन गगनचुंबी इमारतों की तरह जिन्हें आज स्टालिन की बेवकूफियों के नाम से जाना जाता है।

सामने वाले ऊंचे हिस्से की छाया रात के अंधेरे में झूलती मीनार की तरह आंगन में डोलती है···उसके रोम-रोम में कंपन उत्पन्न करती है। उसे गुमान रहा है कि वह भीतर से काफी पुख्ता है, लेखक होने की नैतिकता से लैस, दुःख के सामने ताल ठोंककर खड़ा होने वाला···लेकिन इस छाया का हिलना उसे चीरकर रख देता है···ऐसे ही ऊपर के कमरे के पंखे पर लटका बड़े का शरीर डोला होगा···

बड़ा जब नौकरी छोड़ यहां रहने को आ गया तो पीछे का यह सारा हिस्सा उसे दे दिया था, उसी दरमियान छोटे के लिए बगल का घर बनवाया था कि उसे तसल्ली रहे···दोनों को बराबर एक जैसा···बल्कि छोटे का थोड़ा बड़ा ही। दोनों के निकास एक जैसे। दोनों को अलग-अलग दुकानें भी करा दी थीं···लेकिन उन और उन जैसी कई योजनाओं पर बड़ा क्रॉस लग गया···जैसे कोई क्रूर अध्यापक छात्र द्वारा मेहनत से हल की गई पूरी एक्सरसाइज पर लंबा क्रॉस चला दे···गड़ाते हुए, पूरे पेज पर आर-पार, लाल स्याही से···

आंगन के फर्श पर सरकते सूखे पत्ते की आवाज में मकान की छाया कुछ और

ही कहती है—'नहीं, मैंने आत्महत्या नहीं की, मुझे मार डाला गया।' उस समय भी सभी को शक हुआ था···वारदात की शाम घर में कोई नहीं था, सिवा छोटे के। छोटे लालची है, गुंडा है, हिंस्र प्रवृत्ति का है···बड़ा भाई क्या, किसी को अपने रास्ते से हटाने के लिए वह किसी भी हद तक जा सकता है, अपने पिता को भी जान से मार सकता है। वह ऐसा ही बना है। बड़े का हिस्सा हथियाने के लिए···

सब कुछ सामने आ जाता अगर तहकीकात होने दी जाती, पर उसने ही पर्दा डलवा दिया था—एक बेटा तो गया ही···उस तरह, क्या दूसरे को भी चला जाने दे···दूसरी तरह?

पर यह बेटा है क्या?

दुकान को लाट साहब की तरह नौकर के जिम्मे छोड़ देना, खुद दिन-भर सोना या अपने साथियों के साथ गुंडाय कर आना, देर रात तक निठल्लों के साथ जुआ खेलना या शराब पीना···खाली गिलास और प्लेटों पर चिकन-मीट की हड्डियों को यों ही छोड़ देना कि बाप तो सवेरे उठता ही है, अगर चाहता है कि पड़ोस का कोई न देखे तो साफ करे। इस छोटे कस्बे में शराब-कबाब की महक लगते ही नाक बांध लेते हैं लोग···तो वह साफ करता भी है। वह शहर में नहीं होता तो बहू करती है। उसे, अपने बाप को सुना-सुनाकर छोटे कहता है—'इस साले को तो बंधुआ मजदूर की तरह रखना है'···उसके सामने से जब निकलेगा तो कद ऊंचा करता हुआ सीना फुलाता हुआ, उसकी तरफ हिकारत से देखता हुआ। अपने दोस्तों से कहता भी है—'उसका बाप सांप की तरह पैसे पर बैठा है···पैसा, जो उसका है। वह पिता के मरने तक इंतज़ार नहीं कर सकता, उसे अभी चाहिए··· जब भोगने की उम्र है।' छोटे के निठल्लेपन की तरफ इशारा करो तो वह सीधे-सीधे सुनाता है—'निठल्ले तुम नहीं हो क्या, क्या किया तुमने जीवन में सिवा कुछ कागज रंगने के।' कहो कि यह तो किया कि पैसा बचा रहे, तुम लोगों के काम आ सके, छोटे क्यों नहीं, उसी तरह अपने बच्चों का सोचता···तो बतबढ़ हो जाती है, जिसमें कुछ भी हो सकता है।

वह लड़ाई-झगड़े से बचता है। मोहल्ले-पड़ोस के लोग क्या कहेंगे···छोटे की मां, बहू और बच्चों का खयाल आता है। छोटे तो सोच नहीं सकता कुछ। वह सोचे···लेखक है। कृष्ण की नीति वाली बात याद करता है—नीति रण छोड़ने का भी कहती है। कृष्ण रणछोड़ जू कहलाए थे, इसलिए छोटे के सारे कुकर्म, दिए गए अपमानों को भूलकर वह उसकी जिदों के आगे झुकता गया है···जैसे पीछे यह आधुनिक शैली का मकान बनाना ही—छोटे का ध्यान उधर लगा रहे, उसकी हिंस्र प्रवृत्तियां दबी रहें, कुंभकर्ण सोया रहे···

बड़े का मामला किसी तरह दब गया था, पर जब वह अपनी विधवा बहू और पोती को देखता तो भीतर मरोड़ें उठतीं। बाईस साल की बहू और तीन साल छोटी बच्ची…उनके चेहरों पर विषाद सूखकर जम गया था। बहू समझती थी—यही न समझ पाती कि वह कैसे घटित हुआ, पति ने आत्महत्या की तो क्यों, किसी ने हत्या की तो क्यों, छोटे इस हद तक जा सकता है क्या? बच्ची के चेहरे पर रह-रहकर अथाह वेदना उग आती थी…अज्ञात, अवर्णनीय, क्योंकि वह कुछ नहीं समझती थी। उसका पिता, जो उसे कंधे पर उठाए घूमता था, उसे उचकाता था… वह सो रहा था, लोगों ने उसे उठाया नहीं, उसे सोते हुए ले गए…कहां? वह क्यों नहीं आया? कहां है?…जाने कितने सवाल…आकारहीन, अपरिभाषित…उस निष्कलुष चेहरे पर उतरा आते थे। अपनी पोती को खिलाते हुए वह थोड़ा हंसाने की कोशिश करता…तो उस नन्ही-सी जान को दादा का दिल रखने के लिए पूरी प्राणशक्ति लगा देनी पड़ती। आखिर एक सूखी…मरी-मरी हंसी निकलती…जो अगले ही क्षण चेहरे की सर्द सिल में गुम हो जाती, रह जाता धुंधुआया, छोटा दुर्बल चेहरा…

इन दो प्राणियों का कसूर? उनकी सारी जिंदगी सामने पड़ी है, उन्हें क्या ऐसे ही छोड़ दिया जाए संसार में भटकने के लिए? बड़े जब जीवित था तो इनका जायदाद में हक बनता था। वह नहीं है तो इन बेचारों को क्या कुछ नहीं मिले…इसलिए कि छोटे नहीं देना चाहता, कि ये अपने बाहुबल से नहीं ले सकते, उधर जो गुंडा है, उसका मुकाबला नहीं कर सकते? बच्ची की छोटी-छोटी आंखों में यह सवाल भी झिलमिलाता दिखता था—क्या उसे अपने दादा से न्याय मिलेगा?

उसने फिर कृष्ण की नीति याद की थी—चोरी-चोरी ही करो जो किया जाना चाहिए। चुपचाप-चुपचाप उन दो प्राणियों को उनके ननिहाल में बसाया, क्योंकि यहां तो कंसनगरी थी। वहां छोटे को भ्रम रहेगा कि उनके लिए जो हो रहा है, वह बहू के पिता की तरफ से है। एक छोटा-सा घर ले दिया कि मां-बाप के साथ न रहना पड़े…आखिर अब वह उसकी बेटी थी। एक छोटी-सी नौकरी लगवा दी, बच्ची स्कूल जाने लगी, कुछ फिक्सड डिपॉजिट करा दिए कि ब्याज आता रहे। काम चल निकला…पर न्याय हुआ—यह कैसे कहा जा सकता है? वह इसी क्रम को धीरे-धीरे चुपचाप-चुपचाप बढ़ाते जाना चाहता है। अपनी पोती और बहू को मिलने या वहां कुछ करने जाएगा तो किसी दूसरे शहर जाने का बहाना बनाकर, घूमकर उस बस्ती में पहुंचेगा। बहू और उसके पिता को भी समझा रखा है कि इस बात को पूरी तरह गोपनीय रखा जाए कि उन्हें ससुराल से कुछ मिल रहा है…यहां तक कि समधी को सलाह दी है कि बहू और बच्ची की तरफ से उनके हक के लिए ससुर पर मुकदमा ठोंक दें। वह स्वयं एक विल लिखना चाहता है,

ड्राफ्ट छिपाए-छिपाए फिरता है, दूसरे शहर के वकील की सलाह लेता है···

उसे इस बात का अहसास था कि छोटे के पास निठल्लों की सेना है, वह गुप्तचरी कराता है। उसके लोग जब-तब उसका पीछा करते दिखाई दिए हैं। अंधियारे-उजियारे छोटे उसे मरवा भी सकता है। वह चौकन्ना रहता था···क्योंकि उसके जीवित रहने-रहने तक ही उस बच्ची को न्याय मिल सकता है···बाद में नहीं। गुप्तचरी कराकर छोटे ने कुछ चीजें पता भी कर ली हैं। पिछली बार गिरीश के यहां ज्यादा रुक गया था तो छोटे ने अपनी मां के मार्फत फोन पर धमकी भिजवाई—फलां तारीख तक हर हालत में पहुंच जाओ···

गिरीश बहुत बिगड़ा था—यह क्या बात हुई कि तुम अपनी मर्जी से कहीं रुक नहीं सकते? क्या हासिल हुआ जो तुमने अपना लिखा-अधलिखा आग में झोंक दिया? क्या करते हो तुम वहां सिवा समय 'किल' करने के, शराब पी-पीकर खुद को गला रहे हो। वे लोग तुम्हारा सिर्फ इस्तेमाल करते हैं। तुम्हें, तुम्हारी प्रतिष्ठा को कवच की तरह ओढ़कर खुद को बचाए रहते हैं और तुम्हें मार रहे हैं। तुम नहीं जाओ, वह बस्ती ही छोड़ दो, यहां किराए का मकान लेकर रहो···यहां तुम्हारा लिखना शुरू हो जाएगा, तुम जी जाओगे। समाज किसी को जीने नहीं देता, जीने का रास्ता हमें ही अपने लिए बनाना पड़ता है। तुम जो बलिदानी प्रवृत्ति को ही सबसे बड़ा मूल्य मानकर चल रहे हो—यह रास्ता तुम्हारे विनाश पर ही पहुंचेगा, और कहीं नहीं। कुछ हासिल करने के लिए···जीने के लिए ही हमें स्वार्थी होना चाहिए···हम लेखकों को तो और भी, जिन्हें कुछ काम करना है, जो कुछ कर सकते हैं···

वह कैसे स्वार्थी हो जाए! जब-जब अपने हित की सोचता है तो पोती का चेहरा सामने आ जाता है—निष्कलुष, दुर्बल चेहरा, जिस पर अभी से काल ने विषाद की सैकड़ों तहें जमा दी हैं। उसकी तरफ टुकुर-टुकुर तकती छोटी-छोटी आंखें···

गिरीश के पास वह नहीं रुक सका था, पूरी तरह उसे बता भी नहीं सका था। यहां पहुंचा तो छोटे ने उसे घेर लिया—"तुम आस्तीन के सांप हो, जिस थाली में खाते हो, उसी में छेद करते हो, उन लोगों से मिले हुए हो, घर का पैसा बहा रहे हो, रास्ते पर आ जाओ···"

"मुझे रास्ता बताता है···वह जिसे खुद अपना रास्ता नहीं मालूम।" अमूमन वह चुप रहता है, पर इस बार खुद को नहीं रोक सका था।

"तुम उन लोगों की मदद करने से बाज नहीं आओगे।"

"वे कोई दूसरे नहीं हैं।"

"क्या लगते हैं तुम्हारे?"

"पहले वह इस घर की बहू थी···अब बेटी है।"

"बकवास···बड़े के मरने के बाद हमारा उनसे कोई रिश्ता नहीं।"

"यही सोचकर बड़े को रास्ते से हटाया था···"

छोटे एकाएक तमतमा गया, पाजामे की जेब से तमंचा निकाला और फायर कर दिया। मुश्किल से एक पल···झनझनाती गोली उसकी कमर के बगल से निकल गई। आवाज सुनकर छोटे की मां दौड़ पड़ी—"ओ मोई मताई···जौ का करत बेटा, बाप पै तमंचा छोड़त···"

"इनसे कहो सुधर जाएं···वर्ना···"

"वर्ना क्या कर लेगा···मार डालेगा···और क्या कर सकता है तू···खड़ा तो हूं, मार···"

"सब कोई सुन ले···घर की एक फूटी कौड़ी उधर नहीं जाएगी, एक ईंट भी नहीं दूंगा मैं···" तनतनाता छोटे अपने घर चला गया था, पीछे-पीछे उसकी मां। देख ले वह भी···हर हाल में उसकी तरफ़दारी करने का जो नतीजा निकला। वह भी नहीं बचेगी—तीसरे नंबर पर खड़ी है! बड़े के बाद मैं, उसके बाद वह···!

हर बार की तरह उस बात को भी रफा-दफा कर दिया गया···घर के अंदरूनी झगड़े हैं, होते रहते हैं···कोई बाहर चर्चा नहीं करेगा तमंचे की···उसकी मां ने लीप-पोत दिया।

युद्ध अवश्यंभावी है···क्योंकि सामने दुर्योधन है। महाभारत में तो चचेरे भाई आमने-सामने थे, यहां अपने ही बेटे और पत्नी से युद्ध है। पहले स्वयं से कृष्ण में रूपांतरण और अब कृष्ण नहीं, अर्जुन बनना होगा एक न एक दिन। यही समझ में नहीं आता कि यह युद्ध किस तरह लड़ा जाए···जैसे कालाग्नि सिर्फ बड़े का पार्थिव और उसका अपना अपार्थिव, अभ्यांतरिक लेकर ही शांत नहीं हुई, वह उस सबको लीलने बढ़ी चली आ रही है जिसे स्वयं को होम करने के बाद भी वह बचाता चला आ रहा है—अपने पिता की, कुल की प्रतिष्ठा···अपने जीवन में जो-जो उसने अर्जित किया, वह बचाना इसलिए नहीं कि ये चीजें आपकी हैं, इसलिए भी कि अच्छाई में लोगों की आस्था बची रहे और अगर बड़े की पत्नी और बच्ची का कोई दोष नहीं तो छोटे की पत्नी और उसके दो बच्चों का भी क्या दोष ···क्या उन्हें भी बड़े के परिवार की तरह अनाथ कर दिया जाए? दोनों लड़कों के परिवार अनाथ! गिरीश सिर्फ लिखने को बड़ी चीज समझता है···जो युद्ध सामने है, उसके सामने क्या है लेखन? अपनी-अपनी नियति कि छोटे-से जीवन में युद्ध की तैयारी और उसमें उतरना भी है, युद्ध करना और उसकी विभीषिका से सबको

बचाना भी···यहां तक कि अपने शत्रु को भी।

लिखने से बड़ी चीजें भी हैं दुनिया में–तुम्हारा धर्म···जो तुम्हारे आसपास, तुम्हारी शरण में हैं···उनका जीवन संभालना या कि जीना ही, हर हाल में जीना ···यह जानते हुए भी कि यातना के अलावा वह न कुछ है, न उसे होना है।

उसने दंड-बैठक फिर से लगाना शुरू कर दिया है। नरक में उतर गया है। दांते का 'इन्फर्नो' फिर से उठाया है देखने को कि कौन नर्क बड़ा है–वह या यह···

तुम कल्पना नहीं कर सकते।

प्रिय गिरीश!

[2004]

प्रेम-संतान

उसकी आवाज बदल जाती है, जैसे पीछे गले की तरफ लौट गई और वापस पेट में कूद जाने को तैयार गले में ही खड़ी रह गई हो। बहुत कम शब्द बाहर आ पाते हैं और आते भी हैं, वे भर्राहट में फंसे, घर्र-घर्र करते हुए···जैसे गीले बांस की फटी दरारों से हवा गुजरती हो, रुक-रुककर।

चेहरा पत्थर होने लगता है, हाल ही में मृत व्यक्ति पर जैसे पथरीली चादर-सी बिछने लगती है। उस समय अगर कोई चिंउटी भी काटे तो उसे शायद ही महसूस हो।

आंखें···सूजी हुईं, जैसे पिछले कई दिनों से रोती रही हो, जबकि बहुत चाहती रही रोना, लेकिन आंसू हैं कि निकलते नहीं। काफी दिनों बाद सर्दीलेपन को फाड़ जब कोई बात भीतर पहुंचती है, टीस पहुंचाती है तो आधा-आधा आंसू आकर दोनों आंखों में हिलगकर रह जाते हैं, वहीं चमकते रहते हैं···सामने वाले को टुकुर-टुकुर तकते हुए।

अजीब खालीपन घेर लेता है—बाहर-भीतर शून्य, शून्य ही शून्य। लगता है, उसमें उतरती चली जा रही है···गहरे और गहरे, कालेपन से लिपटी हुई। विषाद ही विषाद···कीचड़ जैसा काला। उससे बाहर निकलने की भी इच्छा जाती रहती है, बस तिल-तिल डूबते चले जाने का अहसास···

उसके कमरे से नीचे ग्राउंड फ्लोर के घर का आंगन दिखता है। वहां इस समय फीकी चांदनी फैली हुई है—न उजाला, न अंधेरा ही। उधर पीछे की हाउसिंग सोसायटी वाली बाउंड्री है। बासी, बदरंग दीवार के पार फ्लैटों के पिछवाड़े हैं। सामने वाले फ्लैट के बरामदे से विक्टर के रोने की आवाज रह-रहकर उठती है। विक्टर—यहां उसका एकमात्र मित्र···उसका ही दिया हुआ नाम है। डोरी पर गीले कपड़े डालने के लिए जब वह शटर हटाती, विक्टर उसकी तरफ बड़ी आत्मीयता से देखता। बस···दोस्ती हो गई। इधर ऊपर एक कमरे में वह, उधर नीचे बरामदे में विक्टर···दोनों ही बंधे हुए।

विक्टर रो रहा है, शायद उसका सूजा चेहरा देख लिया···या सूंघ लिया।

एक नौकरी का सहारा लेकर इस शहर में आ गई। पति ने चिल्लाकर कहा–'निकल जा…अब मेरे घर में नहीं रह सकती।' वह भी बमक पड़ी–'तीन महीने के भीतर घर छोड़ दूंगी, नौकरी नहीं मिली तो भी कहीं चली जाऊंगी, ट्यूशन कर लूंगी, कुछ करूंगी, अपने भर के लिए कमा ही लूंगी। जहां इज्जत नहीं, किसी भी दिन निकाला जा सकता है, वहां कोई क्यों रहे…' वर्ना पति से यह भी कह सकती थी–'क्यों निकलूं? यह घर तुम्हारा नहीं, तुम्हारे बाप का है; तुमने तो जीवन में एक टुटल्ली नौकरी-भर की, वहां भी जो कमाया इतर-फुलेल में उड़ा दिया। घर तुम्हारा कहां से हो गया, अगर तुम्हारा है तो मेरा भी कुछ है…ससुराल!'

'निकल जा'…जिस घर को वह किस जतन से बुहारती-पोंछती रही, एकाएक वहां उसका कुछ नहीं, एक कोना भी नहीं, किसी भी दिन उसे बाहर निकाला जा सकता है! सिर्फ दो शब्दों में–'निकल जा'…क्योंकि उसकी तरफ से लड़ने वाला कोई नहीं, उसका कोई मायका नहीं, मां-बाप, भाई-बहन कोई नहीं?

वह संसार के पटल पर छिड़क दिया गया कोई धब्बा है, जैसे खत्म स्याही वाले पैन को झटको तो स्याही की बची-खुची कोई बूंद कहीं जा गिरती है…यूं ही।

उसके साथ चीजें ऐसे ही घटी हैं। कॉलेज से साइकिल पर घर जा रही थी कि डब्बू ने निहायत फिल्मी स्टाइल में अपनी साइकिल उस पर पटक दी। खुद को सलमान खान समझते हुए उसके ऊपर गिरने की कोशिश भी की थी, पर उसने लात से परे कर दूसरी तरफ गिरा दिया था। वह रोते बच्चे की तरह अपने घर पहुंचा और मां-बाप के आगे रूठा खड़ा हो गया–'शादी इसी से करूंगा, वर्ना आत्महत्या कर लूंगा…'

यह उसका प्यार था, पहली नजर का प्यार! एक बार भी नहीं सोचा कि दूसरी तरफ भी कुछ हुआ था क्या, कि लड़की की एक भी नजर तुम तक आई थी क्या, क्या उसकी नजरों में तुम्हारे लिए हिकारत ही हिकारत नहीं थी। प्यार करने की तुम्हारी फिल्मी क्वालीफिकेशन भी क्या थी–क्या लड़की के कॉलेज में पढ़ते थे, फर्स्ट आते थे या कि कॉलेज में तुम्हें छोड़ने-ले जाने के लिए कोई कार आती थी? सिर्फ यह कि तुम भी उसी शहर में रहते थे!

पिता का स्वर्गवास हो चुका था, वह विमाता के यहां रहती थी, सौतेले भाई-बहनों के बीच। विमाता उससे छुटकारा पाना चाहती थी। उसकी यह अयोग्यता ही डब्बू की योग्यता बन गई। विमाता ने कहा–'शादी तो होनी ही है, इससे या उससे। कम से कम यह तुझे चाहता है…ऐसा भी कहां मिलता है आजकल। उसकी तरफ खड़े होने वाला, कुछ बोलने वाला कोई नहीं…तो चली आई एक कैद से दूसरी कैद में…शायद यहां थोड़ी ज्यादा काबिले-बर्दाश्त हो।

विक्टर भीतर ले जाया गया है। उसकी आवाज अब नहीं आ रही। चुप है या सिर्फ हलकी कूं-कूं कर रहा होगा। उन्होंने सिर पर हाथ फेर दिया होगा और वह दुम हिलाने लगा होगा···उसके घर के लोग उसे पसंद करते हैं, क्योंकि वह बोल नहीं सकता, वह बोल सकती है, इसलिए पसंद नहीं की जाती।

विक्टर के घर वह कभी नहीं गई। किसी के यहां नहीं जाती। बस स्कूल से घर, घर से स्कूल। थोड़ा घुलो-मिलो, लोग तमाम तरह के सवालों से चींथने लगते है—अकेली क्यों रहती हो? पति कहां है? इस छोटी-सी तनख्वाह के लिए इतनी दूर क्यों पड़ी हो? अगर कहीं उसकी स्थिति यह होती कि पति नहीं हैं तो झट से मशविरा दे डालते विवाह करने का···जैसे कि पति नहीं तो कुछ नहीं, उससे अलग औरत का कोई वजूद नहीं, औरत को हर हाल में शौहर के यहां ही रहना चाहिए, अलग कोई जीवन नहीं। आज के जमाने में भी लोग ऐसे-ऐसे सवाल करते हैं··· औरतें तो और भी आगे-आगे आकर···

बेटे की बहुत याद आती है। आठ साल का हो गया···पर अपनी उम्र से छोटा है। वहां कौन उसका करता होगा—समय पर खाना-पानी, कपड़े साफ पहनता है या नहीं, स्कूल रोज जाता है कि नहीं, होमवर्क, किस विषय में कमजोर है···कौन निगाह रखता होगा। रात को उसे चिपकाए वह सोती थी, बच्चे के शरीर की गंध उसके नथुनों में भर जाती थी—जैसे झब्बा-भर सुगंधित फूलों पर नाक रखे सो रही हो। बड़ा होकर वह तो यही सोचेगा कि मां उसे छोड़कर चली गई थी, उसके जो साल बरबाद हुए, वे मां के कारण। उसे कैसे बताया जाएगा कि मां का भी पहले जीवित रहना जरूरी है, जीवित रहेगी तभी तो बेटे के लिए कुछ कर सकेगी···

वहां जीवित नहीं थी क्या···रह सकती थी जैसे अब तक रहती चली आई थी, करती रह सकती थी बेटे का सब कुछ जैसे अब तक करती चली आई थी। फोन पर पता चला है कि अब वह जब मन किया तभी स्कूल जाता है, स्कूल में हाजिरी कम हो रही है, मंथली के नंबर कम हो रहे हैं···यह सब न होता···लेकिन अगर इस बीच वह, जो खुद को उसका पति कहता है, उसने 'निकल जा' से भी आगे जाकर सचमुच उसे बाहर फेंक दिया होता तो कहां जाती वह? पति के अधिकार का प्रयोग करते हुए वह बेटे को भी न देता, दे भी देता तो एकाएक कहां जाती वह उसे लिए हुए। मायका ऐसे मौके पर ही तो काम आता है और वह उसका कहीं नहीं, दूर का रिश्तेदार जैसी कोई चीज नहीं—फौरन कोई नौकरी तो मिल नहीं जाती तो क्या खुद खाती, क्या बेटे को खिलाती, पढ़ाना-लिखाना तो दूर की बात···

उस शहर में ससुर का मकान था जिसमें रहते थे···इकलौते बेटे को धुन चढ़ी

कि बहुत पुराना है, उसे बेचकर नया ले लिया जाए। ससुर को क्या एतराज··· आखिर बेटे को ही तो सब कुछ मिलना है। अच्छा है अगर वह अपनी पसंद का ले लेता है···

बेचने में गलत पार्टी से फंस गया जिसने बिक्री समझौते में जाने क्या-क्या लिखा लिया···इतना रुपया मिलने पर हम मकान खाली कर देंगे, बाकी पैसा मकान खाली करके देने के बाद मिलेगा। तारीख निकलने के बाद खरीदने वाला धमकियां देने लगा, गुंडे भिजवाने लगा···खाली करो, जैसे वे किरायेदार हों। नया मकाने मिले तो उसमें जाएं, वह मिले जब उसकी कीमत चुका दी जाए, कीमत चुकाई जाए जब पुराने की बिक्री का पूरा पैसा मिले।

पति पहले सब आगे-आगे होकर अपने मन की करता रहा, कभी कुछ पूछा भी नहीं। फंस गया तो बोलता है—"तू संभाल, मेरे साथ वकील के यहां चला कर।" वकील अगर उसकी पत्नी पर डोरे डालने लगा तो बजाय उसके डपटने के बोलता है—"अपनी गोट फंसी है, उसे क्यों खफा करें? अगर तुझे छू-छा लेने से अपना काम संभल जाता है तो क्या फर्क पड़ता है। एक बार इस चक-चक से निकल गए तो उसकी तरफ देखना भी नहीं।" यह पति था! उसके लिए खाना पत्नी ही बनाए, थाली परोसकर रख देना भर काफी नहीं, वह सामने मेज पर बैठी रहे···जब तक वह खाना खत्म नहीं कर लेता···वर्ना थाली खिसकाकर बिन खाए उठ जाएगा!

मकान की बिक्री के दलदल से निकलने के दौरान ही वे मिले जो उसके पथप्रदर्शक बने। वही उन्हें ढूंढ़कर लाई···कभी यूनिवर्सिटी में उसके विभाग में भाषण देने आए थे। उन्होंने अपनी जान-पहचान का इस्तेमाल किया। खरीद करने वाली पार्टी ने जब धमकियां देना शुरू किया तो वे ही उसके, पति के, परिवार का सहारा बने। वे अब आते तो वह लप्प से उनके पास जा बैठती, बढ़-चढ़कर उनकी खातिरदारी करती···कभी-कभी उनके साथ बाहर अकेली भी चली जाती। उसके जीवन में पहली बार जैसे साफ हवा प्रवेश कर रही थी। वे आगे बढ़ने के लिए उकसाते थे···आगे बढ़ना, शोध-कार्य, कितने नये क्षितिज खुलने लगे थे। वे उसे बहुत आगे ले जाने वाले दिखते···

नये मकान में आते ही उसका पतित्व जाग उठा। वह क्यों कुछ छिपाती, छिपाने के लिए था भी क्या—"हां, उनके लिए मेरे मन में आदर है, उससे भी आगे कुछ। उन्होंने खुद को जोखिम में डाल किस तरह घर के मामले में मदद की है।"

"घर का मसला जब तक था, मैंने नहीं टोका। अब तू उनसे मिलना-जुलना छोड़ दे।"

"क्यों?"

"मुझे नहीं पसंद···बस।"

"मैं अहसानफरामोश नहीं हूं।"

"तू उनको चाहती है?"

"मैं नहीं जानती···पर जो सच है वह यह कि वे मुझे अपने लगते हैं···ऐसे जिन पर विश्वास किया जा सकता है, निर्भय हुआ जा सकता है।"

"देख···जब अपना काम था तो तेरा यौन-शोषण भी करता, मुझे बर्दाश्त था ···क्योंकि वह आपद्धर्म था···लेकिन तू किसी को चाहने लगे यह मुझे बर्दाश्त नहीं। अब जब वह घर आएं, उसे चले जाने को कह देना···तभी मैं मानूंगा कि तू उन्हें नहीं चाहती।'

"मैं यह नहीं कर सकती।"

उसने साफ कर दिया था। घर में कह दे कि नहीं मिलूंगी और छिप-छिपकर उनसे मिलती रहे···वह झूठ को पकड़कर नहीं चल सकती।

"तू उन्हें मुझसे ज्यादा मानती है?"

"हां, मानती हूं···" उसने कह दिया, वह सच जो था। तुमसे बेहतर कोई पुरुष हो ही नहीं सकता क्या···सिर्फ इसलिए कि तुम पति हो?"

और फिर तहलका मच गया–कुलटा है, व्यभिचारिणी है, सरेआम पति ने उसे ज़लील किया। पलट-पलटकर झगड़े हुए और फिर एक रोज···–"निकल जा मेरे घर से"··· घर, जो उसकी वजह से खरीदा जा सका था, जिसकी कीमत की भरपाई उसकी मदद से हो सकी थी। सास-ससुर धृतराष्ट्र बने सब सुनते रहे थे। वह हमेशा सही था, क्योंकि उनका बेटा था···इकलौता।

पथ-प्रदर्शक कहते हैं–सोचो! क्या तुम्हारी यह ज्यादती नहीं कि एक बार झगड़े में, क्रोध में उसने कह दिया–'निकल जा' और तुमने सचमुच घर छोड़ दिया? पति-पत्नी के तो झगड़े होते ही रहते हैं। तुम्हें पति के कहने पर चलना चाहिए। उसे अगर मुझसे मिलने पर आपत्ति है तो यह कौन बड़ी बात है, बंद कर दो मिलना, हर हाल में अपना घर-परिवार बचाने की कोशिश करो। जो इसमें बाधा बनता हो–चाहे वह मैं ही क्यों न हूं–उसे हटा दो। बात अगर तुम दोनों के बेमेल होने की भी है तो कितने पति-पत्नी मेल होते हैं, फिर भी हिंदुस्तान में वे साथ-साथ पूरी जिंदगी निकाल देते हैं, मध्यवर्ग और निम्न-मध्यवर्ग के तो जरूरी ही। ज्यादातर ऐसे होते हैं कि वे वैवाहिक जीवन से कुछ उम्मीद भी नहीं करते, दूसरी चीजों पर ध्यान टिकाकर जीवन बिता देते हैं···जैसे घर की समृद्धि बढ़ाना, तरक्की करना, बच्चों का भविष्य बनाना आदि···

वे ऐसे ही बने हैं—औरों के लिए कुछ भी करना···खुद को जोखिम में डालकर भी, अपने लिए कुछ नहीं चाहिए···हमेशा अपने को मारना, उन्होंने उससे भी अपने लिए कभी कुछ नहीं मांगा···हमेशा देने में ही विश्वास करने वाले! वे नहीं समझ सकते···कितना बड़ा अपमान था वह···'निकल जा···मेरे घर से निकल जा' ···उस आदमी ने एक बार नहीं, तीन-तीन बार यह कहा···'मेरा घर'···माने उसका घर, पति का घर! पत्नी का कुछ नहीं, उसके बच्चे की मां का भी कुछ नहीं!

तीन महीने की समय-सीमा जो उसने दी थी, उसके भीतर वह निकल आई, जो भी नौकरी मिली···उसके सहारे जीवित रहने के लिए···अगर अपनी ही नजर में गिर गई तो मर गई।

पर यहां अभी से दम उखड़ता दिखता है। यह ठीक है कि इस शहर में लड़कियों को वह असुरक्षा नहीं, आज ढेरों उस जैसी हैं—अकेली, सिर्फ अपनी नौकरी के सहारे···पर उसकी पीठ पर पंद्रह वर्षों की गृहस्थिन होने की यह जो आदत चिपकी हुई है···वह? बेटे के शरीर की गंध, सास-ससुर भले ही भूसा हों, पर वे जिंदगी को भराव तो देते थे, कहां वह ऊपर-नीचे का बड़ा घर, कहां यहां एक कमरे में सिमट जाना···

क्या लौट जाए? सास-ससुर की निगाह में उसकी इज्जत बढ़ी है, क्योंकि अब वह कमाऊ है, वहां भी कमाएगी। पति का व्यवहार बदला है, क्योंकि दूरी रही है इस बीच, वह सोच भी नहीं सकता था कि उस जैसी दब्बू लड़की सचमुच चली जाएगी? फोन पर वह अपने कहे की माफी मांगता है, पर साथ कितनी शर्तें भी लगा देता है। कहता है, "तू इसी शहर में कोई छोटी-मोटी नौकरी कर ले···बस, एक उस आदमी का साथ छोड़ दे, आकर पत्नी की तरह रह···"

क्या वह पति की तरह रहा?

पत्नी की तरह रहने के मायने—वह यह भी बता देता है—पति के साथ हर चीज की हिस्सेदारी करना···वह कब किससे क्या बातें करती है, कितना कमाती है, क्या खर्च करती है, क्या बचाती है, बैंक में कितना रुपया है, कहां जा रही है, कब लौटेगी···सब पति को बताना। यह बात दीगर है कि उसने स्वयं पत्नी के साथ कभी ऐसी हिस्सेदारी नहीं की। एक बात जो वह बार-बार कहता है—पति का आदर करना होगा। इसके क्या मायने? मायने क्या फैलते नहीं चले जाएंगे ···आज मेज पर सामने तब तक बैठे रहना है जब तक वह खाकर उठ नहीं जाता और वह जूठी थाली नहीं उठा लेती, कल सोने से पहले उसके पैर दबाना भी हो सकता है। वह कहता है—इस आदमी को छोड़ दे, पर कल के दिन किसी दूसरे के लिए भी यह आपत्ति उठ सकती है। बात इसको या उसको छोड़ने, इससे या उससे

मिलने की नहीं···स्वतंत्रता की है। वह क़िसी से भी मिले तो पति की अनुमति लेकर ही। और इसकी क्या गारंटी कि भविष्य में उसकी कोई एक अपेक्षा पूरी नहीं हुई तो तमतमाकर वह फिर से बाहर का रास्ता नहीं दिखा देगा—'निकल जा···' उसने यहां जो छोटी-सी शुरुआत की है, वह भी हाथ से गई, वापस फिर उसी बिंदु पर जिसे पीछे छोड़ आई है···

सिर पर हमेशा लटकती तलवार। जैसे इतने वर्ष साथ रहने के बाद उसका कोई अधिकार नहीं, वैसे सारी जिंदगी किसी तरह रहने के बाद भी उसका कुछ नहीं लगेगा···पूरा जीवन इस अहसास के साथ काटना, असुरक्षा में···रस्सी अब टूटी, अब टूटी···

पथ-प्रदर्शक कहते हैं—कुछ पाना है तो कुछ छोड़ना भी पड़ेगा। वह क्या रखे, क्या छोड़े? बेटे को यहां लाती है तो उसके लिए भी क्या वही खालीपन नहीं होगा जो अभी उसकी मां के लिए है? दादा-दादी, लंबा-चौड़ा घर···इनकी कमी भर पाएगी क्या वह अकेले? बेटे को सब चाहिए। पिता जैसा भी हो—वह भी चाहिए। बेटे के आने पर जो खर्च बढ़ेगा···उसकी पूर्ति कर पाएगी क्या वह, ट्यूशन वगैरह की अतिरिक्त मेहनत···?

पथ-प्रदर्शक को वह छोड़ दे? 'उसे जीवन में सब छोड़ते चले गए—मां, पिता, फिर विमाता का घर—जैसा भी वह था। थोड़े समय को बस पिता का प्रेम मिला ···वह भी सहमा-सहमा, विमाता से डरा हुआ। अब अगर उसे एक ऐसा व्यक्ति मिला जिससे मन की बातें कह सकती है, जिसका सहारा ले सकती है, जिसने उसमें जीने की इच्छा पैदा की है, जो संघर्ष के लिए, आगे बढ़ने के लिए उत्साहित करता है···उसे छोड़ दे···'

एक उस आदमी के कारण जिसके लिए मन में वितृष्णा ही वितृष्णा है?

लौटती है—चाहे जिस बहाने—तो क्या इज्जत रहेगी वहां? क्या वे सब और नहीं लताड़ेंगे? कितनी अजीब बात कि जो कुछ नहीं करता, वह हुकुम चलाता है···एक इस बिना पर कि बेटा है···वारिस! और जो संघर्ष कर रही है, कमाती है, वहां रहेगी तो भी कमाएगी···घर का सब कुछ करने वाली, बच्चे को देखने वाली, बच्चे के मार्फत उस परिवार का भविष्य देखने वाली···उसकी कोई आवाज नहीं?

विक्टर की आवाज अब बिलकुल बंद है, क्योंकि वह घर के भीतर है। उसकी अपनी आवाज···फंसी हुई ही···और अस्फुट स्वर···वह सुन सकती है, क्योंकि घर के बाहर है। पानी में इधर-उधर बिखरी पड़ी सूखी पत्तियां जैसे हवा के चलने से एक जगह सिमट आती हैं और ढीली-ढाली, आड़ी-तिरछी कोई लाइन-सी बनाती दिखती हैं···वह देख सकती है, सुन सकती है भीतर भूंजे जाते, चनों की तरह

पटर-पटर करते सवालों को···

क्या यह उसका कसूर है कि जो उसके पिता थे, उनका किसी से प्रेम हो गया और वह प्रेम की संतान हुई, कि उसकी मां चलने-फिरने तक की परवरिश ही उसे दे पाई और पिता को उसे सौंपकर असमय में ही संसार से चली गई, कि उसे ढंग से शिक्षित, विवाहित करने के पहले पिता भी उठ गए, कि विमाता ने अपने पति के लिए महसूस की जाने वाली अपनी सारी कर्कशता उस पर उंडेली, कि प्रेम जिसकी उत्पत्ति का कारण था, वह अनाथ की तरह पली, कि पति की तानाशाही परवान चढ़ती है तो इसलिए भी कि उसकी तरफ खड़ा होने वाला कोई नहीं, कि···

बताओ···मेरे सर्वस्व का अधिकारी होने का दावा करने वाले हे मेरे पति!···या कि इस पति के लिए अपना सब कुछ होम कर देने की दिशा दिखाने वाले···ओ मेरे पथ-प्रदर्शक!

वह प्रेम-संतान है···प्रेम की भूखी वह न होगी तो और कौन होगा!

[2005]

पेंचदारी

'ईश्वर की कृपा से कोई बिटिया नहीं है कि रिश्ते के लिए इधर-उधर भागना पड़े। तीनों बेटे हैं। बड़ा दसवीं में प्रथम श्रेणी लाया है, प्रांत में तीसरा नंबर। बारहवीं करके आई०आई०टी० में निकल जाएगा, फिर चाहे तो आई०ए०एस० में बैठे, चाहे विदेश चला जाए…उसकी मर्जी। मझला आठवीं और छोटा छठी में है। बड़े की तरह इन दोनों की स्कूली पढ़ाई भी इसी विद्यालय में पूरी हो जाएगी। लोग कहते हैं, मैं यहां अध्यापक हूं, इसलिए बच्चे अव्वल आते हैं…पर मेरी देखरेख की भी जरूरत नहीं पड़ती इन्हें, बचपन से ही तेज हैं आपके ये तीनों बच्चे। बड़ा निकला है तो पीछे-पीछे छोटे भी निकल जाएंगे। आई०आई०टी० न भी हुआ तो रीजनल इंजीनियरिंग कॉलेज हैं, मैनेजमेंट इंस्टीट्यूट हैं। कैम्पस में ही नौकरी लग जाती है, तनख्वाह लाखों में। अब वे कुछ तो भेजेंगे ही मुझे, इतनी मोटी तनख्वाह खर्च होगी क्या उनसे! वैसे मैं ही क्या करूंगा उसका, अपनी तो पेंशन ही इतनी होगी! कितना खर्च करूंगा मैं…आप ही बताइए, अभी ही क्या खर्च है मेरा…सब देखा हुआ तो है आपका। बच्चों की शादी-ब्याह की भी क्या चिंता…वे अपनी मर्जी से, अपने स्टेटस के हिसाब से कर लेंगे। मेरी तरह कोई मास्टर तो हैं नहीं कि…'

यहां वह अपने आप पर इस तरह हंसता कि उसका अपना स्टेटस भी एक बालिश्त ऊपर उठ जाता।

वह न भी हंसे, अपने लिए कुछ न कहे…उसे देखने पर किसी को भी यह लगता कि वह किसी छोटे कस्बे का कोई छोटा अफसर तो जरूर होगा। आखिर सरकारी नौकरी पर था, वह भी मुस्तकिल…आजकल की ठेके वाली, संविदा-अंविदा वाली, फी-लेक्चर जैसे कि फी-तसले वाली मजूरी पर नहीं। कितनों को नसीब होती है सरकारी नौकरी…धुर बुढ़ापे तक मुस्तकिल। तब…पेंशन, घर बैठे, बिना शरीर हिलाए। उस छोटी बस्ती में वह पंद्रह सालों से था,…तो खूब परिचित, लोगों का आत्मीय। जिस गली से निकलता, कदम-कदम पर दोनों तरफ से प्रणाम-नमस्कार उस पर बरसते थे। वह उन पांच बुनियादी चीजों के बारे में हमेशा चौकस रहता

जिससे अफसर बनते हैं–(1) जूतों पर रोज पॉलिश, हमेशा चमकते हुए और मोजों के साथ होना, गर्मियों में भी, (2) रोज दाढ़ी बनाना···ब्लेड वे जो टी.वी. में गालों पर सर्र-से खिसकते दिखाए जाते हैं, (3) सवेरे के किसी भी मुलाकाती को भीतर से खबर भिजवाना कि आप पूजा पर बैठे हैं, (4) बासे-बासे लोगों से पटी पड़ी उस बस्ती में जहां लोग एक जोड़ी कपड़े कम से कम चार दिनों तक घसीटते थे, वह रोज कपड़े बदलता···हमेशा धुले, करीने से इस्त्री किए कपड़े, ऊपर से नीचे तक एक भी सिलवट नहीं, (5) जूतों की तरह साइकिल भी चमकती हुई···जिसे कभी बाएं हाथ से ढिनगाता हुआ, कभी उस पर सवार···टांगों पर सुस्ती से चिपके मोजों की झलक देता वह निकलता था, पुराने डिप्टी कलक्टर ऐसे ही निकलते थे।

बदनसीबी इस देश की जहां अध्यापक का स्टेटस अफसर वाला नहीं हुआ तो अगर उसने इन मामूली तौर-तरीकों से एक छोटी बस्ती में कुछ स्टेटस अपनी तरफ खींच लिया था तो···?

थोड़ा खटका उसके इत्मीनान को लेकर होता था···इत्मीनान, जो उसके रहन-सहन, सोच और बातों से हर पल टपकता था···बूंद-बूंद। जिंदगी में इतना इत्मीनान होता है क्या···हो सकता है कभी? दूर तक आपको वह अच्छा ही अच्छा दिखाता चला जाता···जैसे कपड़े बेचने वाला थान को फेंकता है इस छोर से उस छोर तक···फड़ से। लड़कों को लेकर जो वह आर-पार सोच जाता था, उसे सपने भी कैसे कहा जाए···लड़के होशियार हैं तो आज के हिंदुस्तान में यह सब बिलकुल सोचा जा सकता था। अफसर इस तरह सोचते ही हैं। उनके यहां जो बिलकुल स्वाभाविक लगता है, वह एक अध्यापक के यहां 'सपने' क्यों कहा जाए? और अगर सपने ही···तो आज के जमाने में हर किसी में सपने देखने की कूवत होती है क्या···

जिंदगी इत्मीनान से चली जा रही थी, पिछले पंद्रह सालों से। उसका वह इतना अभ्यस्त हो चुका था कि कुछ इतर होगा–यह खयाल किसी पतले कांटे की तरह भी किसी कोने में नहीं उगता था···

कि एक कागज आ गया–सरकारी आदेश, उसका तबादला एक दूसरी बस्ती के स्कूल में कर दिया गया था।

"भाई! गलती है···हो जाती है। आदमी से हो जाती है तो सरकार से क्यों नहीं हो सकती? वहां भी तो आदमी ही हैं। ऊपर से पॉलिसी यही है कि अध्यापकों के तबादले बहुत जरूरी हों तभी किए जाएं···दिल्ली से कमिश्नर का सर्कुलर है, ये देखिए···(वह अपनी फाइल से एक पुराना कागज निकालकर दिखाता है) शुक्ला जी सालों से एक ही स्कूल में हैं, त्रेहन, नायक कितने नाम गिन लो···गोडबोले

…बाईस सालों से एक ही जगह, रिटायर होने वाले हैं, पूरी जिंदगी एक जगह कट गई। सहायक आयुक्त नए आए हैं। उनका कोई मातहत उनके ध्यान में नहीं लाया तो उन बेचारों का क्या कसूर? रिकॉर्ड भी इतना पुराना है कि कहां आसानी से रखा जा सकता है। हो जाती है…गलती सबसे हो जाती है। मैंने एक चिट्ठी भेज दी है जिसमें यह सब उनके ध्यान में ला दिया है। ठीक हो जाएगा। क्या है! एक आदेश ही तो निकालना है। जैसे पहला निकाला था वैसा दूसरा निकाल दिया जाएगा…फलां आदेश को निरस्त किया जाता है…एक ही लाइन तो लिखनी है… या दो-चार और शब्द डाल दिए—फलां आदेश को या आदेश संख्या फलां-फलां को निरस्त किया जाता है। बस…क्या लगता है उसमें…"

"सहायक आयुक्त आपके ही आदेश क्यों रद्द करेंगे?" सामने वाले ने पूछ लिया।

"मेरे क्या, सबके कर देंगे…जिन्हें भी एक जगह से दूसरी जगह जाने में आपत्ति है। अब ऐसा तो है नहीं कि दूसरे अफसरों की तरह अतिपरिचय होने पर हम भ्रष्टाचार करने लगें और उस कारण तबादला करना जनहित में आता हो…"

"भाई, आप समझते नहीं। ये सब बातें अधिकारी लोग जानते हैं, ऊपर से नीति भी यही है। अब गलती है, सबसे हो जाती है, 'टू एर इज़ ह्यूमन'…सुधार लेंगे…अपनी ही बनाई नीति के खिलाफ थोड़े ही जाएंगे वे…"

उस पर यह दोष मढ़ा जा सकता है क्या कि वह यह मानकर चलता था कि सरकार में जो लोग बैठे हैं, वे नेकदिल या कम से कम स्वच्छ दिल होंगे, कि वे सरकार की घोषित नीतियों पर सीधे चलेंगे, कि वे अपने अधीन काम कर रहे लोगों के शुभचिंतक होंगे। इसे भी उसका कसूर कैसे कहा जाए कि वह सरकार के मिजाज से वाकिफ नहीं था, उसे कोई तजुर्बा ही नहीं था उस तरह का। सालों पहले नौकरी के लिए चुने जाने पर घर बैठे नियुक्ति-पत्र आ गया था कि जाकर इस बस्ती, इस स्कूल में पदभार संभाल लो…वह आ गया था और तब से यहीं था। हर चीज प्रिंसिपल के स्तर पर निपट जाती थी, वह चुपचाप अपनी जिंदगी जी रहा था।

महीने से ऊपर हो गया और कुछ नहीं हुआ। नया अध्यापक कार्यभार संभालने भी आ गया। प्रिंसिपल और दूसरे अध्यापकों ने समझाया कि उसके आवेदन पर कुछ होना होता तो अब तक हो गया होता, वह सरकारी नौकरी में है तो तबादले भी होंगे, उसे जहां भेजा गया है, वहां का स्कूल यहां से अच्छा है… लेकिन उसके भीतर कई सवाल कुलबुलाते थे जैसे कि तबादले होते हैं, तो उसका अब तक एक भी क्यों नहीं हुआ…पंद्रह सालों तक इसी जगह क्यों रखा गया?

उसके साथ उन लोगों का भी तबादला क्यों नहीं हुआ जो उससे भी अधिक समय से एक जगह पर हैं, आदेश में कोई नीति···पॉलिसी झलकनी चाहिए···आखिर सरकारी आदेश है। उसके तबादले की कोई वजह तो होगी जो कम से कम उसे मालूम होनी चाहिए।

प्रिंसिपल के दबाव में उसने चार्ज तो दे दिया···लेकिन नई जगह पहुंचने की बजाय मेडिकल छुट्टी की दर्ख्वास्त लगा दी। पहले उसे आश्चर्य हुआ था। अब वह आहत था···जिस लगन और गरिमा से उसने इतने वर्षों तक अध्यापन-कार्य किया, कितने बच्चों को उस तरह बनाया जैसे कुम्हार मिट्टी से बर्तन बनाता है···उसका यह प्रतिफल कि बिना बताए उसे उठाकर दूसरी जगह पटक दिया जाए, एक तरह से···वह कोई आवेदन दे तो उसकी प्राप्ति की सूचना तक न भेजी जाए···ऐसी नाचीज तो नहीं है वह!

नीचे वाला न सुने तो ऊपर लिखो···इस सिद्धांत के तहत उसने, पहले से भी ज्यादा तगड़ा आवेदन-पत्र दिल्ली में बैठे आयुक्त महोदय को भेज दिया···बढ़िया भाषा में···कि कोई पढ़कर ही महसूस करने लगे कि भाई, ये होते हैं अध्यापक, वे ही ऐसी सशक्त भाषा लिख सकते हैं, ऐसी भाषा कि कोई पढ़ते ही तुरंत कार्यवाही करने को मजबूर हो जाए। खुद पर किए गए अन्याय को उभारने के लिए उसने ढूंढ़-ढूंढ़कर पचास ऐसे उदाहरणों की एक लिस्ट भी साथ लगाई थी—जहां अध्यापक उससे भी अधिक वर्षों से एक स्कूल में थे और उनका तबादला नहीं किया गया था। वह यह नहीं सोच सकता था कि इसे सरकार अपने कार्य की आलोचना मानेगी और कुपित हो जाएगी···

तीन महीने गुजर गए, और आयुक्त के यहां से भी कोई जवाब नहीं। उसने आने-जाने वालों के मार्फत पुछवाया तो पता चला कि उसके जैसे आवेदन वहां रोज ढेरों आते हैं, सबका जवाब देना जरूरी नहीं होता, उन्हें पढ़ा भी नहीं जाता ···तो उसकी लच्छेदार भाषा? उसका क्या हुआ? यही भी बताया गया कि जब तक कोई दूसरा आदेश नहीं आता, तब तक पहला स्टैंड्स···यही सरकारी चाल होती है ···पहला आदेश अपनी जगह स्थित है···तामील हो···जैसे 'मुगले आज़म' में अकबर यानी पृथ्वीराज कपूर गले से खींचते हुए बोलते थे।

उसके एक ज्ञानी सहकर्मी ने उसे समझाया—''भैया, लिखने-भर से कुछ होता है आजकल। तुम तो कहीं जाते ही नहीं। अब तुम कोई सरकार के दामाद हो कि वह तुम्हें यहां बैठे-बैठे तश्तरी में हलुवा पेश करेगी। तबादले के आदेश हो गए, तब तो जाकर मिलते।''

"किससे?"

"सहायक आयुक्त से···और किससे?"

''तुम कहते थे, वह मुझसे खफा है! क्यों खफा है?'' उसके मुंह से धीरे से निकला।

''इस बात से कि जब उसने यहां चार्ज लिया, तब सब लोग कॉल करने गए, तुम नहीं गए।''

''और इस छोटी-सी बात पर तबादला कर दिया?''

''छोटी-सी बात? साब हर्ट हुए···यह छोटी-सी बात है। उन्हें यह रिपोर्ट भी मिली कि तुम खुद को अफसर समझते हो। फिर तबादले के आदेश के बाद भी तुम मिलने नहीं गए, भड़ से ऊपर लिख दिया। अब वे कहते हैं, देखें, क्या करवा लाता है दिल्ली से। अब तुम ऐसा करो कि मिल आओ···पहले यहां सहायक आयुक्त से, फिर दिल्ली भी···''

उसके सामने एक ऊंचा पहाड़ खड़ा हो गया। ऐसा नहीं था कि वह घमंडी था, इसलिए किसी से मिलने नहीं जाता था। उसे कभी-कहीं भी जाना भारी पड़ता था···इस बस्ती से लगाव कहिए या यहां लगातार रहने की आदत ने उसे इस तरह जकड़ रखा था कि वह कहीं भी जाने को आखिरी दम तक टालता रहता। बहुत मजबूरी में कहीं जाना ही हुआ तो वहां जल्दी-जल्दी काम निपटा फट से यहां लौट आता और अपनी दिनचर्या से चिपक जाता···फिर अब तो बात थोड़ी-थोड़ी प्रतिष्ठा की बनने लगी थी। उस सहायक आयुक्त से वह क्यों मिले जिसने उसके साथ अन्याय किया? यह क्या कि कॉल ऑन करने नहीं गया···अध्यापक की आचार-संहिता में यह तो नहीं आता। अगर कोई दीगर शिकायत थी तो बुलाकर पूछ लेता। बिना बुलाए जाएगा तो कहो वह दिन-भर बाहर बिठाए रखे···तुम्हारी जगह तुम्हारी स्लिप भीतर है! सुना है, वह ऐसा ही करता है। कितना अपमानजनक, कष्टप्रद होगा यह! नगरवासी उसे उकसाते थे···'मास्टर साहब! आप हमारी बस्ती की नाक हो—समझ लीजिए। नाक झुकनी नहीं चाहिए। आप एक बार नई जगह चले गए तो यहां कभी नहीं आ सकेंगे।' उसने सोचा—जाएगा तो सीधा दिल्ली—आयुक्त से मिलने···पर मुश्किल यह थी कि वह विभाग का सर्वोच्च अधिकारी था, उससे मिलना आसान था क्या···कोई ऐसा मिल जाए जो उसे मिला लाए···

और दिल्ली टालने का भी एक बहाना उसे मिल गया। उसने पत्नी के बीमार होने को आधार बनाते हुए छुट्टी और बढ़ा ली।

नौकरी आधी से ज्यादा पड़ी थी···लेकिन जैसे वह अभी से रिटायर हो गया था। फिर भी नई दिनचर्या में वह इत्मीनान से उतर गया था—पहले की तरह ही

बड़े सवेरे उठना और पुराने काम बदस्तूर करना–जूतों पर पॉलिश, कपड़ों पर इस्त्री, साइकिल को चमकाना, शेव, पूजा···सब पूर्ववत्। स्कूल का टाइम होने तक वह तैयार हो जाता···धुले कपड़े पहन, मोजे और चमकते जूते डटकर निकल पड़ता–स्कूल की जगह अब जंगल की तरफ। दो घंटे बाद लौटता और अखबार उठा लेता। खाना खाने का वही समय–एक बजे स्कूल से लंच के लिए घर आता था। उसके बाद शाम होने तक का समय जरूर मुश्किल से कटता था, क्योंकि स्कूल की जगह अब सोने के सिवा कुछ नहीं था। शाम होने के पहले फिर चुस्त-दुरुस्त वह बाहर निकल लेता···इस बार साइकिल के साथ, घूम-घाम कर, खरीद-फरोख्त कर रात के खाने के समय तक वापस लौटता। इस दरमियान कभी उसे इधर-उधर गपियाते, ताश या शतरंज खेलते···वक्त बरबाद करते नहीं देखा गया। उसे अपनी प्रतिष्ठा का बराबर खयाल रहता।

छह महीने निकल गए–आयुक्त को स्मरण-पत्र भेजते, जवाब की उम्मीद करते, किसी संपर्क-सूत्र की प्रतीक्षा करते। वह थोड़ा निराश होने लगा था। तभी एक मित्र के मार्फत मंत्री के लिए एक सोर्स मिल गया और वह फिर अपने पुराने मूड में आ गया था···

"मंत्री जी के पी०ए० के पास सब कागज पहुंच गए हैं, मंत्री जी के विदेश से लौटने की देर-भर है, उनके सामने रखे तो वे देखते ही समझ जाएंगे कि तबादले का आदेश घोषित नीतियों के खिलाफ हुआ है, शिक्षा विभाग का मंत्री यह देखता तो नहीं बैठा रहेगा कि एक अध्यापक के साथ अन्याय हुआ है। आखिर जनता के प्रतिनिधि हैं वे···वे उसी वक्त फोन पर आयुक्त को निर्देश दे देंगे। एक फोन ही तो करना है उन्हें, मंत्री जी का कहना···अब उनके ऊपर तो कोई है नहीं···"

और यहां आत्ममुग्धता वाली उसकी पुरानी हंसी भी आ गई। वह फिर बहने लगा था–

"तबादले का आदेश निरस्त होने की चिंता नहीं है, वह तो हो ही जाना है। मैं चाहता हूं, मंत्री जी वापस यहीं नियुक्ति के आदेश भी दे दें···"

वह कहां गलत था, उसके अगल-बगल आए दिन यह होता रहता था–मंत्री पकड़ लिया तो मामला फिट। मंत्री के पी०ए० से उसकी बात हुई थी, पी०ए० का जो बहनोई था उसने पी०ए० को बोला था। बहनोई के मार्फत सारे कागज पी०ए० के पास पहुंचा दिए गए थे, पी०ए० ने बताया था, कागज मिल गए हैं। मित्र ने यह इशारा जरूर किया था कि अगर मंत्री जी की मुट्ठी गरम कर दी जाए तो काम में तेजी आ जाएगी।

"अध्यापक की प्रतिष्ठा के अनुकूल नहीं है यह।" उसने कहा था।

''नहीं-नहीं, पार्टी फंड…'' मित्र ने प्रतिवाद किया।

''पहले आदेश तो करवाओ…आदेश इसी बस्ती में नियुक्ति का होना चाहिए…" वह कह गया, पहले खाए धोखों से थोड़ा तो सीखा था।

यह भी कैसे गलत कहा जाए—जो अपना हित करे वह पार्टी अपनी और उसके लिए अगर कुछ दे दिया तो क्या गलत!…यह जरूर उसकी कल्पना के बाहर की बात थी कि मंत्री जी ने अगर आयुक्त को फोन पर बोल भी दिया तो आयुक्त 'यस सर, यस सर' करते हुए बात को ऐसी चकरघिन्नी में डाल सकता था कि वह रेगिस्तान में पड़ी सांसें गिनती रहे…अफसर ज्यादातर ऐसा ही करते थे, क्योंकि उनका सारा जीवन एक उसी काम के अभ्यास में बीतता था…हां-हां कर टालते रहो, इस बीच बड़ा अफसर रिटायर हो जाएगा, यह मंत्री ड्रॉप हो जाएगा या दूसरी जगह चला जाएगा…या कहो तो यह सरकार ही गिर जाए…कुछ न कुछ हो ही जाएगा!

यह पता नहीं चल सका कि मंत्री जी के विदेश से लौटने के बाद क्या हुआ। उन्होंने कहा भी क्या…अगर उसने पैसा खर्च नहीं किया था तो मंत्री बोलेगा भी क्यों? उसका मित्र पी०ए० के बहनोई से जरूर बात कराता रहता था—बहनोई फांकी मारता, हवाबाजी करता…जिसमें पतंग की तरह झूलता रहता वह। बहनोई कभी-कभी ठोस सूचना भी दे देता—"मंत्री जी ने बोल दिया है या ऊपर से आदेश चल पड़े हैं…अब नीचे तक आते-आते थोड़ा समय तो लगता ही है, सरकारी मशीनरी ठहरी…मैं पता करवाता हूं, फाइल कहां अटक गई…"

साल ऊपर एक महीना हुआ कि सरकार की तरफ से दूसरा कागज आ गया—फलां आदेश के अनुसार आपने नई जगह ड्यूटी ज्वाइन नहीं की, सरकारी आदेश का अनुपालन नहीं किया, बिना सूचना अनुपस्थित रहे…इसलिए आपकी सेवाएं समाप्त की जाती हैं…प्रतिलिपि प्रिंसिपल को—यहां के कार्यभार छोड़ने के चार महीने बाद से मार्केट रेंट के आधार पर उससे सरकारी मकान का किराया वसूला जाए और उससे तत्काल मकान खाली करा लिया जाए…

उसके पैरों के नीचे से जमीन खिसक गई…वह भी सरकारी आदमी है, उन्हीं की जाति का…अपने ही आदमी से कैसे धोखाधड़ी करते हैं ये। वह तो आवेदन पर आवेदन दिए जा रहा है, उसकी बात सुनो भाई, वह अनुपस्थित कहां है, आप ही कहते हो, सरकारी घर में है, सब आपकी नाक के नीचे हैं…और आप कहते हो कि वह बिना सूचना फरार है…पता नहीं कहां भाग गया…

उसका मन विषाद और रोष से भर गया। किसी ने समझाया, "अरे, सरकार अपनी तरफ से कभी कुछ करती है! तुम तो न्यायपालिका से उसके कान

उमेठवाओ…"

वकील की दो टूक राय थी—"कोर्ट तो इस आदेश को चुटकियों में उड़ा देगी …यूं…एक ही सुनवाई में। अरे साब! बड़े से बड़े क्राइम के लिए भी अभियुक्त को अपनी बात कहने का अवसर दिया जाता है, इन्होंने एक मौका भी नहीं दिया… एक पल को नहीं ठहरेगा यह आदेश…

लेकिन मकान आप खाली कर दें…उससे कोर्ट के सामने यह साबित हो जाएगा कि हम आदेश उल्लंघन करने वाली तबीयत के नहीं हैं, दूसरे बेवजह क्यों मार्केट रेंट दें…रेंट वसूली का मुकदमा सरकार आपके खिलाफ ला सकती है…'

वकील की सलाह पर उसने मुकदमा लगा दिया और सरकारी मकान खाली कर दिया। बस्ती के सभी लोग उसे मानते थे। एक ने अपने घर का ऊपरी हिस्सा उसे दे दिया—एक अटारी, एक बैठकी और पीछे की तरफ से सीढ़ियों का रास्ता। अटारी में उसके सोने और रसोई का हो गया, सामने के कमरे में बैठक और दो बच्चों के पढ़ने का। बड़ा आगे की पढ़ाई के लिए दूसरे शहर पहले ही जा चुका था।

आर्थिक कठिनाइयां गड़ने लगी थीं, क्योंकि तनख्वाह बंद हो गई थी। साल तो उसने अपनी पुरानी बचत और प्रोविडेंट फंड के कुछ पैसों से निकाल लिया था, अब…बड़े को रुपए भेजना और घर का खर्च पहले जैसा ही था…ऊपर से मुकदमा लड़ने का नया खर्च आ गया था। कितनी छोटी-सी बात थी कि भाई, इतने वर्षों पुराना सरकारी सेवक हूं तो थोड़ा खयाल कर लिया जाए, मेरी बात भी सुनी जाए …इतनी-सी ही तो बात थी…तिल-तिल तूल पकड़ती चली गई। उसे मालूम होता कि चलते-चलते यहां निकलना होगा तो तबादले का आदेश पाते ही नई जगह पहुंच गया होता। क्या था उसमें…काश, अभी ही वहां ज्वाइन कर सकता, पर अब तो तबादले का आदेश है ही नहीं। वह आदेश पीछे चला गया, खत्म हो गया, या कर दिया गया। उस जगह के लिए नए आदेश निकल गए, किसी व्यक्ति ने वहां ज्वाइन भी कर लिया…उसके सामने अब तो नौकरी से हटाए जाने वाला आदेश है, जिसके खिलाफ लड़ना है, वह चाहे या न चाहे…कैसे हो गया यह, देखते-देखते…

ज्ञानी सहकर्मी समझाता—"सरकार से पंगा नहीं लेना चाहिए। तुम सरकार से नहीं लड़ सकते। सरकार सरकार होती है…उसके सामने एक अदद आदमी क्या है…एक भुनगा…वह कब, किस तरह, कैसे मकड़जाल में जा फंसता है…उसकी कल्पना नहीं की जा सकती…जब फंस जाता है तो सरकार उसे उस हालत में देखती और मजा लेती है…यह है सरकार!"

वह पंगा कहां ले रहा था…कब लिया? इतनी-सी गलती हो गई कि नई जगह नहीं गया…फिर धीरे-धीरे ऐसा होता चला गया कि यही रास्ता बचा जिस पर अब है।

जीवन में पहली बार बस्ती में दो मित्रों से उधार लेना पड़ा…वहां जहां चमकती साइकिल पर सिर ऊंचा किए वह चलता था…लेकिन दूसरा कोई उपाय नहीं था। न बाहर लड़के की पढ़ाई रोकी जा सकती थी, न ही कचहरी की कार्यवाही।

कभी-कभी पुरानी रौ में आकर वह बताता—"कोर्ट ने सरकार को नोटिस दे दिया है…फलां तारीख तक एफीडेविट दायर करे…इसी सब में है जो समय लगना है, फिर तो एक ही पेशी में आदेश हो जाएगा…छोटा ही तो आदेश होना है—ज्यादा कुछ थोड़े ही लिखना है उन्हें—बर्खास्तगी का आदेश रद्द किया जाता है, उसे बहाल किया जाए, उसी जगह नियुक्ति दी जाए, जहां वह था। तब से अब तक के एरियर्स मिल जाएंगे…उसके लिए कोर्ट को अलग से कुछ लिखने की जरूरत ही नहीं…"

जिन मित्रों से रुपए उधार लिए थे, उन्हें वह तसल्ली देता कि कोर्ट का फैसला आया कि उसके एरियर्स मिलें और पैसे फट से वापस…

सरकार की तरफ से जो एफीडेविट दाखिल किया गया तो वह दंग रह गया। सरकार ने कहा था—उसका तबादला किया गया, क्योंकि बहुत दिनों से 'ड्यू' था, उसने बीमारी का गलत बहाना बनाकर छुट्टी ली, छुट्टी की अर्जी के साथ कोई मेडिकल सर्टीफिकेट नहीं लगाए…नई जगह ज्वाइन नहीं किया और इस तरह सरकार के आदेश की अवहेलना की, आदेशों का उल्लंघन करना, अनुशासनहीनता उसका स्वभाव है…बर्खास्तगी के आदेश के पहले उसे बकायदा शोकौज नोटिस दिया गया था…जिसकी कॉपी सरकार ने एफीडेविट के साथ लगाई थी…उसने शोकौज का जवाब ही नहीं दिया। अनुशासनात्मक कार्यवाही की गई, वह लगातार अनुपस्थित रहा, उसने कभी किसी सरकारी पत्र का जवाब देने की जरूरत नहीं समझी।

झूठ ही झूठ! उसके लिए बड़ी हैरत की बात यह थी कि सरकार भी झूठ बोल सकती है—उसके लगाए गए सर्टीफिकेट अर्जी से अलग कर कोर्ट को खाली अर्जी दिखा दी, शोकौज उसे दिया नहीं, फिर भी दिखा दिया…इसी तरह अनुशासनात्मक कार्यवाही की फाइल दिखा दी। उसके नाम जारी सभी पत्र (इश्यूड) दिखाए गए थे।

कचहरी का फैसला उसके पक्ष में ही हुआ—जो होना ही था। बर्खास्तगी का

आदेश रद्द कर दिया गया। कोर्ट के आदेश थे कि सरकार उसे अपनी बात रखने का पूरा मौका दे और उसके द्वारा उठाए गए तथ्यों पर विचार करके निर्णय करे...

अफसोस कि न्यायपालिका ने यह सीधा फैसला नहीं दिया कि यह आदेश रद्द किया जाता है और उसकी नियुक्ति वापस उसी बस्ती में की जाती है। वकील ने समझाया कि इस तरह न्यायपालिका कार्यपालिका के काम हाथ में नहीं ले सकती। उसके मन में दंश बना ही रहा...काश, वैसा हो सकता!

उम्मीद फिर भी जाग उठी थी कि कचहरी के फैसले के बाद सरकार अब मसले पर निष्पक्ष होकर विचार करेगी। सरकार का नया नोटिस जैसे ही आया, उसने अपनी तरफ से बड़ा तर्कपूर्ण जवाब बनाकर भेजा...इस बार मेडिकल सर्टीफिकेट, उन्हें भेजने की तारीखों के पूरे ब्योरे जवाब में भी लिख दिए, सर्टीफिकेट तो लगाए ही। नई जगह वह इसलिए नहीं गया, क्योंकि उसकी पत्नी बराबर बीमार रहती है, इलाज फलां डॉक्टर से नियमित रूप से चल रहा है। उसने यह भी लिखा कि पिछले पंद्रह सालों में सर्विस के दौरान उसका रिकॉर्ड बहुत अच्छा रहा है, उसके अध्यापन की प्रशंसा में उसे ये-ये मेडल्स और सर्टीफिकेट मिले हैं...

उसे विश्वास था कि उसके उत्तर पर विचार करके उसे बर्खास्त करने का विचार तो त्याग ही दिया जाएगा, अधिकारी उसे बुलाएंगे, उसकी बात सुनेंगे और यहां नहीं तो उसकी सहमति की कोई दूसरी जगह तजवीज कर वहां नियुक्ति का आदेश निकाल देंगे। आखिर सरकार को भी तो उस जैसे योग्य, अनुभवी, ईमानदार अध्यापक चाहिए। वह सहर्ष चला जाएगा, सारा प्रकरण समाप्त।

उसे करारा झटका लगा जब उसके उत्तर पहुंचने के बाद बर्खास्तगी का आदेश फिर से आ गया, पहले जैसा ही। सिर्फ शुरू में कचहरी के प्रति सम्मान व्यक्त करते हुए, उनके फैसले का हवाला देते हुए थोड़ी तब्दीली की गई थी, फिर लिखा था कि उसके द्वारा लिखे गए तथ्यों और सभी परिस्थितियों पर गंभीरता से विचार करने के बाद सरकार ने यह निर्णय लिया...बाकी मजमून पुराना, वही भाषा। कुछ जुमले ऊपर-नीचे कर दिए गए थे जिससे यह न लगे कि हू-ब-हू वही आदेश है। लगता था जैसे उसके मसले पर निष्पक्ष ढंग से विचार करने के बजाय कोई उसे नौकरी से निकालने पर उतारू था...जबकि उसका कभी किसी से वैर भाव नहीं रहा!

ज्ञानी सहकर्मी ने बताया—"सरकार के खिलाफ कोई कचहरी जाए तो सरकार खूंखार हो जाती है। उसमें बदले की भावना उतर आती है। फिर वह

इधर-उधर कुछ नहीं देखती, सिर्फ मारती है।''

''इस आदेश में तो कचहरी के लिए जगह-जगह सम्मान व्यक्त किया गया है।''

''वे सिर्फ शब्द हैं।''

''आखिर में आदमी और कहां जाएगा कचहरी के अलावा?''

''सरकार का कहना है कि हमारे पास ही आओ...रोओ, गिड़गिड़ाओ...जूतियां चाटो, पैसे खिलाओ...जो करो, हमारे आगे करो, हमारे लिए करो...मर्सी पिटीशन दो, कुछ भी करो पर हमारे आगे।''

''अब अगर इस आदेश के खिलाफ कहना हो कि सरकार ने अंधे होकर फिर वही फैसला किया है...तो क्या वे सुनेंगे? फिर कोर्ट ही तो जाऊंगा...मेरी यह समझ में नहीं आता कि वे मेरे पीछे क्यों पड़े हैं, मैंने किसी का कुछ बिगाड़ा नहीं।''

''उनके अंह को जरा में चोट पहुंच जाती है। फिर वे ऐसा ही करते हैं...कोई बहाना निकालकर समय से पहले निकाल फेंको, एक जगह खाली होगी तो वहां संविदा नियुक्ति की जा सकेगी, कुछ रकम खड़ी होगी। तुमसे उन्हें क्या मिलने वाला है...और कचहरी जाकर अब तो खैर तुम दुश्मन हो गए...सरकार में नीचे से ऊपर तक, सबके!''

अब यहां से...आगे क्या! एक मुकाम आता है, जब जिंदगी आपसे कर्म के चुनाव की स्वतंत्रता छीन लेती है, आप करते तो हैं, पर महसूस नहीं होता कि कुछ कर रहे हैं।

वकील से हटकर एक बार उसने आखिरी कोशिश की मुकदमे से बचने की, सरकार की नजर में उठने की...सरकार को गुहार लगाई, मर्सी पिटीशन-सा बनाया कि आदेश पर पुनर्विचार हो, यह उसके साथ ज्यादती है, उसकी इतने सालों की अधूमिल सेवाओं को अनदेखा किया जाना है...पर सामने वही दीवार, कहीं कोई हरकत नहीं। मजबूरन फिर कचहरी जाना पड़ा।

घर में बैठ जाने का असर अब दिखाई देने लगा था। हालांकि उसका स्वास्थ्य ठीक था...पर चेहरे, चाल-ढाल से जो आत्मविश्वास पहले झलकता था...उसकी जगह अब खोखलापन झलकता...चमकते जूते, इस्त्री किए कपड़े, शेव, साइकिल ...सब थे, पर वह इत्मीनान...वह कहीं बीच से चरमरा गया था। भीतरी तनाव, असुरक्षा...थपेड़े, झटके...ये पैरों में मांस की छोटी बुंदकियां बन फूट आए थे। पत्नी एकदम सींकिया निकल आई थी। बड़े लड़के ने बारहवीं दर्जा पास कर लिया

था···प्रथम श्रेणी भी ली थी, पर खींच-खांचकर ही। आई०आई०टी० के लिए तैयारी, जो वह कोटा जाकर करने की सोचता था···उसके लायक रुपयों का जुगाड़ नहीं था। पिता की परेशानियों को देखकर वह अभी से कोई नौकरी पकड़ लेनें की सोचता था, अखबारों में तत्काल भर्ती वाले इंटरव्यू तलाशता। कहीं लग जाए तो कुछ घर भेजने लगेगा···बचे समय में प्राइवेट कुछ पढ़ता जाएगा। छोटे लड़के अभी उसी स्कूल में थे···पर बेचारों का चेहरा मुरझाया-सा रहता···संगी-साथी पिता को लेकर बेसिर-पैर के सवाल पूछते। वह चला था अध्यापक के आत्मसम्मान की लड़ाई लड़ने···लेकिन स्कूल वाले उसे यों देखते जैसे उसने कोई गबन किया था जिसके कारण वह नौकरी से निकाल दिया गया था। सबके लिए वह, उसकी पत्नी, बच्चे···दया के पात्र थे। इन सबका असर लड़कों की पढ़ाई पर पड़ना ही था।

कचहरी में मामला खिंचता चला जाता तो उधार देने वाले भी बेचैन होने लगे थे। कहां से वापस दे सकेगा वह···वे सोचते। वह लाख समझाता कि आखिर में फैसला उसके हक में ही होगा और सरकार को इन सारे दिनों की तनख्वाह आदि देनी पड़ेगी···जो इकट्ठी अच्छी-खासी रकम बनेगी, रिटायरमेंट की तारीख के बाद पेंशन तो कहीं जाती ही नहीं है···कर्ज देने वाले फिर भी अधीर रहते··· आगे की मांग पर बगलें झांकने लगते, उसे नए उधार के लिए दूसरे तलाशने पड़ते थे।

अब वह घर से बाहर कम निकलता था, घर में पत्नी के कामों में हाथ बंटाता। वह खाना बनाती थी···तो वह दाल-चावल बीन देता, तरकारी काट देता। झाड़ू-पोंछा-बर्तन कर देता···आमदनी नहीं थी तो खर्च कम करने थे।

लोगों की दबे-दबे स्वरों में बातचीत से बस्ती में उसकी साख गिर गई थी···बस्ती, जिसे वह हमेशा आभूषण की तरह धारण किए रहा था, जिससे अलग वह अपने को देख ही न पाता था। लोग जो कभी आगे बढ़-बढ़कर नमस्ते करते थे···अब कन्नी काट जाते। आदमी वही···उसका स्वभाव, तौर-तरीके वही···वे लोग भी वही जिनके बीच वह रहता था, लेकिन एक नौकरी क्या गई···पूरी तरह गई भी नहीं है, वह उससे सिर्फ अलग हुआ है या किया गया है, जिसके लिए वह दोषी भी नहीं है—उससे सारा नक्शा ही बदल गया। वह अध्यापक···एक व्यक्ति, एक अदद आदमी था···या मात्र एक नौकरी?

कभी आकाश के एक हिस्से में एक छोटी पतंग तनी थी, अपनी डोर पर स्थिर···इतनी स्थिर कि डोर को किसी खूंटे से बांध दो और भूल जाओ, हवा की

हलकी हिलोरों में हंसती-मुस्कराती अपनी जगह खुश···कि कांच के मांझे वाली बड़ी पतंग ने नीचे गोता मारा और सन्नाता उधर से खींचता निकल गया। छोटी पंतग मचमचा गई···किसी तरह संभली, लपेट में आने से बची···पर जल्दी ही फिर पेच में फंस गई।

पिछली बार सरकार के पेंच खेंचा वाले थे···क्योंकि सरकारी आदेश में कमजोरी थी–उसे उचित अवसर नहीं दिया गया था। वह कमजोरी अब दुरुस्त कर ली गई थी···इसलिए अबकी बार सरकार की तरफ से ढील वाली पेंचदारी थी। सरकार इस या उस बहाने तारीखें लेती चली जाएगी, आखिर में फैसला अगर सरकार के खिलाफ भी गया तो वह अपील कर देगी, फिर तारीखें पर तारीखें···पैसे की कमी उधर है, सरकार को क्या!

आदमी पर इतना आर्थिक बोझ डालो कि बैठ जाए···टूट जाए···इस दरमियान अगर मर जाए तो और भी अच्छा।

बड़ी पतंग अब हर ढील के साथ चकरी की तरह नाचती चल रही थी, छोटी पतंग लटक गई थी।

[2005]

नये सिरे से

आंसू उसके नहीं थमते थे, अब भी। भल्ल-भल्ल बहते चले आते। जैसे कोई बहुत पतली नली थी, जो उसके जरा भी आर्द्र होते ही दरक जाती···और पानी बहने लगता, बहता चला जाता।

रोहित ने उसे अपना रूमाल दिया जो उसने ले लिया और अपने गीले गालों को पोंछने लगी।

उसके गाल अब भी चिकने थे···हालांकि खुरदरेपन की पहली और बहुत ही महीन पर्त चेहरे पर उभरने लगी थी। आंखें वही···बड़ी-बड़ी, हमेशा डबडबाई-सी। शरीर पहले से थोड़ा भारी हुआ था। बाल पहले जैसे ही बॉबकट, घने···और काले। इधर-उधर कहीं सफेद होंगे···पर देखने में नहीं आते थे। कुल मिलाकर समय की बहुत हलकी मार उस पर पड़ी थी लेकिन अब यह···आठ-नौ सालों के अंतराल के बाद उनके मिलने का सिलसिला फिर से शुरू हुआ था। न होता अगर यह हादसा न हुआ होता। दोनों का कुछ ऐसा ही समझौता हो गया था···बाकायदे एक-दूसरे को समझा-बुझाकर तय-तवा करके नहीं, कहिए कि अपने आप उग आया था। धीरे-धीरे। इस बीच यह भी नहीं कि उन्हें एक-दूसरे का अता-पता नहीं रहा था। दूसरे के बारे में कोई जानकारी मिलती, उसे हिफाजत से तहाकर बक्से में रख लिया जाता···ऐसे कपड़े की तरह जिसे कभी निकाला नहीं जाना है। दूसरे के बारे में उसी तरह की दबी हुई उत्सुकता जैसे उस शहर के बारे में होती है, जो कभी आपके जीवन का पर्याय था, आपकी रगों में दौड़ता था···हर पल लेकिन आज जिसकी कोई अहमियत नहीं बची। उनके घरों में, जीवन में, उनके साथ, उन लोगों के साथ जो उनके साथ थे···क्या-क्या हो रहा था—यह जानकारी जरूर नहीं रहती थी। जिस टीस को लिए वे अलग हुए थे, वह भी तेजी से भरती चली गई थी। 'हम कभी अलग हो सकते हैं क्या···' रश्मि ने बहुत पहले कभी रोहित से कहा था, इस तरह जैसे अलग होने की कल्पना ही एक असंभव-सी बात थी···पर वे अलग हुए, उसके बाद अपना-अपना जीवन, अपने पुराने ढंग से जीते भी रहे ये तमाम साल—यह दोनों के सामने था। उस दरमियान भीतर महीन खरोंचें रही थीं,

पर बाहर कुछ नहीं दिखता था, जैसे कभी कुछ था ही नहीं उनके बीच…कि यह हादसा। खबर रोहित के पास पहुंची, रश्मि ने ही भिजवाई…जैसे सबको भिजवाई थी, खास तौर से उन्हें जो कभी, कैसे भी राकेश के करीबी रहे थे। ऐसा ही किया जाता था।

रोहित को लगा था कि रश्मि को दिखा होगा दूर कहीं अंधेरे में पलक झपकाता एक दीया अब भी है…बुझने-बुझने को हो आता। उसे सहारा मिलेगा तो रोहित से ही। उसकी मां के देहांत पर रोहित ने ही संभाला था उसे। तब रश्मि ने कहा भी था–'यह सब सहने के लिए मुझे तुम चाहिए थे…मेरे बगल में तुम्हीं…तुम न होते तो पता नहीं क्या होता…'

इस बार भी वह खबर मिलते ही पहुंच गया। थोड़ा एकांत मिला तो उसके सिर पर हाथ रखकर फुसफुसाया–"हमने यह तो नहीं चाहा था, इसके लिए तो तपस्या नहीं कर रहे थे हम, नॉट फॉर दिस?" रश्मि ने कुछ नहीं कहा था, आंसुओं के पनाले बह निकले थे। तब उसके चारों तरफ इतने लोग थे कि ज्यादा बात भी नहीं हो सकती थी। कुछ दिनों बाद रोहित दोबारा आया था। इस बार भी संवेदना व्यक्त करने वाली एक और औपचारिक-सी मुलाकात ही हो पाई। फिर भी तब रोहित ने एक कदम आगे बढ़ते हुए उससे कह दिया–"मैं भले ही दूसरे शहर में रहता हूं, पर तुम्हें जब लगे कि मैं तुम्हारे बगल में होऊं, फोन कर देना, मैं आ जाऊंगा।"

वह अब भी उसकी मां के दिवंगत होने वाले समय में रह रहा था, जैसे।

वह रोहित को देखती रह गई थी। यह सही है कि रोहित जैसा अंतरंग कोई दूसरा नहीं, कोई महिला भी नहीं…लेकिन बगल में होने से तात्पर्य? अगर दुःख की हिस्सेदारी का ही आशय है तो क्या ऐसा दुःख कोई बांट सकता है, इतना आसान है क्या…छह माह बीतने को आ रहे हैं, पर अभी तक वह विक्षिप्ति में है–बच्चों के भविष्य की सोचे या जिस घर में हादसा हुआ उसे बदलने की…किसी दूसरे शहर में तबादला मांगे या यहीं पिता को साथ रखे…जो एक पर एक मेहमान अब भी चले आते हैं…रुक-रुककर उसका क्या करे? जेठ जी ने तो इसी शहर में तबादला करा लिया है…जिस महत्त्वपूर्ण पद पर वह है, उसका लालच है, उन्हें अपने कितने काम करवाने का सोचते हैं, तो क्या वह किसी अमहत्त्वपूर्ण पद पर पोस्टिंग ले ले…अभी दफ्तर के पेचीदे फैसले लेने लायक क्या है वह? बच्चों का होमवर्क कौन कराएगा? कितने सवाल, कितनी बातें…फौरन कुछ कहा नहीं था। रोहित को उसकी प्रतिक्रिया ठंडी कतई नहीं लगी। वह जानता था कि रश्मि के भीतर लहरियां उठती हैं…होंठों पर जुमलों का कोई आकार लेने के पहले ही पेट में

लौट जाती है। वह यह भी जानता था कि जीवन के बारे में, फैसले लेने में वह उसकी बहुत मदद कर सकता है···करता रहा है, रश्मि को ऐसा व्यक्ति चाहिए···अब फिर।

"तुम्हें जीवन नए सिरे से शुरू करना होगा···इशारा कर दिया।"

"मैं जानती हूं···थोड़ा समय निकल जाए···"

रोहित लौट गया था···आश्वस्त कि पहले की तरह उसमें जीवितेष्णा भर सकेगा। पहले भी तो वह नैराश्य में डूबी रहती थी। तब रोहित के साथ ने ही उसके लिए कितनी चीजें खोली थीं—अच्छा साहित्य पढ़ना, अच्छी फिल्में देखना, प्रकृति को महसूस करना···यात्राएं करना, उबर आई थी वह। रोहित उसे फिर इन चीजों से जोड़ेगा, उसमें नई जिंदगी भरेगा···वह जो फिर नैराश्य में डूबी जा रही है, उसे निकालेगा।

और अब यह उनकी तीसरी मुलाकात थी। राकेश को गुजरे साल से ऊपर हो चुका था। रश्मि मानसिक रूप से काफी कुछ स्थिर हो चुकी थी, इस बीच उसे अहसास दिलाने को कि वह है···रोहित उसे बीच-बीच में फोन करता रहता था, उसके हालचाल लेता रहता था।

"यह तुमने ठीक किया कि यहीं रहने का फैसला किया। मैंने तुमसे कहा भी था—अगर हम दुःख से भागते हैं तो वह फिर भूत की तरह हमारे पीछे-पीछे आता है। इसलिए उसका मुकाबला सामने से करना चाहिए, सींग पकड़कर···"

"मुकाबला-लड़ाई जैसी बातें मेरी समझ में नहीं आतीं। मैंने बच्चों के खयाल से यह किया है। हम इस शहर में सात सालों से हैं, वे यहां बड़े हुए हैं। इस इमारत में उनके दोस्त हैं। वे साथ खेलते हैं। उनकी दुनिया है···कहीं और जाते तो वह बिखरती···"

"हां···अगर दोस्तों वाली दुनिया वैसी ही बनी रहे तो इससे जो दुनिया नहीं रही, उसकी कमी उतनी नहीं खटकती।"

उसकी आंखों से पनाले फिर बह चले जिन्हें रोहित के रूमाल से रोकने की असफल कोशिश वह करती रही। अपनी दुनिया का सोचते हुए वह उस दुनिया का तो भूल ही गई थी, जो बच्चों की थी और अब नहीं रही थी। वह गैप जो बच्चों के मन में पिता के न रहने पर उभर आया होगा···भले वे उसे कहते न हों। वह और बच्चे कभी-कभी एक-दूसरे के दुःख को बांटने के खयाल से साथ बैठते हैं···सायास···जब किसी को भी लगता है कि तीनों में से कोई दबाव में आ रहा है···वे बातचीत करते हैं···पर वह बच्चों के दुःख से कतराकर निकल जाती है और बच्चे उसके दुःख से, जैसे कि दुःख वहां है ही नहीं···जबकि उसी को हलका करने

के लिए तो साथ बैठे थे। वह खुद को दिलासा देती है कि अब वे बच्चे कहां हैं …किशोर हैं…उनकी अपनी निजी दुनिया के खाके उभरने लगे हैं। उन खाकों को वह समय से पहले ही इतना रंगीन देखना चाहती है कि वहां की दूसरी चीज के लिए जगह ही न बचे…

रोहित जानता था कि राकेश अपने बच्चों को बहुत चाहता था। बड़ी बच्ची तो उसकी लाड़ली थी, कंधे पर उठाए-उठाए घूमता रहता। वह अब तेरह-चौदह की हो रही थी। लड़का उससे दो साल ही छोटा था। वह रोहित के सामने ही पैदा हुआ था…उसकी परवरिश जरूर उसने नहीं देखी थी।

"वह अपने बच्चों से बहुत अटैच्ड था।" रोहित के मुंह से निकल गया।

"हां पर वैसा नहीं रहा था। इधर के सालों में बच्चों से दूरियां हो गई थीं। वह बहुत पीने लगा था। कभी-कभी दिन में, दफ्तर में ही। कुछ ऐसे साथी मिल गए थे। शाम जब घर आता तो पिए हुए ही…बच्चे दूर रहते थे। फिर भी पिता के होने से एक छत्रच्छाया-सी तो रहती ही है।"

"तुमने तो संभाल लिया है न खुद को?"

"नौकरी से बहुत सहारा मिला। तुम सही कहा करते थे—नौकरी कभी मत छोड़ना। आज भी मैं खड़ी हूं तो नौकरी के सहारे ही। नौकरी है तो लगता है, मैं अपने बच्चों को संभाल लूंगी।"

"तुममें कोई अपराध भावना तो नहीं?"

"बिलकुल नहीं, क्योंकि मैंने अपना बेस्ट उसे दिया, जो कर सकती थी, वह किया…"

"शराब छुड़ाने के लिए भी?"

"शुरू में वह भी किया…पर इस मसले में समझाने के अलावा कोई कर भी क्या सकता है? मेरी तरह अलग उसकी नौकरी थी, अलग कमाई थी…पूरा दिन उसका अपना था…मुझसे दूर। शाम को जब मैं भी थकी घर पहुंचती थी तो सोचती थी, दोनों अच्छे से साथ रहें—यह उसे ज्यादा सुख पहुंचाएगा…आलोचना, बहस से क्या? इधर दो-एक सालों से तो घर आने पर वह इस हालत में ही नहीं होता था…मतलब धुत्त नहीं पर दिख जाता था…तो उससे बात करने की इच्छा मर जाती…बच्चे भी दूर रहते थे।"

"शराब का सबब कहीं मैं तो नहीं?"

"मैं नहीं सोचती, वह यह अच्छी तरह जानता था कि मैं उस तरह की नहीं बनी हूं कि किसी के साथ दोस्ती से आगे जाऊं…फिर जिस दिन मुझे पता चला कि उसे हमारा मिलना-जुलना अच्छा नहीं लगता…मैंने तुमसे मिलना बंद कर

दिया। तुम जानते हो। इससे ज्यादा क्या कर सकती थी? वह यह भी जानता था कि मैं यह नहीं करती कि दिखाऊं कुछ, करूं कुछ, जो हो···मुझे जरा भी अफसोस नहीं है कि मुझे यह करना चाहिए था और वह मैंने नहीं किया। शराब तो वह तब भी पीता था जब तुमने हमारे यहां आना शुरू किया था। कब वह लत बढ़ गई, कैसे···नहीं जानती। आदमी लोग शायद बेहतर समझ सकते हों···ऐसा लगता है कि यहां के दफ्तर में कुछ गलत लोगों का साथ हो गया था···वे यहां आते थे, ज्यादा नहीं बैठते थे मेरे डर से। उन्हें लेकर वह बाहर निकल जाता था···''

क्यों वह राकेश को खींच नहीं सकी···उन लोगों से दूर, अपने पास? वह देखता तो था कि उसने खुद को रोहित से एकदम काट लिया है···इसी तरह वह क्यों नहीं उन लोगों से खुद को काट सकता था? खींचने-खांचने की जरूरत ही क्यों पड़े, अपने आप स्वाभाविक रूप से खिंचना क्यों नहीं···जैसा शुरू में था उनके साथ। वह इसी इंतजार में बैठी रहती···पर वह अब कहां हो सकता था, उस चीज का समय जा चुका था। उसकी नौकरी राकेश की नौकरी से थोड़ी बेहतर थी—यह गांठ राकेश में शुरू से ही बनी रही···रोहित के पहले भी जो वह पीता था···शायद इसी कारण। गांठ गंसती गई, पीना बढ़ता गया···

एक उसांस भरकर उसने उस प्रसंग को छोड़ दिया, शराब उसे कभी पसंद नहीं थी। उसका ज़िक्र ही वितृष्णा पैदा करता था उसमें।

बच्चे बाहर खेलने चले गए थे। घर में सिर्फ वे दोनों थे। एक वक्त था जब ऐसे में वे कितनी बातें करते थे—देश की बातें, संसार की बातें, अपने समय की बातें···जीवन की बातें, जीवन-दर्शन की बातें, किसी भी विषय की बातें···राकेश कभी आकर बातचीत से जुड़ जाता···खास तौर से जब राजनीति की होती थीं, पर जहां वे इतर चीजों में उतरे, वह बच्ची को कंधे पर बिठाकर बाहर निकल जाता, वे अकेले रह जाते···बातें करते रहते, बातों से बातें निकलती चली जातीं···

आज दोनों फिर वैसी ही स्थिति में थे, दोनों चाहते थे कि वैसी बातें हों···पर वे टटोल रहे थे। कोई बात हाथ लगती···उसे सामने लाने का मन होता···पर तभी वह बेकार लगने लगती।

रश्मि का फ्लैट दसवीं मंजिल पर था। खिड़की के पार खालीपन था, जहां भूरा-भूरा-सा आसमान का टुकड़ा आड़ा लटका दिखता था। दरख्त काफी नीचे रह जाते थे, खिड़की से झांकने पर ही दिखते···उलटे, ऊपर की फुनगियों से नीचे तने, फिर जमीन में गड़ी जड़ों की ओर···वैसे ही आदमी-औरतें···सिर के बालों से पैरों की तरफ···

सामने बैठा रोहित···इसके लिए वह राकेश से कितना लड़ी थी जब पहली

बार उसने आपत्ति उठाई थी···क्या आपत्तिजनक है इसमें, साफ-सुथरा दोस्त का संबंध···पर राकेश जाने कितना पहले पढ़े एक उद्धरण पर अटका था—आदमी-औरत की दोस्ती की परिणति प्यार में ही होती है। वह बात लिखी गई होगी जब आज के जैसा आदमी-औरत का मिलना, खुलापन···ये नहीं थे। दोस्ती अगर प्यार में बदल भी जाए तो उसे खतरे की तरह क्यों पढ़ा जाए? राकेश की दुनिया या उसकी दुनिया इतनी तंग नहीं कि उसमें किसी के लिए जगह ही न हो! प्यार के भी कितने शेड्स होते हैं···फिर भी आखिर वह मान गई थी, क्योंकि बात दरअसल यह थी कि राकेश पत्नी क्या, अपने परिवार को भी लेकर बहुत पजेसिव था, उसके किसी बच्चे को लेकर भी कोई उसे कुछ सलाह नहीं दे सकता था—'पत्नी और दोनों बच्चे···यह उसका बहुत ही निजी दायरा है, सिर्फ उसका। यहां किसी की छाया भी नहीं पड़नी चाहिए···' वह कहता।

उसकी उस जिद का जिंदगी ने कैसा मजाक बनाया!

"कितने लंबे अंतराल के बाद मिले। मैंने तो सोचा था कि कभी मिलेंगे ही नहीं। तुमने राकेश की खुशी के लिए मिलना बंद किया···मुझे संतोष था कि तुम्हारा साथ दे रहा हूं···"

रश्मि ने कुछ नहीं कहा।

"जिंदगी में कुछ चीजें नहीं बदलतीं···जैसे हम-तुम"···रोहित कह रहा था··· "पर नौ साल लंबा समय होता है। इस बीच तुम्हारी जिंदगी में···"

"भीड़ तो रही। राकेश ने तुम्हें लेकर जो आपत्ति की थी···उसके बाद किसी पुरुष से तो दोस्ती का सवाल ही नहीं उठता था। वैसे भी मैं आसानी से किसी महिला से भी दोस्ती नहीं बना पाती। तुम जानते हो, तुमसे भी कितनी मुश्किल से खुल सकी थी···"

रोहित उस पर विश्वास कर सकता था, रश्मि को झूठ बोलने की जरूरत नहीं पड़ती थी। वे एक-दूसरे को समझते हैं···इस समझ तक पहुंचने में कई साल लगे थे दोनों को। अब वे उस अवस्था में प्रवेश कर रहे हैं जहां और भी ऐसी समझ की, ऐसी समझ वाले दोस्तों की जरूरत होती है—उसके बच्चों की जिंदगी किस तरफ जानी है, उसके तनाव उठेंगे···ससुराल वाले जो उसके जीवन में सेंध लगाने की कोशिश करेंगे···वह होशियार है, अच्छी नौकरी है जो उसे भरे भी रहेगी···लेकिन नौकरी में ज्यों-ज्यों ऊपर जाते हैं···वहां राजनीति आती है···उस राजनीति के तनाव उठते हैं···ये सब झेलने के लिए कोई साथ चाहिए···रोहित के अलावा कौन और ···वह रोहित से ही खुल सकती है, उसी से खुली हुई थी। उसे अकेला छोड़ना··· वह फिर उसी 'डिप्रेशन' में डूबने लगेगी जिससे कभी उसे निकाला था। वह

अंतर्मुखी है, ब्लडप्रेशर अभी ही है, उसे संभाला नहीं गया तो वह दिल की मरीज हो जाएगी···

रश्मि सामने के सोफे पर बैठी थी, रोहित उसके बगल में आकर बैठ गया, जैसे पहले बैठता था।

सालों पहले वह इसकी अभ्यस्त थी···बातें करते-करते रोहित का यों करीब बैठ जाना, इस तरह और भी करीब हो जाना। रोहित कहता है कि उसे जिंदगी नए सिरे से शुरू करनी चाहिए···ऐसा होता है क्या? जो हुआ उसका कुछ न कुछ चिपका रह जाता है, जैसे कि रोहित का और उसका इतने सालों तक न मिलना ही। अब वे मिले हैं···पर नौ सालों के न मिलने को मिटाया नहीं जा सकता। अब वे शायद ठीक उस बिंदु पर नहीं शुरू कर सकते, जहां अलग हुए थे···पर शुरू और अंत क्या है? क्या सिर्फ कल्पना नहीं, सोचने की प्रक्रिया के अंग···जीवन तो अलग अपनी मंथर गति से लुढ़कता चला जाता है···आरंभ-अंत से परे। कहीं भी अंत है और कहीं भी शुरू कर सकते हैं···

उसकी निगाहें बाहर की तरफ उठीं···खिड़की की चौखट पर राकेश बैठा हुआ था···पैर इधर लटकाए, सिगरेट पीता हुआ···कभी भीतर उन दोनों की तरफ, कभी बाहर की तरफ···जहां पता नहीं कहां से छोटे-से बादल का एक टुकड़ा नीले आसमान में आ चिपका था···झीना, छितरा हुआ। रात होती तो शायद बादल का वह टुकड़ा भीतर तक रोशनी फेंकता, चांद की तरह···दिन था तो उसने पूरे का पूरा राकेश भीतर उतार दिया था!

"घर के बाहरी कामकाज, खरीद-फरोख्त···इनकी आदत डालनी होगी तुम्हें, जो काम करने वाली महिला के लिए खासा मुश्किल और समयलेवा होता है···"

"राकेश ने कब का वह सब छोड़ दिया था। उसे घर से कोई मतलब ही नहीं रहा था। मेरी आदत पड़ गई है···उस सबकी···और अब तो हर शहर में फोन पर ही सामान मंगाने की शैली चल निकली है।"

"इन सालों में मैं काफी बदल गया हूंगा···तुम्हें क्या लगता है?"

"नहीं तो···मुझे तो कुछ फर्क नहीं नजर आता।"

राकेश अब भी खिड़की पर बैठा हुआ था। वह उठकर सामने सोफे पर आ गई···

"सामने से तुम्हें बेहतर देख सकती हूं···"

एक नजर रोहित पर फेंक उसने खिड़की की तरफ देखा। वहां अब कोई नहीं था···सिगरेट के धुएं को वह इधर-उधर टटोलने लगी···वह तो नहीं···पर धुएं की महक पीछे छूटी हुई थी।

यहां···सामने बैठी वह अधिक सामान्य महसूस करती है। रोहित से मिलने की शुरुआत स्वाभाविक ढंग से हुई थी···उससे अलग होना, राकेश की जिद के कारण ही सही, पर वह भी उसी स्वाभाविकता के क्रम में हुआ। उसका अपना विकास तब इस हद तक ही हुआ होगा कि वह राकेश का उतना ही प्रतिरोध कर पाए जितना किया और फिर उसकी बात मान ले। अब नौ सालों में—भले ही उसके जीवन में कोई न आया हो—उसका अपना विकास तो हुआ ही होगा···कुछ न कुछ। उसे यह अजीब लगता है कि पहले एक पुरुष—राकेश आकर उसे अपने एक गहरे दोस्त से काटकर रख देता है—एक खूबसूरत संबंध, जो तिल-तिल करके उसने बनाया था···और अब फिर एक पुरुष—रोहित आकर उसे उसी बिंदु से चलाना चाहता है, जहां वह चस्पां था, नौ साल पहले। आज वहां से रोहित और वह शुरू हो रहे हैं। वहां उन्हें एक-दूसरे के सामने वैसे प्रस्तुत होना चाहिए जैसे आज वे हैं···अब हो सकता है, उनकी वैसी अंतरंगता, उसकी रोहित पर वैसी निर्भरता हो ही न···वह नहीं कोई और रूप ले-ले यह संबंध···या कहिए, बने ही नहीं। हम अलग-अलग किसी नितांत नई दिशा में चले जाएं? हम क्यों एक-दूसरे पर पुरानी निकटता लाद देना चाहते हैं···और उसके लिए कोई उसे मजबूर क्यों करे···

रोहित और पीछे-पीछे वह भी वातावरण में एक ऊष्मा भरने की कोशिश कर रहे थे···लेकिन जब भी उसकी निगाह इधर-उधर से घर के किसी हिस्से को छू जाती, वहां एक अजीब उदासी लिपटी दिखाई देती। उसे इस उदासी के साथ रहना है। उदासी इसकी नहीं कि यहां पहले कोई था जो अब नहीं रहा था···(उसकी अभ्यस्त तो वह राकेश के होते ही हो चुकी थी), बल्कि इसकी कि विकल्प कितने कम होते हैं···करीब-करीब नहीं, फिर भी जीना है, जीते चले जाना है···गुब्बारे में हवा भरनी है, पूरी तरह जानते हुए कि वह भी एक दिन फट्ट हो जाएगा!

"तुम्हारे लिए कुछ अच्छी किताबें भेजूं?" रोहित ने कहा।

"नहीं, मैंने चित्रकारी शुरू की है, वही करूंगी, वह मुझे अपने में डुबो लेती है।"

तब जाकर रोहित ने गौर किया कि जिस सोफे पर वह बैठा था, उसके पीछे की दीवार पर तीन बड़े चित्र टंगे थे···और खिड़की की तरफ के कोने में कई पेंट किए कैनवास टिके थे, एक पर एक। टंगे चित्र अलग-अलग रंगों में थे, पर उजले या चटक रंगों का इस्तेमाल नहीं के बराबर था। जो रंग थे, उनसे निराशा, मायूसी, उदासी, त्रासदी उठती थी···जैसे सब कुछ अंधेरे में लिपटा हो। चित्रों में किसी एक जगह रोशनी के टुकड़े-सा, कोई धुंधला या थोड़ा उजला धब्बा था, एक तस्वीर में

उस तरह का धब्बा किसी स्त्री की छोटी-सी आकृति बनाता-सा था···जैसे वह स्त्री स्वंय अपने द्वारा फैलाए उदासी के रंगों को देख रही हो···तीनों चित्रों में कलाकार का नाम कहीं नहीं था, कैनवास के ढेर में भी ऐसा ही होगा।

"ये सब तुम्हारे···"

उसने हलके से सिर हिला दिया। अब रोहित खड़े होकर उन चित्रों को और गौर से देखने लगा, देखता रहा, कुछ देर तक। पीठ रश्मि की ही तरफ किए हुए उसने कहा—

"इन चित्रों में तुमने क्या कहना चाहा है···?"

"कुछ नहीं। कहने को क्या होता है···देखो तो सबसे ज्यादा 'मौन' कहता है। मुझे चित्रकला इसलिए विशेष प्रिय है, क्योंकि यहां शब्दों का शोर नहीं है।"

रोहित अपनी जगह बैठ गया। दोनों चुप थे। थोड़ी देर चुप रहे, फिर वही बोली—

"जानते हो, राकेश के जाने ने जीवन के बारे में एक सीख दी है। यहां कोई अर्थ-प्रयोजन, लक्ष्य-उद्देश्य···ये सब खोजना···या इन्हें जीवन पर लादना मूर्खता नहीं तो आत्मभ्रम जरूर है। जहां हर चीज हर पल गुजर रही हो, वहां सत्य सिर्फ एक है—गुजरना। तो कोई चीज, कोई व्यक्ति आपका है—भ्रम ही है। वैसा कोई संबंध बनाने के क्रम में लगे रहना जानबूझकर खुद को एक भूलभुलैया में डालना है। गौर से देखो तो अपने जाये बच्चों तक में ऐसा कुछ नहीं दिखता कि कहा जा सके कि वे सचमुच आपके हैं, वे हमारे हैं, क्योंकि हम शुरू से यह मानते चले आते हैं···रोज-रोज जबकि उनकी प्रकृति, उनकी प्रवृत्ति हमसे कितनी अलग होती है।"

खामोशी वहां पसरकर बैठ गई थी, बैठी रही···काफी देर तक। रोहित के लिए बोझिल होने लगी तो उसने कहा—

"चलो, कहीं बाहर चलते हैं। तुम्हें कभी-कभी परिवर्तन के लिए ही सही, बाहर निकलना चाहिए···किसी नए वातावरण में···"

"नया क्या, कहां···? यहीं बैठते हैं, मैं चाय बनाती हूं।"

[2006]

खोह-दर-खोह

"रामरतन के यहां जाने के लिए आपने हां क्यों कर दी? मैंने बताया था न कि वे दूसरे सोच वाले लोग हैं। उनके कार्यक्रम में शामिल होने पर हमारी बदनामी होगी…"

घर में घुसते ही रवि फूट पड़ा। मुंह फुलाए बैठा ही था। उसने यह भी नहीं देखा कि ऋचा उस वक्त किसी के साथ है।

"मुझसे पूछा होता। आपको क्या मालूम इस शहर के बारे में, यहां के लोगों के बारे में? मैं यहां की नस-नस पहचानता हूं।"

"चलिए, अभी तो हमें चाय-कॉफी पिलवाइए। उस बारे में हम बाद में बात कर लेंगे।"

"इस तरह बैठे-बिठाए अपने लिए मुसीबतें खड़ी कर लेना…मैंने आगाह किया था…उसके बाद भी! यह कहां की अक्लमंदी है?"

रवि अपनी रौ में चला जा रहा था। ऋचा के साथ जो है, उसकी तरफ ठीक से देखा भी नहीं। ऋचा ने अपने चेहरे पर हलकी मुस्कराहट ओढ़ ली थी… झेंप-सी। परीक्षित क्या सोचता होगा—रवि ऐसे हांकता है ऋचा को जैसे उसका पति हो।

"ये रवि जी हैं। रवि जी! ये हैं परीक्षित, यूनिवर्सिटी वाले कार्यक्रम में आए थे। दो घंटे बाद इनकी गाड़ी है। ये यहीं से स्टेशन जाएंगे। आप इन्हें झट से चाय पिला दीजिए! मेरे लिए अलग से कॉफी नहीं—हम सब चाय पी लेंगे।"

परीक्षित से सूखा-सूखा हाथ मिलाकर रवि किचन में घुस गया, चेहरे पर नाराजी चिपकाए हुए ही।

परीक्षित…पढ़ा-लिखा संवेदनशील। ऋचा के ही कार्यक्षेत्र का। दूसरे शहर में रहता था, पर जब भी ऋचा के शहर आता, घर जरूर आता। दोस्त जैसा हो गया था। पत्रों की पता नहीं किस पंक्ति में, या पंक्तियों की किस दरार में उसने झांक लिया कि ऋचा कि पति से अनबन चल रही है। उन दिनों ऋचा उस शहर और इस शहर में उधर से इधर, इधर से उधर हो रही थी, विकल्प की तलाश में।

परीक्षित का स्वभाव दूसरे के दुःखों में खुद को ढाल देने का दिखा…लगा, उससे भीतर की बातें की जा सकती थीं। असुरक्षा की जिस मनःस्थिति में तब ऋचा थी…असहायता का अहसास लगातार बढ़ता हुआ…उसमें वह पास…और पास आता चला गया। परीक्षित ने विवाह नहीं किया था। कहता था, विवाह करके आप वह नहीं कर पाते जो करना चाहते हैं, हालांकि यह बहुत स्पष्ट नहीं था कि वह क्या करना चाहता था, उसे भी नहीं।

वे घर से बाहर मिलने लगे। फोन पर भी खूब बातचीत हो लेती थी। एक ताप—हरहरी, गुनगुनी…उठने लगी थी ऋचा में, जैसे कुंड से कोहरा ऊपर उठता होता है, जाड़े के दिनों में…भाप-भाप। कशिश एक साथी की…दोस्त, उसके भी आगे आत्मीय, जिसके सामने वह अपने को खोलकर रख दे, पूरा का पूरा…अपनी दबी हुई इच्छाएं, कमजोरियों को भी। और फिर वह शख्स निर्णय ले…ऐसा कोई। जो शेष जीवन में राहुल की जगह भी ले सकता हो…क्यों नहीं!

राहुल, उसका पति।

साधारण-सा व्यक्ति, जैसे हर जगह दिख जाते हैं। शारीरिक सौष्ठव, पढ़ाई-लिखाई, व्यवहारकुशलता…बराबरी से बैठे हुए एक संतुलन में—विवाह के पहले ऋचा के लिए यह आकर्षण था राहुल का। जमा-जमाया व्यापार, उसी की तरह साधारण, पर व्यवस्थित। ऋचा ने सोचा था कि उनकी साधारण-सी जरूरतें उस व्यापार से ही पूरी हो लेंगी, वे छोटी-छोटी खुशियों में डूबते-उतराते रहेंगे। साधारण से ऊपर ऋचा ने कभी सोचा ही नहीं। परिवार का आकार भी साधारण—एक लड़का, एक लड़की। उन्हें वे वैसी ही परवरिश देंगे जैसे सब देते हैं। जीवन के लिए थोड़ा-बहुत वैसे ही तैयार कर देंगे जैसे उन्हें उनके मां-बाप ने किया। साधारणता की ठंडी छांह तले वह अपनी पढ़ाई-लिखाई करती रहेगी, उससे आत्मिक तोष पाती रहेगी। ऋचा का यह सोच उसके संस्कारों की देन था। दादा शिक्षक थे—संस्कृत के जाने-माने विद्वान्, जिनकी ख्याति देश-भर में थी। ऋचा के पिता उतने प्रतिभावान नहीं थे…तो उन्होंने अपने पिता की स्मृति को जीवित रखने में अपना जीवन लगा दिया, उनके आदर्शों पर चलते रहने की कोशिश में…और वही संस्कार बच्चों को दिए। ऋचा के समय तक इतना परिवर्तन जरूर आ गया था कि माता-पिता अपनी समझ से सुयोग्य वर ढूंढ़ दें…पर तय करने के पहले पुत्री से भी पूछ लें। ऋचा ने अपने विवेक से राहुल से विवाह का फैसला किया था…न किसी भावुकता में बहकर, न मां-बाप की राय पर पूरी तरह टिककर।

दोनों बच्चों के कॉलेज पहुंचते-पहुंचते तक सब कुछ ठीक चला। कब राहुल में पैसे की भूख असाधारण हो गई, उसमें महत्त्वाकांक्षा उग बैठी…ऋचा को पता ही

न चला। एकाएक घर में चीजें बढ़नी शुरू हो गईं। पहले एक कमरे में ए०सी०, फिर पूरे घर में…दीवारों के ऊपर बक्सों में खुंसे हुए। ड्राइंगरूम में नए डिजाइन के सोफे, फिर नई लाइटिंग…और फिर कोने में एक 'बार' भी। रसोई में ओवन, देखते-देखते पूरा रसोईघर मॉडर्न। ऋचा शिकायतें करती रही—बिजली का खर्चा बढ़ेगा, इसकी हमें क्या जरूरत! पर राहुल को जरूरत थी…घर में रईसों की पार्टियां होने लगीं। वे जो आते थे कितने उथले। उनके आने से ऋचा की पढ़ाई-लिखाई में जो व्यवधान पड़ता, वह अलग। ऋचा फिर शिकायत करती। झुंझलाहट, टकराहट, खींचातानी बढ़ने लगी। राहुल कहता—'आगे बढ़ने में क्या बुराई है, सब आगे बढ़ना चाहते हैं। रास्ता यही है—रहन-सहन का स्तर उठाओ, संपर्क बढ़ाओ, आगे बढ़ जाओ।' ऋचा ने गौर किया कि राहुल के पास पैसा अनाप-शनाप आने लगा था, जो उसके व्यापार के सीधे-सीधे चलने-भर से नहीं आ सकता था। उसने समझाने की बहुत कोशिश की, लेकिन राहुल को नशा चढ़ चुका था। मतभेद गहराते गए, वे दूर होते चले गए…चलते-चलते राहुल के लिए ऋचा की उपस्थिति ऐसी हो गई जैसे घर में पड़ा पुराना कोई फर्नीचर, जो उस घर की आधुनिक साज-सज्जा से मेल नहीं खाता था!

बच्चों को आगे की पढ़ाई के लिए अमेरिका भेज दिया गया। अब राहुल पूरी तरह व्यापार में डूब सकता था। हर व्यापारिक काम में उसकी निगाह उस रास्ते की तरफ रहती जहां से ऊपर का पैसा आए, वह लंबा हाथ मारे। ऋचा के गले के नीचे वह सब न उतरता, लेकिन बहुत समय तक वह यह सोचकर झेलती गई कि राहुल अपनी निजी जिंदगी में चाहे जो करता रहे, उसे क्या मतलब…वह अपने रास्ते चलती रहेगी। उसके पैसे को जब अपने इस्तेमाल में लाना नहीं है तो उसे क्या मतलब! हां, राहुल के लिए जो आदर-प्रेम था, वह जरूर खत्म हो गया। उनके संबंध औपचारिक रह गए…एक छत के नीचे रहने वाले दो प्राणी, जिनके रहने पर विवाह की मोहर चस्पां थी। थोड़ा आगे चलकर 'यह तुम्हारा रास्ता—वह मेरा रास्ता' वाली आड़ भी ढहने लगी।

उन दिनों स्कूल-कॉलेज खोलने का धंधा पेट्रोल पंप और गैस एजेंसियों की तरह फैल रहा था। वहां आमदनी ही आमदनी थी। राहुल का सुझाव था कि नगर के पास जो एक फार्म हाउस ऋचा के नाम था, वहां एक स्कूल खोल दिया जाए। ऋचा अपनी अच्छी पढ़ाई-लिखाई और प्रसिद्ध परिवार का फायदा उठाकर स्कूल की प्रधानाचार्या समेत सब कुछ बन जाए। इधर अपने राजनीतिक संपर्कों का फायदा उठाकर राहुल उसे मान्यता दिला देगा…उसके बाद हर विद्यार्थी की भर्ती और हर अध्यापक की नियुक्ति में डोनेशन। बिल्डिंग फंड के नाम पर जो रुपया इकट्ठा

हो, उसे बिल्डिंग बनाने के दौरान आधा अपनी तरफ खींच लेना···स्कूल के अध्यापक आदि मामूली तनख्वाह पर रख लिए जाएं, उनसे रसीदें बड़ी रकमों की ली जाएं···पढ़े-लिखों में बेरोजगारी इतनी है कि ढेरों मिल जाएंगे। योजना नीचे से ऊपर तक व्यापारी और बेईमानी की थी—स्कूल की जगह दुकान, शिक्षण की जगह धंधा। ऋचा ने साफ मना कर दिया। शिक्षण जैसी पवित्र चीज में वह बेईमानी करे···जिसे उसके दादा पूजा कहते थे? वह फार्म हाउस और उसकी जमीन का इस्तेमाल उसी काम के लिए करेगी जिसके लिए वह सस्ते में ली गई थी। उसमें ऋचा ने अपना पैसा लगाया था, वहां वह फलों के पेड़ लगा रही थी, एक परिवार, जो देखभाल करता था, वहां पल रहा था। उस जमीन का इस्तेमाल किसी और चीज के लिए करना ही अनैतिक था।

राहुल जिद्दी था, ऋचा के हर बार और तीव्रतर विरोध के बावजूद वह स्कूल खोलने की बात उठाता रहा। ऋचा भी अड़ी थी। इसके पहले कितनी जायदाद राहुल ने ऋचा के नाम खरीदी थी, उसका इस्तेमाल वह मनमाने ढंग से करता गया था। ऋचा ने ऐसा विरोध नहीं किया था, क्योंकि उनमें जो रुपए लगे थे, वे राहुल के थे।

ऋचा दुश्मन हो गई। फिर दीगर चीजें जुड़ने लगीं—तुम उसके साथ बहुत उठती-बैठती हो, तुम्हारे-उसके संबंध हैं। वह ज्यादा पढ़ा-लिखा है, मैं तुम्हारे लिए अपढ़ हूं, अपना संबंध तो अब घिसटाव है···दिखावा। क्यों दिखावा करें? विवाहित जीवन की जिम्मेदारी हम पूरी कर चुके, बच्चों की परवरिश हो गई, वे बड़े हो गए, अब अमेरिका में पढ़ रहे हैं। जहां तक है, वहीं काम करेंगे, वहीं बस जाएंगे। अपने संबंध की कोई उपयोगिता नहीं बची···

ऋचा क्या सफाई देती? किस-किस सवाल का जवाब देती—क्या अपनी रुचि के लोगों के साथ उठना-बैठना, वह संबंध बना लेना होता है, जिसकी तरफ राहुल का इशारा है? क्या स्त्री-पुरुष की नजदीकियां एक ही मकसद से होती हैं···वह भी इस उम्र में जब बच्चे जवान हो रहे हों? क्या पत्नी का अस्तित्व तभी तक है जब तक वह पति की गलत-सही हर बात मानती चली जाए···?

सबसे बड़ी बात जो पीड़ा पहुंचाती थी, वह यह कि विवाह क्या बच्चे जनने, उन्हें बड़ा करने, पढ़ाने तक के लिए होता है? उसके बाद कुछ नहीं, उसके बाद पत्नी कूड़ा है···बाहर फेंक देने के लिए?

परीक्षित के साथ नजदीकियां उन्हीं दिनों बढ़ीं। इत्तफाकन एक बार दोनों एक नए शहर में साथ थे, सेमिनार था। ऋचा उतावली···बरसों बाद ऐसा उतावलापन! ज्यादातर वह परीक्षित के बगल में ही बैठती, उसी के साथ इधर-उधर जाती···जैसे

हर क्षण उसके सामीप्य का सुख चाहिए। कुछ अजनबी उन दोनों को साथ देखते हुए कयास भी लगाने लगते कि उनमें प्रेम है। ऐसे लोगों की आंखों को ऋचा पहचान जाती। जैसे वे रश्क से देखते थे–दोनों लगभग एक ही उम्र के, एक कार्यक्षेत्र, करीब-करीब एक विचार के भी। प्रेम तो होगा ही। उनके लिए ऋचा के मन में आक्रोश नहीं उठता था···उलटे अपने पर दबा-दबा गर्व। कार्यक्रम के अंतिम दिन परीक्षित से कह बैठी कि वह शाम को उसके होटल आ जाए, साथ खाना खाएंगे। बहुत सारी बातें करनी हैं, बहुत मसलों पर सोचना है–वह कैसे घर छोड़े, कहां रहे, कैसे चलेगा···? परीक्षित ने न नहीं किया, लेकिन शाम से पहले फोन पर कहा–"उसे फौरन गांव निकलना पड़ रहा है, बड़े भाई के साथ घरेलू मामले निपटाने हैं।" वे मामले जरूरी थे, ऋचा के मामले कुछ भी नहीं? वह दूसरे दिन भी तो जा सकता था।

नहीं आया। शायद डर···एकांत का···होटल में रात के एकांत का!

ऋचा बहुत दिनों तक खुद को कोसती रही कि वह खाली जगह भरना चाहती थी–पति द्वारा छोड़ी गई जगह। थोड़े समय भी अकेलापन नहीं झेल सकती? याचक की स्थिति में क्यों डाला उसने खुद को? परीक्षित के साथ फोन पर लंबी बातें एकाएक ठप्प हो गईं, फिर मिलना भी नहीं हुआ। परीक्षित या तो उसके शहर आया नहीं, आया तो उसने ही खबर न दी। ऋचा के सामने साफ था कि जीवन में जो जैसा है। उससे खुद को जूझना होगा उसे···अकेले।

बात जब हर समय झगड़ों तक आ पहुंची, तलाक-तलाक···यहां तक कि मार-पीट को छूने लगी···तो ऋचा ने अपने मायके का रुख किया। यहां थमकर सोच सकेगी, वह अंतराल भी होगा जिसमें अगर कुछ ठीक होना है तो हो जाए। मां-बाप ने इस शहर में उसे एक कमरे वाला छोटा-सा मकान दे दिया। अखबारों में लिखकर वह अपने खर्च-भर कहीं भी कमा लेती थी।

रवि ने तब उसे जरूरी सामान के साथ शिफ्ट करने में मदद की थी, उसे यहां जमाने में भी। जो-जो आदमी के काम होते, वह आगे बढ़कर अपने ऊपर ले लेता। पढ़ा-लिखा था···पर बेरोजगार, बेघर, बेशहर। वफादार था, ऋचा के दर्द को समझता था, आदमियों के सामने ऋचा की तरफ से खड़ा हो जाता। राहुल के सामने ही खड़ा हो गया था–'वह कौन है?' तो ठसक के साथ बोला था, 'मैं···मैं ऋचा के मायके का हूं।' इस शहर आकर ऋचा उस पर और निर्भर हो गई थी। वह एक परिचित, पड़ोसी, रिश्तेदार, मित्र, घर के कामों में हाथ बंटाने वाला सेवक–सब एक साथ बन गया था। ऋचा इस या उस बहाने कभी-कभार उसे रुपए भी पकड़ा देती, वह ले लेता। अकसर वे खाना साथ पकाते तो साथ खा भी

लेते। कभी रात को देर हो जाती तो ऋचा अपना कमरा बंद कर सो जाती, रवि बाहर बैठक में दीवान पर पड़ रहता।

वह रवि का आदर करती है। शुरू-शुरू में जब इस घर में रहने आई तो शहर के एक सम्मानीय दो-तीन दिनों के परिचय का ही फायदा उठाकर आ धमके थे, ग्यारह बजे रात तक रुके रहे···फिर उन्होंने अपनी जो लीला दिखाई कि ऋचा को उन्हें डांटकर बाहर निकालना पड़ा। वे तब भी गिड़गिड़ाते जा रहे थे कि आधी रात को उन्हें रिक्शा भी नहीं मिलेगा। तब से रवि का रात को यहां ठहर जाना भी ऋचा को सुरक्षा देता है। इस मायने में वह बहुत सभ्य है। कभी ऋचा को उस नजर से नहीं देखा।

रवि चाय लेकर आ गया, चेहरा अब भी खिंचा हुआ था। उसने चाय के दो कप ऋचा-परीक्षित के लिए रख दिए, फिर अपना कप लाया और खिड़की से सटकर खड़े-खड़े पीने लगा, अलग-थलग, घुप्पा।

ऋचा ने देखा, वह अब भी रामरतन वाले कार्यक्रम की बात से उलझा हुआ था, शायद उसे परीक्षित का आना भी पसंद नहीं आया। अपनी चाय जल्दी खत्म कर रवि ने परीक्षित से विदाई वाली औपचारिक नमस्ते की और बाहर निकल गया। बोला, उसे एक जगह पहुंचना है।

ऋचा और परीक्षित अब अकेले थे। होटल की उस शाम वाली निराशा ऋचा के मन से कब की धुल चुकी थी। उसने मान लिया था कि आखिर परीक्षित पर कोई हक तो था नहीं उसका, उसे जबर्दस्ती कैसे खींचा जा सकता है? दोस्त की हैसियत से वह जहां तक आना चाहे···उतना आदर उसे दिया जाना चाहिए। आज के कार्यक्रम में मुलाकात एकाएक हो बैठी तो परीक्षित ने ही ऋचा के घर होते हुए स्टेशन जाने का सुझाव दिया। रास्ते में ऋचा की 'बहुत कम समय के लिए आए' परीक्षित का वायदा—'अगली बार समय रखकर आऊंगा'—ये औपचारिकताएं भी पूरी हो चुकी थीं।

"अच्छा किया, मां-बाप के पास चली आईं।" परीक्षित ने कहा।

"उन्होंने यह घर दे दिया···बस। मैं उन पर और बोझ नहीं डालना चाहती। वे उम्र के उस दौर में हैं जब अपने शरीर से संघर्ष ही सबसे बड़ा संघर्ष बन जाता है!"

"राहुल से समझौते की क्या अब कोई उम्मीद नहीं?"

"नहीं।"

"एक बार कोशिश करके देखो। हो सकता है, तुम्हारे यहां आने के बाद··· मेरा मतलब, दूरी ने उसे कुछ सोचने को विवश किया हो।"

"कुछ निकलेगा उससे?"

"शायद।"

"पर जब मन में ही एक-दूसरे के लिए कुछ न बचा हो…कोई समझौता हो भी जाए तो क्या फायदा? मैं यहां स्थायी तौर पर बसने का सोचती हूं।"

"कहां…यहां, इस मकान में?"

"क्यों…ऐसा क्यों कहते हो?"

"मतलब इस छोटे-से मकान में? कहां वह बड़ा फ्लैट…"

"वह मेरा तो नहीं था। और अब मेरी जरूरतें भी क्या हैं? एक कमरा ही काफी है, फिर यह तो मकान है।"

"अकेली रह लोगी?"

"क्यों नहीं रह सकती?"

"हां, क्यों नहीं, आजकल कितनी लड़कियां रहती हैं।"

ऋचा को हलकी वितृष्णा हुई। परीक्षित किस मजे से खुद को पास आती नजदीकी से दूर कर लेता है।

"अच्छा यह बताओ, जो मेरे नाम जमीन-मकान थे, वे तो एक-एक करके राहुल ने ले लिए। एक फार्म हाउस बचा है। मैं उसे लेकर लड़ती रही हूं। अगर मैं यहां रहने लगी तो कहीं राहुल किसी तिकड़म से उसे भी न हड़प जाए। क्या सलाह देते हो…"

"उसे बेचकर यहां कोई मकान खरीद लो। उसे किराए पर उठा देना, तुम्हारे लिए एक नियमित आमदनी का जरिया हो जाएगा।"

"तुम कुछ कर सकोगे…ये काम आदमियों के बगैर कहां होते हैं।"

"मैं उस शहर में नहीं हूं। फिर भी ग्राहक पता करके उन्हें तुम्हारा फोन नंबर दे दूंगा। फिर तुम बात कर लेना। वैसे विज्ञापन भी निकाल सकती हो। मेरा बहुत आगे आना ठीक नहीं होगा…राहुल अनाप-शनाप सोचेगा। तुम लोगों के समझौते के रास्ते बंद हो जाएंगे।"

"अभी कौन खुले हैं!"

"आगे खुल सकते हैं। कभी भी।"

"तुम सुलह पर इतना जोर क्यों देते हो? सुलह हो भी जाए तो विवाहित का ढांचा-भर ही तो रहेगा, मृत शरीर-सा।"

ऋचा खिसिया-सी आई…लगा जैसे परीक्षित के पास बहुत देर से बैठी है, थक गई है। वही परीक्षित! उसके लिए कहां होटल की उस शाम वाली बेचैनी, तन-मन को पोर-पोर तोड़ती प्रतीक्षा, उफना-उफना आती बातें…कहे जाने के लिए कसमसाती

हुई, कहां यह कि वह पास है, वे अकेले हैं और बातें सूख गईं, एकाएक, हलकी बेचैनी कि वह कब जाएगा···

उसे बाहर तक छोड़ने आई। मुंह से निकल गया–''आया करना!'' फौरन सुधारा–''फोन करते रहना।''

दिन-भर की गर्द मैली चादर की तरह ऊपर तन आई थी। उसकी कसैली, मटमैली छाया। शाम होने के पहले ही अंधेरा उतर आया था। उस पर, घर पर। छोटा-सा घर, चंद दीवारें···लेकिन इस छोर से उस छोर तक दीमक की तरह फैल जाने को तैयार खड़ी थी वीरानी।

ऋचा को शर्म आती है अपने स्त्री होने पर! स्त्री नाम के इस जीव को ढेर चीजें चाहिए–पति का संरक्षण, अपने बच्चे, आर्थिक सहारा, घर की छत···और भी न जाने क्या-क्या! अकेले रहने चले तो अलग-अलग जरूरतों के लिए कितने पुरुष···कहां-कहां ढूंढ़े। मिलते हैं तो परीक्षित जैसा कोई जो उसकी भावनाओं को तो समझता है, पर उसे याचक बना देता है···उसे सुविधा इसी में है कि उस पर जिम्मेदारियों का बोझ न आए। किसी की नजर में वह मात्र शरीर है–भोग्या! इससे निरपेक्ष कोई रवि जैसा साफ-सुथरा, जिम्मेदारियां उठाने को तत्पर भी मिले तो वह ऋचा को मानसिक रूप से गुलाम बना लेना चाहता है। क्यों नहीं अपनी मर्जी से वह कहीं, किसी कार्यक्रम में जा सकती, दूसरे सोच वाले–माने राजनीति में दूसरे खेमे के लोग···पर उनमें भी अच्छे लोग हो सकते हैं। आदर से बुला रहे हैं, मेल-मिलाप होगा···इस शहर में नई होने की वजह से उसे जरूरत है···क्यों नहीं जा सकती···

राहुल को नहीं चाहती वह। नफरत है···लेकिन पति नाम के एक पुरुष में वे सारी चीजें मिल जाती हैं, जिनके लिए अलग-अलग व्यक्तियों की तरफ ताकना होता है, लाचार होकर। राहुल न सही, उसे उसका नाम मिला रहे, कम से कम। श्रीमती यह-यह···। वह नाम न हुआ तो लोग तरस खाते हैं या यों देखते हैं जैसे कोठे पर आ बैठी है···सबके लिए सुलभ। अच्छा हुआ जो तलाक के लिए स्वीकृति अब तक नहीं दी। इस नाम को बचाए रहे वह···किसी तरह, नाम के भीतर रहे, भले अलग ही क्यों न रहे। पतली डगाल को सूखे पेड़···ठूंठ का भी सहारा होता है।

बच्चों को बीच में लाए? वे अमेरिका में हैं तो क्या हुआ? बेटी तो जोर से बोल ही नहीं पाएगी बाप के सामने। बेटा जरूर···वह बड़ा है, वह मां की तरफ से बोल भी सकता है। आज अगर ऋचा के पास अपनी पढ़ाई-लिखाई न होती, अपनी जरूरतों लायक पैसा न होता या कि राहुल ही न होता···तो कहां रहती वह? बेटे

के पास ही तो।

अगले दिन ही उसने अमेरिका फोन मिलाया। सारे हाल बताए। बेटे को कुछ दिनों के लिए आने को कहा–

"मम्मी! मैं अपने प्रोजेक्ट में लगा हूं। मुझे फुर्सत नहीं है।"

"अच्छा, वहीं से तुम अपने डैडी से फोन पर बात कर लो। मैं तुम्हारे आने तक रह लूंगी, जैसे अब तक रहती आई हूं, किसी तरह। आना-जाना करती रहूंगी। उनसे कम से कम यह तय कर लो कि तुम्हारे आने तक जैसा था वैसा ही बनाए रखा जाए। विस्तार से बातें जब तुम आओगे तब हो जाएंगी। तभी कुछ फैसले किए जाएं, थोड़ा सख्ती से बोलना उनसे।"

"मम्मी···यह मुझसे नहीं होगा। डैडी ने मुझे पढ़ाई के लिए यहां भेजा है। बराबर रुपए भेजते हैं। वे रुपए भेजना बंद कर दें तो मेरी पढ़ाई, मेरे कैरियर का क्या होगा? मैं उनसे वे बातें नहीं कर सकता जो उन्हें पसंद न हों। यह आप दोनों का मामला है–बिटवीन हस्बैंड एंड वाइफ। आप जानिए, मैं बीच में क्यों पड़ूं? पड़ने वाला मैं हूं कौन···हू एम आई···"

जिसको नौ महीने तक गर्भ में रखा, अपना दूध पिलाया, कितने साल पूरी नींद नहीं सोई···आज वह उसका कोई नहीं···'हू एम आई!'

चीख···बाहर आते-आते रह गई। पत्थरों के संकुल पर आ घुसी लहर जैसे छटपटाती है···इससे टकराती, उधर भागती···एक खोह से निकलकर दूसरी में, दूसरी से तीसरी में, तीसरी से···कैसी फड़फड़ाहट! विवाह, पति से प्रेम, बच्चे जनना, पालना, घर से जुड़ाव···एक-एक चीज अपने समय में कितनी अहम थी, कैसी कशिश-भरी कि जीवन-मरण का प्रश्न बन बैठती थी···एक बार नहीं, बार-बार, हर बार···आज कुछ नहीं, उनमें से एक भी नहीं जीवन के उतार पर! पुराने जुड़ावों ने बाहर फेंक दिया, नए बनाने लायक तुम रहे नहीं।

किस काम के अब तुम···

[2007]

बेवजह

मैं पहुंचा तब वह पलंग पर ही लैपटॉप लिए बैठा काम कर रहा था।

चेहरा उसका हमेशा खिंचा-खिंचा-सा रहता है, हलकी औपचारिक मुस्कान जो उसने मेरी तरफ फेंकी, वह भी उसे ढीला न कर सकी।

अगर वह कभी खुलकर हंसे···मैंने उसे कभी खुलकर हंसते हुए देखा है? मैं याद न कर सका। वह अंतर्मुखी है, ऊपर से बौद्धिक, खूब पढ़ा-लिखा, पढ़कर सोचने वाला भी···और उसकी वह प्यास बढ़ती ही चली जाती है। ऐसे लोगों की हंसी छिन जाती है। पढ़ने-लिखने की उसकी वह प्यास हमारी दोस्ती का आधार था। हम भले ही बहुत न मिल पाते हों, क्योंकि अलग-अलग शहरों में रहते थे, हमारी फोन पर बातचीत भी उतनी न होती हो, क्योंकि वह कम बोलता था···पर हम एक-दूसरे के निकट थे। मेरे मन में उसकी बौद्धिकता के लिए आदर था–बौद्धिकता शब्दों में बयान नहीं हो सकती, क्योंकि वह बिलकुल उसकी अपनी तरह की थी और मैं उसके लिए कुछ उन गिने-चुने लोगों में से था जिनसे वह बातचीत कर सकता था।

"क्या मैं तुम्हारी पत्नी से अकेले में मिल सकता हूं?" चाय-वाय वाली शुरुआती पूछताछ से फड़-फड़ गुजर उसने बिना लाग-लपेट के कहा।

एक पल के लिए मैं अचंभे में आ गया।

"कोई खास बात?"

"यह मैं तुम्हें नहीं बता सकता।"

मुझे लगा, वह जबरदस्ती एक नाटकीय स्थिति बना रहा है। हम अपरिचित तो नहीं थे। मैं पत्नी के साथ, बड़े शहर में जो उसका घर था, वहां जा चुका था। उसकी पत्नी रूपा से हमारी मुलाकात थी। बजाय मुझे इस होटल में बुलाने के वह मेरे घर चला आता और चाय वगैरह के दरमियान मेरी पत्नी से थोड़ा अलग होकर मिल लेता···और क्या! वह बिन बताए भी मेरे घर आ सकता था–ऐसे समय जब मेरी पत्नी अकेली होती!

"तुम्हें कोई आपत्ति?" वह चश्मे के पार से हां या न की प्रतीक्षा में था।

क्या आपत्ति हो सकती थी! एक जबरदस्त उत्सुकता जरूर तेज भूख की तरह मेरे पेट में उठ बैठी। इसलिए उन दोनों की मुलाकात के बाद उधर वह सीधा अपनी ट्रेन पकड़ने चला गया, इधर मैंने खुद को पत्नी से कुरेद-कुरेदकर पूछता पाया।

पत्नी तनाव में थी। रूपा को करीब-करीब गालियां दे रही थी—"कैसी है यह औरत! यों ही, यों ही कर-करके फोन पर मुझसे रश्मि के बारे में क्या-क्या पूछ डाला। मैं बताती चली गई, हां, रश्मि हमारे यहां आई थी, एक रात ठहरी थी, रात-भर सोई नहीं, लॉन में टहलती रही, हरसिंगार के फूल बीनती रही···मुझे थोड़ी पगलैट-सी लगी। वह तो हफ्ते-भर रुकना चाहती थी, मैंने किसी तरह टाला—हां, यह सब मैंने रूपा को बताया, पर जो मिर्च-मसाला उस चिट्ठी में है कि रश्मि ऐसी है, वैसी है, खुद ब्याह किया नहीं, दूसरे के पतियों पर डोरे डालती फिरती है। मेरे सामने ही मेरे पति से चिपक-चिपक जाती थी···यह सब मैंने कभी नहीं कहा।"

"कौन-सी चिट्ठी?"

"चिट्ठी, जो वे कहते थे, मैंने रूपा को लिखी, जिसमें रश्मि के बारे में वह सब लिखा है। मैंने कोई चिट्ठी-विट्ठी नहीं लिखी।"

"तुमने वह चिट्ठी देखी?"

"हां, वही दिखाने तो वे आए थे। मुझसे बहुत ही धीमे से पूछ रहे थे—चिट्ठी आपने लिखी थी? मैंने कहा, न यह मेरी लिखावट है, न ये मेरे दस्तखत और न यह मेरी भाषा है। मैंने बता दिया, फोन पर मेरी और रूपा की जो बातें हुई थीं। वह चिट्ठी जरूर रूपा ने या तो खुद अपने लिए लिखकर पोस्ट कर दी, या किसी से लिखवाई है···क्योंकि ये बातें मैंने और किसी से की ही नहीं।"

"क्या बोले?"

"मैंने ही पूछा कि मैं कोई कानूनी कार्यवाही करूं···या कम से कम फ़ोन पर ही रूपा को खरी-खोटी सुनाऊं? बोले, यह आपकी इच्छा है। न मुझे रोका, न उकसाया।"

"फिर?"

"फिर क्या···चिट्ठी जेब में रखी और चले गए!"

रश्मि भी मेरे निकट की, जैसे मेरा यह दोस्त, खुले दिल और खुले व्यवहार वाली लड़की है। उन्मुक्त घूमना-फिरना, परिचितों से मजाक करना और हंसना,

कहीं भी किसी का हाथ पकड़कर बातें करना या किसी आदमी पर कहीं भी धौल जमा देना···यह सब उसका साधारण व्यवहार है। व्यक्तिगत रूप से मुझे उसके साथ अकेले में बैठे हुए भी कभी यह महसूस नहीं हुआ कि हम मर्द-औरत हैं। जो बातें हम कर रहे होते हैं, वही मुख्य होती हैं। वह मेधावी है—रूपा और मेरी पत्नी से कहीं आगे; बहसों में बराबरी से हिस्सा लेती है, अपनी बातें बड़े तर्कपूर्ण ढंग और दृढ़ता से रखती है। उसे लेकर उलटी-सीधी बातें कभी सुनने में नहीं आईं। सब उसके बारे में अच्छी-अच्छी बातें ही करते थे। मैंने उसी से पूछा।

रश्मि को इस चिट्ठी के बारे में पता नहीं था, पर उसे यह खूब इल्म था कि इन दिनों उसको और मेरे इस दोस्त को लेकर अनाप-शनाप बातें हो रही हैं। वह सोचती थी कि उछालने वाला दूर का कोई होता तो एक-दो बार कहकर चुप हो जाता···यहां तो जैसे ज्वालामुखी फट गया था और लावा निकलता ही जा रहा था—लगातार, चहुंओर फैल रहा था···कभी इस रूप में, कभी उस रूप में। इसलिए उसका खयाल था कि ये बातें कोई और नहीं, रूपा द्वारा ही फैलाई जा रही हैं। उसने यह भी बताया कि जिन दिनों रूपा बीमार थी, वह उसके यहां बहुत गई-आई, रूपा की खूब सेवा-सुश्रूषा की। कभी-कभी तो रूपा उसे अपने घर रोक भी लेती थी। रूपा की वह बीमारी तो ठीक हो गई, पर उसे शक की बीमारी लग गई···क्योंकि उसका पति और रश्मि जब-तब अकेले में भी बातें करते थे। रश्मि उसके पति के भी ऊपर के कुछ काम खुशी-खुशी कर देती थी।

वह आहत थी। उसके जीवन में यह पहला अवसर था जब किसी ने उसके बारे में ऐसा कुछ कहा हो। बातें फैलाने वाली भी वह, जिसकी तीमारदारी में रश्मि ने दिन-रात एक कर दिया, कभी आगा-पीछा न सोचा। रूपा कम से कम अपने पति का तो खयाल करती। यह कैसी पत्नी जो अपनी पति को ही बदनाम करने पर तुली हुई है! आदर्श पति न सही, पर जिम्मेदार पति तो वह था ही—सब जानते थे। उस आदमी का समाज में नाम था। फिर एक वह शख्स, जिसकी नजरें हमेशा झुकी रहती हों, जो आंख उठाकर ठीक से किसी लड़की को देख भी नहीं पाता, उसके बारे में यह सब कहना! जिसमें कुछ भी ऐसा नहीं कि कोई लड़की उसकी ओर आकर्षित हो—न धन, न पद, न रूप, न आयु; और उसके साथ जोड़ने को एक रश्मि ही मिली···सिर्फ इसलिए कि वह अविवाहिता है···अविवाहिता है इसलिए चरित्रहीन तो होगी ही! और यह घोषित करने वाली कोई और नहीं···एक स्त्री ही···

"तुम प्रतिवाद क्यों नहीं करती?" मैंने पूछा।

"मैं सोचती हूं···इस सबसे उस आदमी का ही ज्यादा नुकसान होगा जिसका

कोई कसूर नहीं। अपनी तीमारदारी के लिए रूपा ने मुझे बुलाया था, उस आदमी ने नहीं। मैं अगर कुछ कहती हूं तो दूसरी तरफ से वही कर रही होऊंगी जो रूपा कर रही है—एक निष्कलुष पर कीचड़ फेंकना। छोड़िए! झूठ कहां तक जाएगा!"

"तुम दोनों के बीच अगर कुछ है, तो तुम्हें रोकता कौन है? बौद्धिक और सामाजिक स्तरों पर तुम लोग वहां हो जहां अपने मन का कर सकते हो। बड़े शहर के हो।"

"आप मुझे जानते हैं। ऐसा कुछ होता तो मैं सचमुच वह कर गुजरती जिसकी तरफ आपका इशारा है।"

"और वह?"

"वे मेरे बारे में क्या सोचते हैं···मैं नहीं जानती। मैंने जब यह सब पहली बार सुना तो फोन पर उनसे पूछा था। वे बोले—उन्हें आश्चर्य हुआ और उन्हें खेद है कि बेवजह एक लड़की पर कीचड़ उछाला जा रहा है। मैं अपने बारे में साफ हूं। मैं उनका आदर करती हूं। मैं बनी ही इस तरह की हूं कि उस तरह का कुछ किसी पुरुष के लिए महसूस नहीं करती···अब तक तो नहीं कर पाई, कोई उस लायक मिला ही नहीं···"

और वह हंस पड़ी···हंसते-हंसते उसी खुलेपन, खिलंदड़ेपन में उतर गई जो उसकी खासियत थी।

उसके बाद मैंने भी मामले को एक तरफ सरका दिया। जिंदगी में कितनी ऐसी चीजें बेहया के पौधों की तरह उग आती हैं, फैलती चली जाती हैं, छोटे-मोटे जंगल-सी भी बन जाती हैं।

उन दोनों की 'लव मैरिज' थी। उस समय रूपा सचमुच रूपा थी···सूरज की तरह दमकता गोरा, साफ चेहरा जिस पर आंखें भी न टिक पातीं, रात में चांद की तरह चमकता। उस चेहरे पर कब एक कोने से कालिख उगनी शुरू हुई—वह, उसका पति भी नहीं देख पाया और अब वह जिस तरह फैली है, सब देखते हैं···कैसा धुआंया-सा निकल आया है वह गोरा चेहरा। वे जिसे कहते हैं, एक-दूसरे के लिए बने हुए···वे ये थे, ऐसा जोड़ा जिसे सब रश्क से देखते थे। जिस तरह वे एक-दूसरे को चाहते थे, एक-दूसरे के बिना न रह पाते···

क्यों नहीं वे अब भी उसी तरह रह सकते···वह बार-बार खुद को कुरेदता है। क्या उम्र और रूपा के ढलते रूप की वजह से उसकी दिलचस्पी कम हुई? नहीं, उसे रूपा अब भी पहले जैसी ही रूपवती लगती, अगर उसने अपना भीतरी सौंदर्य न खो दिया होता। किसी क्षण वह अब भी कभी बिलकुल पहले जैसी हो जाती

है···कि फट से पीछे से आती उसकी कोई हरकत उस छवि को धो डालती है, रूपा ही उस छवि को ठहरने नहीं देती।

वह दूसरे शहर में अलग रहने लगा है, वह खबर उड़ती-उड़ती मुझ तक पहुंची तो मन विषाद से भर गया। रहा न गया तो उससे मोबाइल पर संपर्क किया।

"एक जगह चाहिए थी जहां रहकर अपना काम कर सकूं···तो यहां आ जाता हूं। वहां रहकर काम नहीं हो पाता। कभी आओ, देखो दो-चार रोज रहकर···" उसने कहा।

मुझे उस निमंत्रण की उम्मीद नहीं थी, लेकिन था वह बिलकुल उसी की तरह का···खुला, साफ। मैं चला गया। इस तरह की बातें किसी के भी जीवन में हो सकती हैं, मेरे साथ हो सकती हैं, देखूं तो उसने क्या हल निकाला है!

पुश्तैनी जायदाद में जो हिस्सा उसे मिला था, उसी को थोड़ा रद्दोबदल कर उसने आधुनिक बना लिया था। वह तिमंजिले मकान का ऊपरी हिस्सा था—दो कमरे, बालकनी वाला एक छोटा-सा यूनिट, ऊपर छत। एक कमरा उसने अपने ढंग से सिर्फ अपने लिए बनाया था, जहां बिना व्यवधान के वह अपना काम करता रहे। दूसरा कमरा सादा···कोई भी आकर रह ले। परिवार के रहने लायक फैलाव, सजावट आदि जैसे उसने अपने मुख्य घर में अपने और रूपा के शौक से बनवाए थे···वे यहां कहीं नहीं थे। नीचे की दो मंजिलों में भाइयों के परिवार थे।

शाम को हम छत पर बैठे, उसने ड्रिंक्स का इंतजाम किया था। छत के नीचे उसके नए घर की रोशनी थी, खिड़कियों पर चिपकी···ऊपर उठती तो थी, पर छत तक न पहुंच पाती! वहां सिर्फ साफ आसमान से झरती सितारों की रोशनी थी।

"यहां शांति है, लेकिन डलनैस भी है।" वह कह रहा था, "काम में मन लगता है तो जबरदस्त लगता है···लेकिन जब उचटा तो बोरियत घेर लेती है। कभी आज की तरह बैठने का मन करता है···तो कंपनी नहीं है। छोटी जगह है और मुझे बड़े शहरों में रहने की आदत है। सारा जीवन वहीं रहा हूं।"

"तो वहीं रहो न।"

"घर का माहौल बदल गया है। रूपा का दबा-दबा आक्रोश···फोन पर गुपचुप-गुपचुप बातें, इधर टोहना, उधर खखोरना···इधर-उधर लिखना, लिखवाना। लगता है, मैं पत्नी के साथ नहीं, किसी जासूस के साथ रह रहा हूं। काम पर ध्यान नहीं जम पाता।"

"बच्चों में रम सकते हो।"

"अपने समाज में बच्चे अधिकतर मां के साथ ही जाते हैं। उनकी नजरों में

भी मैं वही हो गया हूं जो रूपा की नजरों में—दूसरी स्त्री की तरफ लपकने वाला, लालची, विलासी। बेटी रचना कभी-कभी कैमिस्ट्री पढ़ने मेरे पास बैठती थी। उसके लिए भी रूपा अपनी एक सहेली को बुलाने लगी। बेटा बाहर-बाहर रहने लगा। रूपा जैसे इस बात को लेकर बड़ी सतर्क है कि बेटा बाप की तरह न निकले। पूरी कोशिश करती है कि जहां तक हो, बाप के साथ से दूर रहे, भले ही इस बीच वह बाहर कुसंग में पड़ जाए। वह ऐसा इंतजाम करती है कि हम मेज पर साथ बैठकर खाना भी न खा[illegible]ं। अगर कभी मैं उनके बीच आ बैठा तो मेज पर भयंकर चुप्पी छा जाती है…सिर्फ थाली-कटो[illegible]-चम्मचों की सहमी-सहमी आवाजें होती हैं।”

“बच्चों को अलग से समझा सकत[illegible]…अपना पक्ष [illegible] रखो उनके सामने। बड़े हैं वे।”

“मुझे लगता है, मैं क्यों डिफेंसिव होऊं? रूपा से बात कर[illegible]े की कितनी ही बार कोशिश की, शुरुआत तो वहीं से होगी न…तो उधर अलग-अलग त[illegible]ीके से एक ही धुन—पुरुष ऐसे ही होते हैं। उसने बच्चों के सामने मुझे अपराधी बना दिया है।”

“रूपा से संबंध सुधारने की और कोशिशें करनी चाहिए थीं।”

“ज्यादा आसान यह दिखा कि इस सब बवाल को दरकिनार कर नया सिलसिला बिठा लूं…अपने लिए, अपने काम के लिए। संबंधों का क्या, सुधरें न सुधरें, जबकि काम तो अपने हाथ में है। जीवन ही अब कितना बचा है।”

“वैसे यहां तुम्हारे भाइयों के साथ रहने से रूपा को इत्मीनान रहता होगा?”

“वह नहीं। मेरे लिए असल बात थी कि यहां जगह बनाने के लिए श्रम नहीं करना पड़ा, न ही बहुत पैसे खरचने पड़े। अलग फ्लैट खरीदने जाओ आज!…मैंने तो जीवन की सारी कमाई रूपा और अपना घर बनाने-संवारने में लगा दी थी।”

“यार! तुम दोनों ने तो अपनी पसंद की शादी की थी!”

“ऐसे संबंधों में कोमलता ही असल चीज होती है। वह सूखी तो अधिकार बच रहता है। फिर दोनों उसे लेकर लड़ते रहते हैं।”

“कोमलता फिर उग सकती है। रूपा का शक दूर हो सकता है।”

“बात सिर्फ शक की होती तो वह दूर भी हो जाती, मेरी जीवनचर्या रूपा के सामने खुली किताब है। हम वे पति-पत्नी तो नहीं रहे जिनके कार्यकलाप एक-दूसरे से छिपे रहते हों। मेरे दिन-रातों के पल-पल का चिट्ठा उसके सामने खुला है। शक उठा भी था तो कब तक रह सकता था। बात दरअसल कुछ और है। बाहर जो यह नारीवाद की आंधी चल रही है, रूपा उसकी लपेट में आ गई।

नारी-शोषण के विरुद्ध परचम लहराती, पुरुषों के विरुद्ध मुहिम चलाती···एक संघर्षरत नेता—उसने अपनी यह तस्वीर गढ़ ली। तो उसे अपने पति में भी शोषक दिखा···उसने ढूंढ़ लिया। अब घर में वह पत्नी या गृहिणी की जगह शोषिता है या नारी-मुक्ति के लिए लड़ती एक नेता है।''

''नारीवाद से थोड़ी-बहुत सहमति मैं भी रखता हूं। पुरुष शोषक तो होते हैं यार!''

''पत्नी का यह अधिकार चलाना कि तुम्हें मुझसे ही बंधकर रहना है, मैं तुम्हारे साथ चाहे जो करती रहूं···यह भी तो वही आधिकारिक प्रवृत्ति है जिसके लिए पुरुष को दोषी ठहराया जाता है। ऐसा नहीं है कि पुरुष ही शोषक होते हों।''

''मुझे लगता है कि तुम्हारे मन में रश्मि के लिए कुछ है। जिस चिट्ठी को लेकर तुम आए थे, उसमें मेरे और उसके बारे में था···तुम जानना चाहते थे कि कहीं मेरा उससे···''

''नहीं। मैं सिर्फ आश्वस्त होना चाहता था कि रूपा को जो करते मैं देखता था—उससे जो निष्कर्ष निकालता था—कहीं वह मेरा शक, पूर्वाग्रह तो नहीं···''

''सच बताओ, क्या तुम्हारे और रश्मि के बीच कुछ नहीं है?''

''मुझ जैसों को बहुत समय लगता है उस बिंदु तक पहुंचने में। रूपा के साथ ही तीन साल से ऊपर लग गए थे···खुद को यह विश्वास देने में कि मैं सचमुच उससे प्रेम करता हूं···जबकि वह नई उम्र थी। अब···अब इस सबके लिए उत्साह नहीं बचा। जब रूपा में यह हो सकता है, जिसके साथ इतने वर्ष···वर्ष क्या···पूरा जीवन ही बीता, हम एक-दूसरे को समझते थे, चाहते थे···सिर्फ पति-पत्नी नहीं थे, जब उसमें यह हो सकता है, तो कल से मेरे जीवन में आई किसी लड़की में भी क्यों नहीं होगा?''

नीचे घर से, बंद खिड़कियों के पार जो हलकी रोशनी उछलती थी, वह एकाएक गुल हो गई। महाराजिन ने खाना बनाना खत्म कर बत्ती बुझाई थी। अब ऊपर सिर्फ तारों की मद्धिम रोशनी थी···चांदनी रात से बहुत दूर, अंधेरे के काफी करीब। वह अंधेरे में देखे जा रहा था, अंधेरे की पर्तों को फाड़ने की कोशिश करते हुए उधर ही देखते हुए उसने कहा, ''कभी-कभी लगता है कि मनुष्य की जो यह नस्ल है, उससे कुछ मिलता नहीं, जबकि हम सारी जिंदगी वहीं से कुछ निकालने में खपा डालते हैं। आखिर में आपकी झोली में जो बचता है, वह है सिर्फ आपका काम···उससे ही कुछ ले लो।''

उस जैसे प्रखर बुद्धि और मेहनत वाले शख्स के पास उम्र के उतार पर अब क्या था···अकेलापन और काम···काम, फिर काम, बीच में अंधेरा। अगर अंधेरे को

फाड़ती चली आती उजाले की कोई लकीर है भी तो वह क्यों वर्जनीय मान ली जाए? पुरुष मित्र हो सकते हैं तो स्त्री मित्र क्यों नहीं? क्यों रूपा को यह पुरुष की विलासिता ही नजर आती है···क्या इसके पीछे उसकी अपनी कोई ग्रंथि, ढलते रूप से उत्पन्न कोई ग्रंथि···?

"यह सब जो उछाला जा रहा है, तुम्हारी छवि धूमिल की जा रही है···उसके लिए दुःख होता होगा।"

"मैं उसकी चिंता नहीं करता, जिसे जो कहना है, कहे। दो-चार वे लोग जो मेरे करीबी हैं···वे मुझे जानते हैं, जानेंगे—मुझे विश्वास है। बाकी मेरे बारे में क्या सोचते हैं, उसकी क्या चिंता, क्योंकि वे मेरे लिए मैटर ही नहीं करते।"

"रूपा से तो शिकायत होगी ही?"

"उससे भी क्या शिकायत हो सकती है! रूपा पढ़ी-लिखी है। अगर नारीवादी सोच में वह इतना आगे जाती है कि अपने घर की जिंदगी ही रंगकर रख दे तो इसके लिए भी वह स्वतंत्र है···"

वहां पहुंचकर वह अटक गया। आगे अंधेरे की मोटी चादर थी···ऊबड़-खाबड़, कहीं सपाट तो कहीं गुड़ी-मुड़ी···ढेर। हमारे बीच ठंडी खामोशी थी। हम दोनों के अलावा वहां कोई नहीं था···पर जैसे कि था—कभी मेरी तरफ, कभी उसकी तरफ, कभी बीच में बैठता। हम दोनों बारी-बारी से उसकी तरफ तक रहे थे कि हम दो न सही···वह जो ओट है, वही कुछ कहे, बोले···

आखिर उस खामोशी में छेद करती एक महीन आवाज आई—

"सबसे दुःखद पहलू यह है!" वह कह रहा था, "कि इस प्रकरण ने मेरे और मेरे बच्चों के बीच ऐसी दरार पैदा कर दी जो कभी नहीं भरी जा सकेगी···और सब बेवजह···बहुत भीतर मैं···यू नो, आई एम ए फैमिली मैन···"

अंधेरे में भी मैं देख सका कि उसकी आंखें नम हो आई थीं, नमी वहां से उसकी आवाज में उतर आई थी, जिसे छिपाने के लिए वह एकाएक अंग्रेजी में उतर गया था।

[2008]

खिलाड़ी

सरकारी एस्टीम कार फर्राती हुई कंपाउंड में घुसी, भर्र करती उसी स्पीड पर मुड़ी और सीधे पोर्टिको में घुसकर खड़ी हो गई—वहां जहां 'नो पार्किंग' लिखा था। मनाही साधारण लोगों के लिए थी, उसके लिए नहीं—ड्राइवर जानता था। ड्राइवर फुर्ती से बाहर निकला, अदब से अपनी तरफ का पिछला दरवाजा खोला और आधा झुके, कार का दरवाजा हाथ में पकड़े खड़ा हो गया। पीछे मूर्तिवत् बैठी सवारी में हरकत हुई। वह इस तरह बाहर आई कि उसके हाथ, शरीर के किसी अंग को कार खोलने का श्रमांश भी न लगे, कार कहीं से उसे छू भी न जाए।

बाहर आते ही मूर्ति में जैसे कार की स्पीड घुस गई। फट से उसने अपने सफारी सूट के ऊपरी हिस्से को एक झटके में नीचे खींचा और दो सीढ़ियां फलांग बरामदे में तेज कदमों से चलने लगी। इधर-उधर फुसफुसाहट दौड़ गई। देखते-देखते कहीं से दो कर्मचारी प्रकट हो गए और पीछे लग लिए, इस बात का पूरा खयाल रखते हुए कि आगे जो शख्स तेज-तेज चला जा रहा था, उसके आगे एक कदम भी गलती से न लें—अफसर के अगाड़ी और घोड़े के पछाड़ी···वर्जित है। बराबरी पर भी न आएं, पीछे रहें, पर बहुत पीछे भी नहीं, सिर्फ आधा कदम···इस तरह कि उसके एक इशारे पर हाजिर।

प्रांत में खेलकूद को प्रोत्साहन देने, युवा प्रतिभाओं को उभारने-निखारने के लक्ष्य को समर्पित वह राजधानी में स्थापित 'युवा क्रीड़ा-केंद्र' था। इतना बड़ा देश और किसी खेल में हम कहीं नहीं···इस पीड़ा से उत्पन्न कल्पना का मूर्त रूप। अगर सरकार प्रश्रय दे, कुछ खर्च करे तो युवाओं में से खोजकर नई उम्र से ही उन्हें ट्रेनिंग देकर नए खिलाड़ी तैयार किए जा सकते हैं। ध्यानचंद जैसे हॉकी के जादूगर फिर से मैदान में उतारे जा सकते हैं। यह सपना था। जिस जमीन पर केंद्र खड़ा था, वह सरकार की थी, सरकार का अनुदान उसे मिलता था। प्रतियोगिताओं आदि से समय-समय पर अतिरिक्त आय होती रहती थी, क्रीड़ा-केंद्र को स्वायत्तता का दर्जा भी मिला हुआ था···लेकिन हकीकत में वह एक सरकारी दफ्तर ही था। वह दफ्तर ही बना रहे, इसलिए केंद्र का निदेशक कोई पुराना प्रसिद्ध अनुभवी

खिलाड़ी के बजाय, आई०ए०एस० अफसर ही बन बैठता था। खिलाड़ी पूछते, 'मेरे अंगने में तुम्हारा क्या काम है?' तो आई०ए०एस० का मुस्तकिल जवाब–'सभी अंगनों में हमारा ही काम है। तुम तो एक खेल खेलते हो, हम सब खेल खेलते हैं–असली खिलाड़ी तो हम ही हैं। संस्कृति हो, शिक्षा हो, खेलकूद हो, सिनेमा हो···हर जगह तुम हमें खेलते पाओगे।' खिलाड़ी मातहत हो सकते थे। आई०ए०एस० वहां भी उनकी सारी लियाकत, अनुभव, ऊर्जा···कुछ भी···ऐसे पी जाता जैसे सोखता स्याही को पी लेता है।

पिछले दिनों हवा में तिरती हुई कुछ महीन-महीन आवाजें साहब के कानों में पहुंची थीं कि प्रांत में खेलकूद का स्तर नीचे जा रहा है। वे क्रीड़ा-केंद्र के निदेशक हैं, पर इधर आने का कभी समय ही नहीं निकाल पाते। माना कि इनका मुख्य पद मंत्रालय में है, निदेशक वाला अतिरिक्त प्रभार ही है, फिर भी···तो तरंग उठी कि चलो, आज लगा आते हैं एक चक्कर, मार आते हैं एक सरप्राइज विजिट···

बरामदे के आगे, सीधी दिशा में साहब को कुछ प्रेत-छायाएं दिखीं–कुछ लड़के हॉकी खेल रहे थे, बगल में कुछ लड़के पेड़ से झूलते एक कपड़े के गट्ठर पर मुक्केबाजी का अभ्यास कर रहे थे। साहब उधर न जाकर बाईं तरफ मुड़ गया और लॉन में खड़े होकर निहारने लगा–मास्टर ऑफ ऑल आई सर्वे।

गर्दन ऊंची किए वह दूर-दूर तक देख रहा था, जैसे कोई सेनापति युद्ध के पहले युद्धस्थल का निरीक्षण करता है···कि गर्दन बाईं तरफ मुड़ गई। उधर पहाड़ी और पहाड़ी पर बसी कुछ झुग्गियां थीं। उसने गौर किया कि उस पार सचिवालय और दूसरे भवन हैं, पर वहां से ये झुग्गियां दिखाई नहीं देतीं···ये भवन इस तरह बनाए गए हैं···या ये झुग्गियां इस तरह बसाई गई हैं, जबकि इधर क्रीड़ा-केंद्र की तरफ से पहाड़ी पर वे ही वे उछली हुई थीं···इतनी कि कोई देखने वाला देखे तो कहे कि यह क्रीड़ा-केंद्र न होकर, कोई झुग्गी-केंद्र है। सुबह का समय था तो झुग्गियों से नीचे पहाड़ी पर जहां-तहां टट्टी के लिए बैठे झुग्गी वाले आसमान में तारों की तरह छितरे हुए थे। कितने तो क्रीड़ा-केंद्र की सीमा तक···जहां बगल में लड़के हॉकी खेल रहे थे। उसे याद आया कि शहर का यह नया इलाका बसने के दौरान ही झुग्गियां इधर-उधर सब तरफ उग आई थीं और तब का मुख्यमंत्री यह प्रचार करता रहा था कि उसके प्रांत की राजधानी सही मायने में इगैलिटेरियन, समाजवादी, जनवादी और क्या-क्या वादी नहीं है···क्योंकि यहां रईसों, मंत्रियों, अफसरों के घरों की बराबरी पर झुग्गियां भी हैं···उस मायने में कोई पॉश एरिया नहीं जिसे किसी विशेष वर्ग का कहा जा सके···बुर्जुआ! वह मुख्यमंत्री पुराने राजा-महाराजाओं का वंशज था और उसने अपनी निजी कोठी इसी नए इलाके के

एकदम आखिरी छोर पर बनवाई, बांध के खूबसूरत नजारे के किनारे, झुग्गी-बस्तियों से कोसों दूर। कोठी की शोभा हिरन जैसे कुछ जानवर भी बढ़ाते थे···जो कि अवैध था। अभी कुछ समय पहले ही कोठी के एक बारहसिंघा (विलुप्त होती जा रही हिरन की एक प्रजाति) ने एक भृत्य के पेट में सींग घुसेड़ दिया। भृत्य मर गया, अखबारों में बवाल उठा···लेकिन सब कुछ जल्दी ही दबा-दुबू दिया गया, क्योंकि मीडिया के घोड़े पर सवारी करना शाही मंत्री को खूब आता था। निम्न जाति के प्रति अपने प्रेम को वह हर भाषण में जाहिर करता, नौकरियों में उन्हें आरक्षण देने की अपनी कशमकश लिए घूमता, हालांकि उसके परिवार के सदस्यों के विवाह अब भी केवल पुराने राजाओं के वंश में ही होते थे। राजनीतिक हलके में जो प्रतिष्ठा उसने अपने लिए बनाई थी, वह यह कि वह आधुनिक चाणक्य था, बहुत ही सूझ-बूझ वाला। वैसे उसकी सूझ-बूझ यहीं तक ही थी कि फलां एरिया में फलां जाति के लोग ज्यादा हैं, तो चुनाव के पहले उन लोगों के सामने यह चुग्गा डाला जाए। नौकरियों में आरक्षण देना उसे चुनाव जीतने वाला प्रमुख अस्त्र दिखता था। जो उसकी पार्टी वालों को नहीं दिखता था, वह यह कि इस तरह तुम जो जातियां आरक्षण न पा सकीं उनमें भी तलब जगा देते हो, जाति-जाति को लड़ा रहे हो, देश को नागरिक-विप्लव की ओर ले जा रहे हो···और उस जातिवाद को बढ़ा रहे हो जिसे हटाने की बात करते तुम अघाते नहीं। पार्टी वालों को यह भी नहीं दिखता था कि उनका चाणक्य पिछले दो चुनावों में बारी-बारी से चार जगहों से चुनाव लड़ा और हर बार हार गया, अपने राज्य से करीब-करीब उखड़ गया, कहीं का नहीं है, फिर भी जनप्रतिनिधि बना हुआ है, राज्यसभा के द्वार से खुलकर हर बार केंद्र में मंत्री बन बैठता है!

लेकिन यहां क्रीड़ा-केंद्र के निरीक्षण पर आए हुए उस निदेशक के सामने पूर्व मुख्यमंत्री की तस्वीर बार-बार क्यों लहरा रही है? कुछ कहो, वह मुख्यमंत्री था तो गजब का खिलाड़ी कि राजनीतिक, सामाजिक रूप से अप्रासंगिक, शारीरिक स्तर पर बूढ़ा और याददाश्त कमजोर हो जाने, यहां तक कि अपंग हो जाने पर भी खुद को प्रासंगिक बनाए हुए था···और लगातार। उस खेल में वह दो पैंतरे अपनाता था—एक, तमाम विरोधों के बावजूद निम्न जाति के मसीहा बने रहो, दूसरे हर तरह की जगहंसाई को झेलते हुए भी अपनी पार्टी के सर्वोच्च राजनीतिक परिवार की चापलूसी करते रहो···

"सर! अच्छा हुआ आप आ गए"—पीछे से आवाज आई, साहब के सोच में खलल पड़ा। हॉकी के लिए एक खिलाड़ी था···पीछे उसी तरह के दो-तीन और—"खुद देख लीजिए। हॉकी और फुटबॉल का ग्राउंड है, उसी के बगल में लोग

टट्टी करने बैठते हैं। कभी-कभी बॉल उस तरफ चली जाती है, सन जाती है। हमें इन्हीं नंगधड़ंगों से कहना पड़ता है कि भैया, हमारी बॉल इधर फेंक देना…"

"तो?" साहब पलटा, उसने घूरकर सामने वाले को देखा जिससे आधा पस्त तो वह खिलाड़ी उस एक नजर से ही हो गया। देखने की यह अदा साहब की सर्विस की खासियत थी।

"एक हफ्ते बाद हमें प्रांत की टीम लेकर दिल्ली पहुंचना है। हम लड़कों को नींद से जगाकर सवेरे-सवेरे अभ्यास कराने यहां लाते हैं और यह नजारा। इनका उत्साह ठंडा पड़ जाता है"—पीछे से उनका कप्तान था। वह कुछ समय पहले तक प्रांत का एक नामी हॉकी खिलाड़ी था।

"सब आपकी तरह खुशनसीब नहीं कि उन्हें बाथरूम नसीब हों…" साहब ने नेत्र-बाण के बाद अब व्यंग्य-बाण हाथ में उठाया, पूर्व मुख्यमंत्री का ध्यान कर झुग्गी वालों का मसीहा बनने वाले मंत्र का स्मरण किया।

"झुग्गियों को कहीं दूसरी जगह शिफ्ट करा दें। क्रीड़ा-केंद्र का वातावरण थोड़ा स्वास्थ्यकर…" एक और हिचकते हुए बोला।

"आप जानते हैं, ये झुग्गियां यहां किसने बनाई थीं? वे मुख्यमंत्री न सही, केंद्र में अब भी मंत्री हैं…दोबारा यह बात मुंह पर लाइएगा भी नहीं।"

गधा! लौंडे की बेवकूफी पर लानत भेजते हुए साहब ने नजरें फेर लीं। अब वह पहाड़ी को न देखते हुए क्रीड़ा-केंद्र की इमारत को देख रहा था। इधर-उधर से कुछ अस्फुट-सी आवाजें अब भी उठ रही थीं…जैसे आसपास कहीं बैलगाड़ियों के चक्कों की चूं…चूं…

"पहाड़ी पर थोड़ा उधर उन लोगों के लिए एक बड़ा-सा शौचालय बनाया जा सकता है…" एक बोला।

"अरे हट! सारी बदबू इधर आएगी।" उसके साथी ने ही बात काट दी।

"क्रीड़ा-केंद्र की सीमा वहां तक है…वहां एक ऊंची बाउंड्री वॉल उठा दी जाए…"

"नहीं तो कंटीले तारों की दीवार…"

"अरे, वह तो तीसरे दिन ही ऊपर-नीचे खींचकर तोड़ दी जाएगी…"

"सर…बाहर से आए खिलाड़ियों के लिए जो यह ठहरने की जगह है, वह बहुत ही कम पड़ती है। आठ ही कमरे हैं। कभी-कभी तो एक कमरे में दस-दस लोगों को जमीन पर अपने बिस्तर बिछाकर सोना पड़ता है…बाथरूम सिर्फ तीन।" कप्तान का स्वर धीमा पड़ चुका था।

"सर, स्टिकें कब से खरीदी नहीं गईं…"

"सर, एक बैडमिंटन कोर्ट···इंडोर्स···"

"टेबल टेनिस का बोर्ड एक ही है···बहुत वेट करना पड़ता है।"

"टीम के खिलाड़ियों को खाना थोड़ा स्वास्थ्यवर्द्धक मिले तो···"

"टूर्नामेंट में भाग लेने वालों का भत्ता बहुत कम है···"

"सर, हॉकी की जो टीम दिल्ली जानी है, उसे इस बार नई ड्रेस···"

ऊलजलूल! साहब की नजरें क्रीड़ा-केंद्र की इमारत पर ठहरी थीं···पर अजीब कि भीतर तस्वीरें अब भी पूर्व मुख्यमंत्री की खींची जा रही थीं। भले वह आगे मंत्री रहे, न रहे···अपने खेल-कौशल से उसने अकूत संपत्ति इकट्ठी कर ली···इतनी कि कम से कम तीन पीढ़ियां, इसी शाही अंदाज में बांध के किनारे वाली उस कोठी में रहती रहेंगी···

और सचिवालय में बैठा यह क्या कर रहा है···

देश की सर्वश्रेष्ठ सर्विस का है, उस पर भी सीनियर···शर्म-लिहाज, नफासत, डिग्निटी, प्रेस्टीज···जाने क्या-क्या कूड़ा-कबाड़ा ढो रहा है। भई, जहां वह है, वह सचिवालय है, फील्ड नहीं। कमाई के अवसर फील्ड में होते हैं, सचिवालय में कहां। फील्ड की पोस्टिंग तो एक शुरू में दिखा दी, एक बीच में···बाकी सारी उम्र सचिवालय में। लगाते रहो नस्ती पर टीप, टीप पर टीप···अब तो जीवन-भर घिस-घिस करते हुए सचिवालय में रहना है।

एकाएक उसे कौंधा—जहां ये लौंडे-लपाड़े खेल रहे हैं···यह क्या है, यह भी तो 'फील्ड' है, कोई सचिवालय नहीं···और फिर तरंगें उठने लगीं—एक कार्यक्रम यहां करा, मंत्री को बुला, उसकी चापलूसी कर, उससे केंद्र के जीर्णोद्धार के लिए एक बड़ी रकम की घोषणा करा। घोषणा पर फाइल चला, उसे खिसकाता चल और सैंक्शन करा ले। वह राशि सरकार की तरफ से तुझे ही, निदेशक क्रीड़ा-केंद्र··· यानी तुझको मिलेगी। देने वाला भी तू, पाने वाला भी तू। अब सारी रकम खर्च करने के लिए तू ही तू···गिरा दे यह पूरी की पूरी इमारत···फिर उसे कागज पर उठा। नए प्रोजेक्ट पर काम शुरू होगा, चलता रहेगा···दाना-पानी में जो तेरा प्लॉट खाली पड़ा है, उस पर भी कुछ उठता रहेगा। दोनों प्रोजेक्ट एक साथ। आजकल तो नदियां भी जोड़ी जा रही हैं!

बांध के किनारे वाली पूर्व मुख्यमंत्री की कोठी उसके कार्यकाल में ही बनी थी।

साहब एकाएक फिर पलटा और वैसे ही तेज कदमों से वापस हो लिया। सरप्राइज विजिट ओवर!

[2008]

छाया

कमरे के भीतर से वह देख रही थी।

आंगन चौकोर पर कुएं जैसा···कोठी उस पर झुकी हुई है। आंगन का फर्श पुराने जमाने का लाल-लाल ईंटों वाला···पतली ईंटें गांस कर चिपकाई हुई। ईंटें ऊपर से घिस गई हैं। उन पर कहीं-कहीं काई की जमी पर्त हरी की बजाय काली निकल आई है···कीचड़ जैसी। आंगन में उमा के सैंडिलों की आवाज खट-खट होती है। हजारों, नहीं लाखों, नहीं करोड़ों पैरों के निशान दिखते वहां अगर दिखते तो···लाखों तो एक उसी के होंगे।

जब कोई नहीं रहा हो तो दो नंगे पैर आंगन में चलते दिखाई देते हैं···पैरों के ऊपर कोई आकृति नजर नहीं आती, सिर्फ पैर चलते हुए, पता नहीं किसके···

आंगन में इकट्ठे होते रहे हैं, हो रहे हैं, पैरों के निशान। सौ से ऊपर तो आज उमा के ही हो गए होंगे। सुबह-सुबह, मुश्किल से एक घंटे में ही। बरामदे से रसोई, रसोई से बरामदा। उमा काम से ही इधर से उधर, उधर से इधर हो रही है ···पर लगता है जैसे चक्कर लगा रही हो···चक्कर पर चक्कर···

चक्कर-सा उसे आने लगा। उमा के चक्कर वह देख रही है, सुनती भी है—खट-खट, खट-खट। उसके अपने चक्कर बेआवाज रहे, देखे भी किसने!

कमरे के बाहर का बरामदा और आंगन पार रसोई दरअसल आंगन का हिस्सा ही हैं। आंगन को एक ईंट ऊपर उठा दिया, ऊपर खपरैल डाल दी तो बरामदा निकल आया, उधर एक ईंट वाली आधी दीवार खड़ी कर पर्दा-सा खींच दिया, रसोई निकल आई। दीवार में बड़े-बड़े गोल-गोल छेद छोड़ दिए हैं—रसोई में बैठी स्त्री के आंसू न आएं, धुआं निकलता रहे।

रसोई में जब कोई बैठा नहीं होता तब भी कमरे से ऐसा दिखता है जैसे छेदों वाली दीवार के पार कोई स्त्री पटे पर बैठी है, चूल्हे पर झुकी हुई···

कोठी सिविल लाइंस में है। अंग्रेजों के जमाने में यहां दूर-दूर पर सरकारी बंगले थे, बाद में धीरे-धीरे करके बस्ती के चुनिंदा रईसों की कोठियां भी आ गईं ···अब तक पंद्रह-बीस ही। लोहे वाले फाटक से करीब सौ गज नीचे कोठी की

तरफ उतरता बजरीला रास्ता आगे के पोर्टिको की तरफ जाता है, उससे ही एक छोटा-सा पिछवाड़े की तरफ को फूटता है। आगे का दरवाजा खास मेहमानों के लिए, पिछवाड़े का घरेलुओं के लिए। मेहमानों की बैठक के लिए आगे का ड्राइंगरूम, घरेलुओं के लिए यह बरामदा। कोठियों का आपसी फासला इतना कि एक से उठती रोने की आवाज भी दूसरी तक न पहुंच सके। यह इलाका बस्ती की घनी आबादी से दूर है, यों भी कटा हुआ कि कोठी के लोग रईस हैं, खानदानी, पुश्त दर पुश्त। उधर के लोग इधर आ सकते हैं, इधर के लोगों का उधर जाना···मनाही नहीं है, पर जाना भी करीब-करीब नहीं है, कभी नहीं रहा। कमरे की एक खिड़की बरामदे और आंगन की तरफ खुलती है, एक बाहर चारदीवारी की तरफ। बागीचा कोठी के सामने, पोर्टिको वाले हिस्से में है, इस तरफ पांच-छह क्यारियां ही, जिनमें फासले से लगे पौधे खड़े होते, सूखते और मरते रहते हैं···सिंचाई ठीक से नहीं हो पाती, सामने के बागीचे की ज्यादा जरूरी है। इन क्यारियों पर पेड़ की छाया भी पड़ती है—जो छोटे बजरीले रास्ते के इस तरफ खड़ा है। दो-तीन डगालें उसके, उमा के कमरों के ऊपर से होती हुई बरामदे की खपरैल तक चली आई हैं···

रात को अकसर खपरैल पर कुछ गिरने की···तेज-तेज पड़-पड़ आवाज होती है जैसे कोई मोटी-मोटी बूंदों का छिड़काव खपरैल पर कर रहा हो···कभी लगता है जैसे कोई खपरैल पर तेजी से दौड़ गया, इधर से उधर···

उसने कमरे के भीतर से ही देखा—उमा की नाक उसकी नाक की तरह ही उठी हुई है। कोई अजनबी देखे तो उमा को उसकी बहू न कहकर लड़की ही कहे। लंबाई भी दोनों की करीब-करीब एक। दोनों ही छरहरी।···कहीं-कहीं से आकर इस बस्ती, इस बरामदे और बरामदे पर उगे इन दो कमरों से बंध गईं। उसके दो बच्चे हुए तो उमा के भी दो। उमा के दोनों लड़के, उसके एक लड़का-लड़की। शायद दिखाने के लिए प्रकृति ने थोड़ा फर्क रख दिया, जैसा उमा का रंग गोरा···जो अभी भी है, उसका तांबई, जो अब धुंधला गया है।

लेकिन पीछे वे फर्क थीं, वह उमा से बहुत आगे थी···

यूनिवर्सिटी में जब खुले रिक्शे पर बैठ वह वूमेंस हॉस्टल से निकलती तो उसकी एक झलक पाने के लिए लड़के गेट पर खड़े मिलते। वह हलकी झेंपती, हलकी खुश होती, इसी उठी नाक को और भी उठाते हुए आगे निकल जाती। उस जमाने में जब लड़कियों का वह आदर नहीं था तब उससे शादी की चाह रखने वालों की एक लाइन लगी हुई थी। वे लड़के भी जो टॉपर थे, आई०ए०एस० के इम्तहान में बैठ चुके थे और यूनिवर्सिटी में जिन्हें कहते थे 'श्योर शॉट्स···' वह

थे। रूप का दर्प था वह या कि क्या कि उसने सबकी उपेक्षा कर चुना इस बस्ती के पवन को। पवन की भी उन दिनों अपनी साख थी—यूनिवर्सिटी का बैडमिंटन चैंपियन, लंबा, गोरा…जहां खडा हो जाता वहीं वह दिखता। टॉपरों की तरह किताबी कीड़ा नहीं, जगर-मगर करता सूरज का टुकड़ा। उसका हर मैच देखने वह जाती, हर प्वाइंट पर चिल्ला-चिल्लाकर 'बकअप' करती। पवन और उत्साहित होकर खेलता, जीत का आधा क्रेडिट उसे देता। पवन का परिवार इस बस्ती का प्रसिद्ध ठाकुर परिवार था। पिता फौजदारी के मशहूर वकील।…बुद्धि का तेज, समृद्धि की दिप-दिप। पवन उनकी जगह लेने वाला था।

उमा ने जल्दी उठकर नाश्ता बना लिया है, बच्चों को आवाज दे रही है, उन्हें स्कूल भेजने की तैयारी में है। बच्चे छोटे हैं—एक आठ साल का, दूसरा छह का। तीन के होते ही स्कूल जाने लगे थे। बबुओं जैसे। सफेद हाफपैंट के नीचे उतरती टांगें…जिन्हें ऊपर उठकर पकड़ लेते हैं नीले मोजे। पैरों में चमकदार जूते। एक कंधे पर स्कूल का बैग, दूसरे में पानी का छोटा-सा थर्मस। उमा उनके बैगों में टिफिन के छोटे-छोटे बक्से ठूंस रही है…स्कूल की बस तक पहुंचाने जाएगी, रम-जम चुकी है इस दिनचर्या में।

भाभी अभी बाहर नहीं निकलीं। दाईं तरफ का हिस्सा उनका है। वकालत में भाईसाहब, उसके जेठ का खूब नाम है, पर पिछले साल उन्हें लकवा मार गया। वे अब घर पर ही रहते हैं, भाभी उठकर पहले उनके सवेरे के कामों में मदद करती हैं। तब तक उमा और वह रसोई संभालती हैं। उमा कभी नहीं कहती—मां, यह करो या वह। वही आगे बढ़कर कुछ न कुछ करती रहती है। रसोई पूरी कोठी की एक है। पवन के पिता का यह आग्रह था, जो अब तक निभाया जा रहा है। उनके समय में यह भी था कि रसोई में पैर पड़ें तो घर की स्त्री के ही। उनके बाद बात ब्राह्मणी महाराजिन तक उतरी…पर बस्ती से इतनी दूर कोई आने को तैयार ही न हो…कभी मिले भी तो दस-पंद्रह दिनों में छोड़ बैठे…तो रसोई का दारोमदार घर की बहुओं पर ही रहा। मर्दों का सोचना था—औरतों को काम ही क्या है, फिर रसोई में कोई बाहरी घुसा तो वह सफाई, शुद्धता नहीं रहती…आदमी दो समय के खाने के लिए ही तो कमाता है। वही कभी-कभी सोचती थी कि यूनिवर्सिटी की पढ़ाई, वहां हॉस्टल में रहना…उस सबका क्या मकसद था जब छेदों वाली दीवार के उस पार ही बैठना था। भाभी यूनिवर्सिटी नहीं गईं तो उन्हें उतना नहीं सालता था…

आदत पड़ गई, हर चीज की पड़ जाती है, देर रात तक पवन के आने, उसे खाना खिलाने तक का इंतजार जाग-ऊंघ-नींद के बीच झूलते हुए करने की भी पड़ गई थी…लेकिन इंतजार की उस टूटन के बाद भी जब पवन खाता नहीं था, पीने

के कारण उस स्थिति में ही नहीं होता था…तब जो हूक उठती थी वह जैसे हर रोज नई थी, हर रोज नई चोट करती हुई, नये ढंग से असह्य…

अब पीछे देखो तो पवन नहीं सिर्फ एक झोंका नजर आता है—आया, रोयों में सिहरन दौड़ाकर चला गया। याद ही नहीं आता जब जी भरकर पवन के उस रूप को प्यार करने को मिला हो जो वह यूनिवर्सिटी में था—मुस्कराता, लंबोतरा, गोरा चेहरा…जिसके हर जुमले के आखिरी शब्द में हिल्गी होती एक…हुंह…हुंह…थोड़ी प्रश्नवाचक, पुच्छल्ले से फूटती चली आती हंसी। दिनों, महीनों, सालों…इस कमरे में पवन का एक ही चेहरा दिखा, जहां पवन नहीं शराब होती थी, शराब ही शराब, रईस ठकुराई में छलछलाती शराब। जींस का वह कौन-सा अणु था जो पवन को शराब और गांजे की तरफ ले गया, क्यों नहीं नशा उसका हुआ—यूनिवर्सिटी की ब्यूटी क्वीन का, घर में बैठी परी का। शायद जैसे ही वह पा ली गई, उसकी सारी खूबसूरती उड़ गई। अब वह एक साधारण गृहस्थिन थी…जिसे घर में बैठ पति की प्रतीक्षा करनी थी, परिवार के रीति-रिवाज के अनुसार रसोई भी देखनी थी। यूनिवर्सिटी में वह बराबरी की थी—पवन को सलाह देने वाली, यहां तक कि उसे झिड़क देने वाली भी। अब उसकी हर सलाह दासी की प्रार्थना बनकर निकलती थी जिसे झटक देने में पवन को मर्दानगी महसूस होती, शराब की बराबरी की 'किक' मिलती।

बिलकुल हो सकता है कि अगर वे इस कोठी में न होकर कहीं और होते, जहां उसका स्थान काफी कुछ वही होता जो यूनिवर्सिटी में था, वह बाहर आती-जाती होती, उसे पाने की कशमकश पवन में उठती रहती तो पवन में प्रेम की पुरानी बयार भी बहती रहती…

और तब शायद वह बच भी जाता…

एक समय का बैडमिंटन चैंपियन…जैसे जीता हुआ गेम हारता चला जा रहा था, एक-एक प्वाइंट…और वह देख रही थी—दिनों, महीनों, सालों…परवश। पवन चला गया—लिवर सिरोसिस। बेटी कल्पना का विवाह भी न देख सका, उसकी जगह भाई साहब खड़े हुए थे। वह भी मानने लगी थी, जैसे कि बाकी सब लोग—कि अपनी बरबादी के लिए वह खुद जिम्मेदार था, लेकिन पवन के साथ-साथ जो उसकी बरबादी हुई…?

आंगन के बीचोबीच प्रश्नचिह्न की तरह सूखी हवा की एक छड़ी-सी खड़ी हो जाती है, ऊपर चकत्ते बनाती, उठती वह बड़ी जल्दी एक पुरुष के लोथड़े जैसे बवंडर में घुल जाती है—नीचे पतला, बीच में मोटा, ऊपर पतला-मोटा-सूखा वह बवंडर आंगन में दौड़ लगाने लगता है…फिर ऊपर उठकर फट जाता है, आंगन पर

छा जाता है···जैसे गंसी आंधी के किसी हिस्से ने घर को ढक लिया हो। कुछ नहीं है आंगन में—उमा, बच्चे, रसोई, कुछ भी नहीं···सिर्फ छाया है!

कोठी पर कोई छाया है।

कौन···किसकी? उसने हमेशा खुद को कसकर रखा···कि वह किसी ऐसी चीज की गिरफ्त में नहीं आएगी। तभी तो अपने दुःख से लड़ते हुए, यहीं रहकर उसने अपने दोनों बच्चों को जीवन की पटरी पर उतारा···

लेकिन अब लगता है कि नहीं है···कोई है। जब-जब वह उमा को देखती है तो जोरों से लगता है, कोई जरूर है। कल्पना बेटी बच गई, क्योंकि शादी के बाद कोठी से निकल गई। बेटा यहीं रह गया···उमा, उसके बच्चे···

वे जा चुके हैं। उमा बच्चों को स्कूल पहुंचाने के लिए निकल गई है।

यूनिवर्सिटी के एक छोटे-से समय को छोड़कर पवन ने उसे कभी नहीं चाहा, अपने साथ ज्यादतियां करने से ही उसे फुर्सत नहीं मिलती थी। तो उसने भी जल्दी ही उसे भूलकर खुद को बेटे शशांक से जोड़ना शुरू किया। जहां तक बागडोर उसके हाथ में थी, वहां तक ठीक चला, लेकिन जैसे ही वह निश्चिंत हुई कि अब उमा आ गई है···डोर हाथ से सरकने लगी। कोठी पर यह किसका शाप, ठकुरत्व का यह कैसा गुरूर कि सारी बहादुरी बोतल खाली करने में ही दिखे—बाप हो या बेटा। पवन के लिए थाली लगाए बैठी वह, थाली को ढककर वापस उसी तरह रख देती हुई···भाग्य छका नहीं तो उमा पर भी वही उतारने लगा···रात दर रात। यहीं बगल के कमरे में उमा शशांक को वैसे ही झेलती थी जैसे इस कमरे में उसने पवन को झेला था। एक ही घर में अलग-अलग पीढ़ियों की दो औरतों का एक-सा भाग्य? बाहर की घटना भले रही हो कि शशांक कार-एक्सीडेंट में गया··· पर डॉक्टर ने उसे अलग से बताया कि शशांक का शरीर भीतर से खोखला हो चुका था—लिवर, किडनी, फेफड़े···सब जर्जर थे, एक्सीडेंट इतना भयंकर नहीं था।

शशांक ने अपने बाप का हाल देखा था, कितनी बार उसने भी अलग बिठाकर बेटे को चेताया था, उसे बाप की याद दिलाई थी···

कुछ है···जो दो-दो मेधावी जीवों को अंधकार में यों ढकेल देती है, बाहर निकलने की उनकी ताकत चूस लेती है, जिसने पीना शुरू कर दिया यूनिवर्सिटी की ब्यूटी क्वीन को, जैसे ही वह यहां पहुंची। सोख लिया पूरा का पूरा। वह क्या बची···जैसे गर्मी में सूख गई किसी तलैया का तल चटककर पपड़ी-पपड़ी निकल आता है, बांहों पर उभर आईं मांस की ये महीन-महीन सिकुड़नें। एक नहीं, दो-दो उम्रें निकल गईं ऊपर से···और क्या देखा उसने—शराब···सिर्फ शराब···

वह कमरे से देख रही है···

शशांक के दोनों बच्चे बड़े हो गए हैं—एक पिता शशांक जैसा, एक अपने दादा पवन जैसा निकला है। एक ने भाई साहब की दीवानी वाली वकालत पकड़ी है, दूसरे ने पवन की तरह फौजदारी की। खूब काम है दोनों के पास। शाम को कचहरी से लौटते हैं, नहा-धोकर कलफ लगे कुर्ते-पायजामे में सजते हैं···फरफराते हुए वे ड्राइंगरूम की तरफ बढ़े जा रहे हैं···कोने वाली गोल मेज पर बीचोबीच इंतजार में खड़ी है···शराब की बोतल, सजी-धजी, विलायती।

वह चिल्लाती है···पर आवाज नहीं निकलती, क्योंकि वह तो कब की मर चुकी।

उमा के सैंडिलों की आवाज है···खट···खट, खड़-खड़। भाभी अभी नहीं हैं। उसे उमा से कुछ बातें करनी हैं। वह बरामदे में निकल आई।

"बच्चों को भेज आई? आओ···अब थोड़ा मेरे पास बैठो।"

उमा खुद को काम में उलझाए रखती थी···बराबर। उसी के बल पर उसने दुःख-भरे दिन झेले थे। बैठने में परेशानी होती थी···जैसे कि बैठी तो दुःख पकड़ लेगा, दाब देगा···

"क्या मां?"

उसने देखा कि उमा की आंखों की ऊपरी तह में नमी की पर्त ठहरी हुई है। जरा गहरे से कोई झांके तो नमी पिघलकर बहने लगेगी। इसलिए उसने नजरें उमा की आंखों से हटा लीं। आज उसे कुछ सख्त-सख्त बातें करनी हैं।

"भागती रहोगी तो सोचोगी कैसे? सोच सकोगी जब थमोगी, बैठोगी।"

"सोचने को क्या है मां···जो सामने है, उसे करते चलना है।"

"यह काफी नहीं है। मैंने किया था यह···और देखो, कहां पहुंची मैं, क्या हुआ मेरा? विधि ने मुझे फिर वही दिखाया, दो-दो बार दिखाया। बराबरी से तुम्हें भी वह दिखाया जो मुझे दिखाया था। तुम कुछ और सोचो, कुछ और करो···जो मैंने नहीं किया या नहीं कर सकी—जो समझ लो।"

"पर क्या मां?"

"आगे का···दूर का।"

"आगे···कहां आगे? अभी तो बच्चों को बड़ा करना है, उन्हें पढ़ाना है।"

"यहां से निकल जाओ। मैं नहीं निकल पाई, कोठी ने पकड़ रखा था। यहां कोई छाया है। पहले पवन में, फिर शशांक में उतर गई। इस कोठी को छोड़ दो···! बाहर निकल जाओ···जितनी जल्दी बन सके। फूल-से बच्चों को कोठी से बचाओ···"

उमा आंखें फाड़े देख रही थी। दो दुःखों की भीषण मार और उम्र की कमजोरी के कारण शायद मां मानसिक रोग में उतर रही हैं। वे पुराने जमाने की हैं, बुढ़ा रही हैं।

"मैं यह सब नहीं मानती। ताज्जुब है कि आप पढ़ी-लिखी होकर भी···"

"हां, मैं पढ़ी-लिखी हूं···और तुम्हारे समय से अच्छी पढ़ाई थी हमारे समय।"

मां के स्वर में व्यंग्य था। उमा सोचने लगी—कोठी में अभिजात्य तो होता है ···बड़ापन जो एक तरह के घेरे को जन्म देता है। हम उसी घेरे में झूलते रहते हैं। घेरे में एकाकीपन होता है जो मर्दों को शराब जैसी लतों में ढकेल देता है और औरतें मशीन हो जाती हैं···एक ही तरह की जिंदगी में खड़-खड़ करती हुईं। मां की दिमागी शक्तियां क्षीण हो गई हैं···शायद यह घेरा ही उन्हें छाया जैसा दिखता है···

"निकल जाओ। कुछ होओ, बाहर कोई नौकरी करो। और नहीं तो कहीं टीचर हो जाओ···"

मां का आशय शायद यह है कि उमा पत्नी और मां के अलावा भी कुछ बने। साधारण से जुड़ना जरूरी है, बाहर के संघर्ष से, बाहर बहती आम जिंदगी से···यह सब कोठी होने नहीं देगी···

"यहां सिर्फ पिछवाड़े का दरवाजा है, जिसके आगे चारदीवारी है। यहां से रास्ता कहीं को नहीं जाता···"

उमा से कह रही थी, या खुद से बुदबुदा रही थी। उसे फिर कुछ होने लगा था। जिंदगी ने जो भीतर खोदा-खादी कर दी थी, वह सामने बिछी थी। अपनी आंखों में उतरा आए बेबसी के रंग वह खुद देख रही थी, उन्हें धोकर फेंक देना चाहती थी। पवन के जाने के बाद भी वह कोठी की बहू ही बनी रही, कुछ और होने नहीं दिया अपनी जिंदगी में—जैसे शादी जहां हो गई, बच्चे जो हो गए, उनकी परवरिश···इनके अलावा कुछ होता ही नहीं। उमा की अभी उम्र ही क्या है, क्यों नहीं वह बाहर निकलकर दूसरी शादी···नई जिंदगी···

सिर का एक-एक बाल कांप उठा उस खयाल से ही—बेटे को गए अभी कितने दिन हुए, उसके मन में यह खयाल आया ही कैसे···गनीमत कि मुंह में नहीं आया, बाहर नहीं निकला। उसका दिमाग बिखर रहा है शायद···लेकिन जब-जब वह उमा को देखती है, क्यों भीतर एक ही बात उठती, टकराती और गिरती होती है, एक गूंज की तरह···इस लड़की का क्या कसूर, उमा की जिंदगी में क्यों उसी की जिंदगी दोहराई गई? क्या यह मासूम खूबसूरत लड़की आदमी के एक ही चेहरे को देखकर संसार से रुखसत हो जाएगी, जैसे कि वह···एक ही

चेहरा, शराब में डूबा चेहरा? नैसर्गिक प्यार पाने का अधिकार क्यों नहीं है उसे··· क्या सिर्फ इसलिए कि वह कोठी की, उसकी बहू है···?

"नहीं···बेटा, तुम निकल जाओ, चली जाओ। बच्चों का दाखिला नई जगह कराओ। चाहोगी तो तुम्हारी मां बनकर मैं साथ रहूंगी, जब तक···"

बात जिसे कह नहीं सकती, कम से कम अभी, उमा से भी नहीं—वह फिर मुंह तक आ गई थी···कि वह उठ गई।

न वापस कमरे में घुसी, न रसोई में गई, पिछवाड़े के दरवाजे से बाहर को निकल गई।

[2009]

मोहलत

हर बार ही ऐसा होता है···

जब-जब उलटी···पर उलटी होती कहां है, कहां तक होगी···उबकाई, जो एक बार नहीं, कई बार, बार-बार आती है, कभी-कभी तो पांच-पांच मिनट में, भीतर तक मचमचा डालती है···उससे आखिर उबर—थोड़ी देर को ही सही—जब वह अपना आपा पाती है, तब उसकी नजरें दूर जाकर ही कहीं टिकनी चाहिए—जैसा हर रोगी के साथ होता है, शायद इसलिए कि वह अपने से दूर जाना चाहता है, अपने चोले से, उससे लगी तकलीफ से दूर—लेकिन नजरें अटककर रह जाती हैं सामने रखे बांस के दो खाने वाले अलमारी-कम-रैक से, वहां रखे पन्नों के साथ फड़फड़ाती रहती हैं···जब तक अगली उबकाई फिर से न उठ बैठे और उसे अपने चंगुल में ले ले···

और हर बार ऐसा होता है।

वह कमरा भी कुल मिलाकर ऐसा ही था···चार बरस पहले। कमरे में इसी तरह अकेली वह, लेकिन वह बंद था, यह खुला। वहां से आवाज बाहर नहीं जा सकती थी, यहां बाहर जाए बिना नहीं रह सकती। वहां उसने अपने आपको बंद कर रखा था, खाना भी छोड़ दिया था···क्योंकि मां-बाप पर उसके बोलने, एक से एक तर्क देने का कुछ भी असर नहीं हुआ था। उनके लिए किसी तरह अपनी जिम्मेदारी से छुट्टी पा लेना मुख्य था। बाहर से वे कहते जरूर कुछ और थे—'अच्छा वर हर मौके पर नहीं मिल जाता, न ही वह रुका रहता है।' 'अच्छा वर'···उसकी उनकी परिभाषा भी एक ही थी—ठीक-ठाक नौकरी वाला! सही बात—आजकल मिलता कहां है···पर नौकरी क्या वह नहीं कर सकती थी, अगर समय दिया जाता? नौकरी वाला, यानी उम्र तो अट्ठाईस के उस पार जरूर ही··· इतना समय उसे देते तो? वे कहते थे कि वे आज के जमाने की बात कर रहे हैं, वह भी तो आज के जमाने की बात करती थी—आज बाईस साल कोई उम्र होती है, लड़की की शादी के लिए? अभी तो एम०ए० तक की पढ़ाई में लगी रही। संसार में आए एक अदद नए बिंदु ने अभी तो ठीक से अंगड़ाई भी नहीं ली,

आसपास फैला नहीं, लुढ़का नहीं, इधर-उधर से खुद को फुला-फुलूकर अपना आकार तक नहीं नापा ठीक से···

बाहर की उनकी बातें सचमुच बाहर की थीं। भीतर की बातें कुछ और थीं, जिन्हें कोई नहीं कहता था, कह नहीं सकता था। मां-बाप जल्दी में इसलिए थे, क्योंकि उसकी बड़ी बहन पड़ोस के एक लड़के के साथ भाग गई थी, बाहर शादी करके उन्हें ठेंगा दिखा दिया। उन्हें डर था कि कहीं उसकी छोटी बहन, यानी यह भी···और वे अपने जीवन के एक महत्त्वपूर्ण कर्म–कन्यादान से वंचित रहकर अपना परलोक संवारने का मौका चूक जाएं। उसके भी भीतर की एक बात थी जिसे उसने मां को भी नहीं बताया था–जब वह बारह साल की थी तब मां के एक रिश्तेदार ने उसे अकेला पा घसीटकर पलंग पर पाड़ दिया था और उसका मुंह अपने जर्दा-भरे थूक से भर दिया था। वह तो किसी तरह निकल भागी थी, पर थूक चेहरे पर चिपका ही रह गया···आदमी नाम के जीव को देखकर ही उसे मितली आने लगती थी···वह शादी के लिए हां कैसे करती?

तब बाहर बैठे दो वे–उसके मां-बाप, अब ये दो–उसके सास-ससुर। ससुर लकवे की मार झेल रहे हैं, इसलिए और भी तेज स्वर में आह भरते रहे हैं··· हाय-हाय! क्या पोते का मुंह देखे बिना ही संसार से चले जाएंगे? सास को पति की सेवा से ही फुर्सत नहीं मिलनी चाहिए, क्योंकि उसने सारा जीवन पति की कमाई खाई है···पर वह खेलने के लिए एक खिलौना मांगती है। मां-बाप अपने समय की बात करते थे–हमारे वक्त लड़की बोल ही नहीं सकती थी, इसे देखो, कमरा बंद किए खाना छोड़े पूरे मोहल्ले को जता रही है। सास-ससुर अपने समय की याद करते थे–हम तो ब्याह होने के चार महीने के अंदर ही खुशखबरी दे देते थे, यहां चार साल से इंतजार में बैठे हैं।

कैसा मजाक! जीवन उसका, शरीर उसका···और फैसला लेने वाले बाहर बैठे दो बूढ़ा-बूढ़ी, दोनों बार। उस बार वे, इस बार ये! यह हिंदुस्तान में ही हो सकता है। तब वे बाहर रुआंसे बैठे थे, भीतर से इत्मीनान-भरे कि उनकी लड़की का रोना-धोना, गुस्सा, कमरे में बंद होना···सब एक मुकाम पर पहुंचकर टूट जाएगा, उसका धीरज टें बोल जाएगा, जीतेंगे वे ही, क्योंकि धीरज के मामले में वे अधिक अनुभवी थे। यहां बाहर बैठा बूढ़ा-बूढ़ी का दूसरा सैट···उसकी हर उलटी पर खुश होता है, बात ज्यों-ज्यों आगे बढ़ती है, उसके हस्पताल में भरती किए जाने की तरफ सरकती है···वह और-और खुश होता है। पति इत्मीनान से दफ्तर निकल जाता है, दिन-भर वहीं रहता है···नौकरी वाला है!

सुनने वाली बात लगती है यह कि कोई लड़की उच्चवर्ग की या विदेशी

ही—यह कहती है कि शादी अभी उसके सोच में, उसकी 'स्कीम ऑफ थिंग्स' में नहीं है, या अभी वह बच्चा प्लान नहीं कर रही, कुछ दिन मुक्त रहकर ब्याह को जीना चाहती है।

उसकी नजरें बांस के दो खाने वाले अलमारी-कम-रैक पर अटकी हैं, फाइलों में ढीले-ढाले रखे सैकड़ों कागजों के साथ फड़फड़ा रही है—कुछ हाथ के लिखे, कुछ लिखे, पर ऊपर से काट-पीट, कुछ टाइप किए, पर इधर-उधर से जोड़ा-जाड़ी, गोदा-गादी, कुछ थोड़े एकदम साफ टाइप किए हुए—इस्त्री किए कपड़ों की तरह अलग करीने से रखे, तह दर तह। सबसे ऊपर खुले खाने में रखा किताबों का गड्ड···किताबें एक पर एक। शादी के वक्त चारों बूढ़ा-बूढ़ी सिर हिलाते रहे थे—क्या फर्क पड़ने वाला है, जैसे इस शहर में पढ़ती थी, वैसे ही उस शहर में पढ़ेगी, यूनिवर्सिटी का नाम ही तो बदलेगा, एम०ए० के इम्तहान तक शादी रोक लेते हैं, अभी सिर्फ छेंका हो जाए। जंगल में शिकारी भी छेंका डालते हैं···मतलब जानवर को चारों तरफ से छेंक-छांककर एक कैद में ले आओ, फिर इत्मीनान से शिकार करो···

तब बूढ़ा-बूढ़ी के दोनों सैट कैसी समझदारी दिखाते थे, लड़की की भावनाओं का कितना खयाल करने वाले! काश! वह उनके अस्थि-पंजरों के भीतर झांक पाती। विडंबना यह कि उसे पहला सैट बूढ़ा-बूढ़ी के अस्थि-पंजरों पर ही दया आ गई थी—कितने दिन और जीने वाले हैं बेचारे और अगर इन्हें अपने जीवन की सार्थकता सचमुच एक अदद लड़की के विवाह के रास्ते ही मिलती नजर आती है, इन्हें लगता है कि वे अपनी एक बड़ी जिम्मेदारी से हलका हुए···तो चलो, हो जाने दो इनके मन की। वैसे भी उसके सामने कोई रास्ता न था—भागती तो भागकर जाती कहां, उसके पास तो कोई वह भी नहीं था, जो उसकी बहन के पास था··· जिस पर विश्वास होने का भ्रम पाल सकती। अकेले निकले···तो बाहर जो संसार है—नियम-हीन-विहीन! जंगली जानवरों के तो फिर भी कुछ उसूल होते हैं, जंगल के कुछ कायदे-कानून हैं। बारह साल की कच्ची उम्र में ही वह देख चुकी थी।

क्या कर सकती है एक अदद लड़की, बूढ़े-बूढ़ियों से भरे इस भारतीय समाज में!

हर मुकाम पर मोहलत लेते चलो···और क्या!

वह होने वाले पति से अकेले में बात करना चाहेगी। चारों बूढ़ा-बूढ़ी मान गए—जानते थे कि इतनी सुंदर लड़की के सामने लड़का सद्दी डोर वाली पतंग की तरह कटता चला जाएगा।

"देखिए···मैं मर्जी से नहीं, मजबूरी से शादी कर रही हूं, वर्ना मैं जानती हूं कि

मैं शादी के लिए नहीं बनी हूं—मुझे पुरुष ही पसंद नहीं। मैं इतना जानती हूं कि मेरी उम्र अभी शादी की नहीं है, मैं अभी रिसर्च करना चाहती हूं।"

"ओ श्योर! मैं वहां की यूनिवर्सिटी में रजिस्टर करवा दूंगा। वहां मेरी जान-पहचान है।"

चढ़ गया धनिये की पत्ती पर!

"उसकी जरूरत नहीं पड़ेगी। मैं फर्स्ट डिवीजनर हूं, मेरी मार्कशीट अच्छी है, विषय भी एकदम नया होगा। अपने आप हो जाएगा।"

"गुड···"

"वह नहीं, दिक्कत दूसरी है। मैंने कहा न, आपने गौर नहीं किया—मुझे आदमी पसंद नहीं आते।"

"अरे! क्यों? आप तो इतनी सुंदर हैं।"

"बस यही···यही···आप आदमियों को बस औरत दिखती है, या उसकी सुंदरता। इसके पार बैठा जो 'बींग' है, वह नहीं दिखता? जीव, जिसे ईश्वर ने अब तक बनाए हुओं से एकदम फर्क बनाया है, हर को बनाता है, अपनी तरह का अलग···उसकी अपने आप से कुछ मांगें हो सकती हैं कि नहीं? मैं उन्हीं की खातिर अकेले रहना चाहती थी कुछ समय के लिए। थोड़ा समय मिल जाता···पर वे नहीं देना चाहते, आप देख ही रहे हैं।"

"तो?"

"तो क्या···चलो, कर लेते हैं शादी।"

"गुड।"

"गुड कहने से काम नहीं चलेगा। मेरी दो शर्तें हैं।"

बंदे का मुंह लटक गया।

"एक—आप मुझे कभी सेक्स के लिए मजबूर नहीं करेंगे। दो—रिसर्च पूरी होने तक हमारे बच्चा नहीं होगा।"

वह फट से मान गया। अब दिखता है जो वह तब सोचता होगा—इधर बुलबुल का कैद में आना, उधर फिर शुरू गाना—कैद में है बुलबुल, सैयाद मुस्कराए!

गाइड ने कहा, "आप शादीशुदा हैं। पढ़ाई-लिखाई तो शादी के पहले की चीज है।"

"मेरी ससुराल सहयोग करेगी।"

"बच्चा हो गया···तब?"

"नहीं होगा, मेरी थीसिस जमा होने तक नहीं होगा—हम दोनों ने तय किया

है। मेरे पति बहुत अच्छे हैं, मेरा बहुत खयाल करते हैं···"

खयाल तो ये भी बहुत कर रहे हैं—ये बूढ़ा-बूढ़ी जो बाहर बैठे हैं, उसकी हर उबकाई खुशी की लहर बन जिनमें भीतर तक उतरती चली जाती है। पति भी खयाल करता है, उसने भी इन्हीं लोगों का दांव खेला—धीरज का दांव, रेशमी दांव···जैसे कि वह शुरू से ही किसी मनोवैज्ञानिक की सलाह पर चल रहा था। शादी के बाद छह महीने तक उससे दूर-दूर, उसकी रिसर्च में पूरी दिलचस्पी लेना, वाहवाही करना, फिर नए-नए शहरों में घुमाने का सिलसिला शुरू किया, धीरे-धीरे पास आता चला गया···

पीछे देखो तो जो धीरे-धीरे स्वाभाविक रूप से उगता हुआ प्यार लगता था, वह जैसे कागज पर खींची, खूब सोची-समझी साजिश थी, एक-एक सीढ़ी सुनियोजित···उस वक्त ही उसके मन में रही होगी जब वह उसकी शर्तें मान रहा था। भीतर-भीतर पक्की प्लानिंग आज के दिन के लिए, इसी लक्ष्य तक पहुंचने की—गाय के गले में ढिंगरा डाल दो, बच्चे से बंध जाएगी, तो वे सारी बड़ी-बड़ी बातें फुर्र-से उड़ जाएंगी—ये अपना फर्क जीव, उसकी मांगें, जीवन का अर्थ, रिसर्च, नया विषय, पढ़ाई-लिखाई की दुनिया, घर के बाहर की दुनिया, उसमें होना···सब। अब वह पूरी तरह घर में कैद, सदा-सदा के लिए उनकी आश्रिता···वह-वह करेगी जो वे कहेंगे। सारी बगावती बातें उड़न-छू।

यह आदमी—उसका पति, जिसका गुणगान करते हुए वह थकती नहीं थी—वह भी बूढ़ा-बूढ़ी की तरफ का निकला, बनता बहुत आधुनिक खयालों वाला था, आखिर उन्हीं का खून था। उनकी दबी-दबी शिकायतें सुनता था···बच्चा, खिलौना! उनकी तरफ का खेला खेल गया, सपूत पहले था, पति बाद में।

पर किसी को क्या दोष दिया जाए, जब वह खुद··· । हर बार वे औरत की कमजोरी का फायदा उठाते हैं। मां-बाप विवाह तब करेंगे जब लड़की नौकरी पर न लगी हो। रिसर्च का काम थोड़ा चलाया कि बच्चा···जैसे कि उनकी जो रेल है, वह तो चलती ही चली जाएगी, स्टेशन दर स्टेशन···तुम गढ़ते रहो अपने मनसूबे। औरत है तो अपने जाये से बंधे बिना नहीं रह सकती। अब कहां जाएगी? सास-ससुर को खाना बहू के हाथ का चाहिए, बाई न आए तो बर्तन-भांड़ा, झाड़ू-पोंछा बहू करे, वे तो बूढ़े हैं, अपने समय खूब किया। लड़की बाई और बच्चे पैदा करने की मशीन के अलावा कुछ और बन ही न सके···

रिसर्च-सर को लिखा हुआ अगला अध्याय दिखाने इसी हफ्ते जाना था। अब तक उसकी तरफ से कभी कोई देरी नहीं हुई, सर की तरफ से जांच और चर्चा में जो देरी हो तो हो। पूरी फैकल्टी, विद्यार्थी···सभी के बीच वह विद्यार्थी जैसी ही थी।

नाम के पहले लगा मिसेज जैसे कभी उस पर चिपक ही न पाया। सब बुलाते थे मिस कहकर ही···वह दिखती भी लड़की जैसी ही थी, उन सबकी ही आयु की थी, एम० ए० के कुछ लड़के-लड़कियां तो उम्र में उससे बड़े थे···

उनके बीच वह एकाएक बड़ी हो जाएगी अब—मां···होने वाली ही सही, पर मां जैसी बुजुर्ग···सबसे अलग श्रेणी की। मां और विद्यार्थी···एक साथ चलता नहीं। सुनकर सर पहले तो नीचे से ऊपर तक देखेंगे, फिर एक हंसी, बे आवाज—उनके चेहरे पर उभर आएगी—विद्रूप, व्यंग्य-भरी। इसी ने तो कहा था, कितनी दृढ़ता से—'थीसिस जमा होने तक बच्चा नहीं होगा, हम दोनों ने तय किया है।' रजिस्ट्रेशन किसी तरह हो जाए, इसके लिए उस तरह बोली थी, झूठ ···उन्हें धोखा दिया गया। वह छिपा-छिपूकर यूनिवर्सिटी कितने दिन जा सकेगी?

"बहू! चिंता न करो। यह कोई बीमारी नहीं है, खुशखबरी है। राज पेट में आया था तो मेरी हालत तो तुमसे ज्यादा खराब हो गई थी, पहलौटी में होता है···पर जितनी ज्यादा उलटी, उतना ही बच्चा तंदुरुस्त होगा। सिर्फ कुछ दिनों तुम्हें उठने-बैठने, चलने-फिरने में बहुत ध्यान रखना होगा···उसकी भी तुम चिंता न करो, हम हैं न···"

वे एकाएक जी उठे।

"भारी उठाना-धरना नहीं, बाहर जाना कम···"

माने···बाहर की दुनिया से काट अब सिर्फ घर में। गई यूनिवर्सिटी—सर, उसकी साथिनें, उसकी पढ़ाई, उसकी थीसिस। उसने सोचा था, शादी एक छोटी-सी चीज है, चलो, कर लेते हैं···जीवन तो शादी से बड़ा है, उसे अपने ढंग से चलाएगी, पर देखो तो···'बहू'···एक शब्द-भर कैद कैसे सुरसा के मुंह की तरह फैलती चली जा रही है। अब सिर्फ यह कमरा, बाहर बूढ़ा-बूढ़ी, शाम-सुबह हमदर्दी जताता पति···उनका सपूत, जो एक यही बात कितनी बार दोहराकर उस पर अहसान दर अहसान लादता है—'अम्मा, बापू तुम्हारा कितना खयाल रखते हैं, तुम्हें कितना चाहते हैं···'

संसार में वह बड़ा वृत्त, जो उसने अपने लिए खींचने की कोशिश की, अपनी मेहनत और प्रतिभा के बल पर—कि इसमें वह घूमेगी-फिरेगी, डूबेगी-उतराएगी, यहां वह अपनी पहचान पाएगी—वह कौन, संसार में क्यों आई···जैसे सवालों के उत्तर ढूंढ़ेगी—जिसमें पुरानी पढ़ाई-लिखाई, स्कूल-कॉलेज, अध्यापक-अध्यापिकाएं, साथी-साथिनें, बहसें···और पुरानी-नई मोटी-छोटी ढेर पुस्तकें, उनके दिवंगत लेखक, उनके विचार···भीतर उद्वेलन पैदा करते हैं वे···और भी न जाने क्या-क्या है। फिर उसके भी ऊपर बनता एक और वृत्त—'जॉब', एक और दुनिया खुलने

वाली···

इतनी बड़ी दुनिया···सबको मिटाकर एक कमरे में कैद कर दिया। कमरे में सूखती चली जा रही बूंद की तरह एक जगह पड़ी वह···जीवन उसका, शरीर उसका···पर ले उड़े दूसरे लोग। वे अभी से होने वाले बच्चे की तंदुरुस्ती की बात करते हैं, मोह जगा रहे हैं···जबकि अभी क्या है वहां? इतना तो वह भी जानती है कि अभी तो मांस का कोई छोटा लोथड़ा भी नहीं, बच्चा···जान तो दूर की बात। शरीर उसका है, परमात्मा से उसे मिला हुआ। उसका जो भी जीवन होना है, वह इसी के मार्फत तो चलेगा। इसे किसी को इस्तेमाल नहीं करने देगी वह। ठीक है, गलती उससे भी हुई···पर किससे नहीं होती? बच्चा तभी होगा, जब वह चाहेगी, थीसिस के बाद ही। अभी तो कोई समय ही नहीं हुआ, कोई हत्या-वत्या का प्रश्न नहीं, भीतर जान आ जाने पर अंतरात्मा कुलबुला सकती है, अभी क्या! अभी तो सिर्फ ये बाहर बैठे बंदे अपने-अपने स्वार्थों से लगे बुलबुले छोड़ रहे हैं···

वह चुपचाप उठी, कमरे के बाथरूम में बची-खुची उलटी निकाली। मुंह धोया, कपड़े बदले···जितने रुपए हाथ में आए, छिपाकर रख लिए और नर्सिंग होम के लिए निकल गई···

बूढ़ा-बूढ़ी पीछे से चिल्लाते रहे। उसने पीछे सिर्फ सरल-सा एक जुमला छोड़ दिया—'उलटी की दवा लेने जा रही हूं।' जा रही थी दवा करने—सीधा नर्सिंग होम में भरती होने—बच्चा गिराने नहीं, गर्भ, जिसकी शुरुआत का संकेत शरीर ने दिया है, उसे भंग करने। कब तक बचेगी वह? जब तक उसे बचना है तब तक तो जरूर ही। एक और मोहलत ही सही···एक और, जब तक मिलती है, लेते चलो। जानती है, नर्सिंग होम में भी यही सवाल उठाया जाएगा, 'घर में पूछा?' जवाब वाला जुमला वह अपने मुंह में बिठाती चली जा रही है—'मैं बच्चा हूं या बालिग, शरीर मेरा है या घर का?' लाइए···मैं दस्तखत कर देती हूं···और शुरू हो जाइए···

जरा-सी लापरवाही को जिंदगी बदलने की छूट नहीं दी जा सकती।

[2009]

करीमगंज का कलक्टर

"भाई साहब समझ सकते हैं, आप लोग क्या जानो?"

बहन ने उसकी तरफ देखा। वह बुरी तरह झेंप गया, आखें झुक गईं…जैसे सालों पहले उससे कोई खून हुआ था, उसका जिक्र फिर किसी ने छेड़ दिया!

रिटायर हुए छह साल हो गए। वह अपनी छोटी बहन की लड़की की शादी में आया है। कहां-कहां के रिश्तेदार इकट्ठे हुए हैं। कल रात लड़की विदा हो गई। सवेरे सब आंगन में इत्मीनान से बैठे चाय की चुस्कियां ले रहे थे कि बातों-बातों में किसी के जेल जाने का किस्सा चल पड़ा। बयान दूर बैठे किसी शख्स का… और बात आकर थम गई उस पर!

वे सब, जो कुछ देर पहले, दूर के उस आदमी के किस्से में डूबे हुए थे (उनके साथ वह भी), एकाएक उसे घूरने लगे। सबकी नजरें उसके जिस्म को छेद रही थीं।

इतने सालों बाद भी? जैसे उससे कुछ ऐसा चिपका हुआ है, समय भी जिसे खुरचकर नहीं निकाल पाया। भीतर का घाव सूखा नहीं, बाहर धब्बा बन आ गया। जो हमेशा इस बात के लिए सचेत रहता था कि गलती से भी उसके कारण किसी को हलकी-सी ठेस न पहुंच जाए…उससे ऐसा क्रूर, ऐसा दुष्ट व्यक्ति आ टकराता है और छोड़ जाता है एक धब्बा, जो जीवन-भर न धुले। वाकया दफ्तर के दिनों का, उसे शर्मसार होना पड़ रहा है आज भी, दफ्तर से छुट्टी पाने के इतने सालों बाद…उन लोगों के बीच जिनमें से कई तो दफ्तरी जिंदगी के दरमियान उससे कभी मिले भी नहीं। कितने शायद यह भी न जानते हों कि वह किस महकमे में था। रिटायर होने के बाद लोग सब कुछ झाड़-झूड़कर नई जिंदगी में चल पड़ते हैं। उसने भी यह चाहा, कोशिश की…लेकिन कोई कभी भी रस्सी का फंदा गले में फेंक उसे पीछे खींच ले जाता है…

जैसे अभी…छोटी बहन का यह एक जुमला।

दफ्तरी जिंदगी में भी एक बार ऐसा हुआ था। उसके समकक्ष अधिकारियों का कोई सम्मेलन था, उस वाकये के कोई पांच-छह साल बाद। उसकी पदोन्नति

डिप्टी डायरेक्टर के ग्रेड में हो चुकी थी, शुकदेव सिंह, जो उससे काफी सीनियर था, डायरेक्टर हो चुका था। सम्मेलन के उस सत्र की अध्यक्षता करते हुए शुकदेव शुरू में ही बोलता क्या है—"यहां अधिकतर लोग मेरे परिचित हैं और रामपाल तो···(शुकदेव ने नजरें उसी पर गड़ा दी थीं)···रामपाल से मेरी पहली मुलाकात कहां हुई थी—यह भी मुझे याद है···क्यों रामपाल?"

शुकदेव सिंह कुछ इस तरह मुस्कराया जैसे उससे कह रहा हो—'कहो तो कर दूं नंगा, तुम्हारे सहकर्मियों के बीच?' प्रत्युत्तर में अपनी सीट पर बैठे-बैठे ही उसके हाथ, नहीं, उंगलियां···नहीं, उंगलियों के पोर जुड़ गए थे, चेहरे पर झेंप की मोटी पर्त आ बिछी थी। बेशर्म-सा वह मुस्कराए जा रहा था, मुस्करा क्या···गिड़गिड़ा रहा था—'बस करो, गरीबपर्वर···आगे नहीं, बस यहीं रुक जाओ···'

मतलब कोई कभी भी उसे सरेआम नंगा कर सकता है!

बहन के उस जुमले के हवा में घुलने तक उसने इंतजार किया···फिर बेआवाज़ रिश्तेदारों की उस बैठकी से उठ लिया।

कैसी शर्मिंदगी उठानी पड़ती है···अपने किए की नहीं, दूसरे के किए की। वह अपने अपराध-बोध को नहीं ढो रहा था···किसी दूसरे के अपराध को अपना बोध बनाए बैठा है···

क्यों उसके साथ ही यह होना था, क्यों वह वाकया ही उसकी जिंदगी की केंद्रीय घटना बन गया···?

···एक हाथ में सूटकेस, दूसरे में ब्रीफकेस लिए वह रेल के रुकते ही डिब्बे में चढ़ गया। ए०सी०टू टियर में उसकी ऊपर की बर्थ थी। बर्थ के नीचे, दोनों तरफ पहले से ही जाने कितना सामान अंटा पड़ा था। बाहर की तरफ जहां सूटकेस-भर जगह किसी तरह छूट गई थी, वहां उसने सूटकेस फिट किया। ब्रीफकेस ऊपर अपनी बर्थ पर पीछे की तरफ सरकाया और फिर नीचे प्लेटफॉर्म पर उतर आया।

वह ऐसा ही करता था, जैसे शहर को बताना चाहता हो कि जाने का मन नहीं है, पर जाना पड़ रहा है। दस दिन की छुट्टियां बिताकर वह वापस अपनी ड्यूटी पर लौट रहा था।

छूटने पर रेल सरकने लगी तो दूसरों को पहले मौका देकर वह आखिर में चढ़ा, दरवाजे के डंडे पकड़ सीढ़ियों में पहले दाहिना, पीछे बायां पैर जमाते हुए। डिब्बे के अंदर हो, दोनों हाथों से डंडों को पकड़े हुए एकदम दरवाजे पर खड़ा वह छूटता प्लेटफॉर्म देखता रहा। प्लेटफॉर्म के बाद बिजली से जगमग शहर के इस हिस्से के घर, सड़कें, गलियां···फिर शहर की छूटती बत्तियां···घनी से हलकी,

हलकी से छिटपुट, फिर इक्का-दुक्का होती हुईं···आखिर में अंधेरे की चादर, टिमटिमाते सितारों के नीचे बिछी हुई।

वह जब-जब नौकरी पर जाता, अपने शहर से इसी तरह विदा लेता था··· भीतर का आत्मविश्वास बाहर छलकता हुआ जैसे शहर को बता रहा हो कि वह हवा में इधर-उधर उड़ता पत्ता नहीं, एक साबुत व्यक्ति है···कमाऊ, जिम्मेदार।

शहर की बत्तियां जब पूरी तरह ओझल हो गईं तो उसने किवाड़ बंद किया, ऊपर लॉक लगाया और अपनी सीट पर लौटा।

सोने का समय अभी दूर था, लेकिन नीचे की दोनों बर्थों पर चादर बिछी हुई थी। दोनों पर एक ही परिवार था—मियां-बीवी और एक बच्चा। इधर बीवी आधी बर्थ पर लेटी, आधे में बच्चे को लिटाए हुए उससे बतिया रही थी। उधर मियां बर्थ के आखिरी कोने तक दोनों पैर चौड़ाई में फैलाए हुए अपनी आंखें एक अंग्रेजी पत्रिका में जमाए था। उनकी समृद्धता सभी के शरीरों पर अतिरिक्त मांस और नीचे सामान के जो बारह-तेरह अदद अंटे पड़े थे, उनसे जाहिर थी। बर्थों पर वे इस तरह पसरे हुए थे जैसे कि वह उनकी खरीदी जमीन थी और उन्हें सावधान रहना था कि कोई कोना कहीं से दबा न लिया जाए।

थोड़ी देर वह नीचे बैठना चाहता था। हालांकि खाने का समय निकल चुका था, वह घर से खाना खाकर निकला भी था···पर अभी से ऊपर जाकर क्या करेगा ···तभी मियां ने पत्रिका एक तरफ सरका, चश्मे के पार सख्त निगाहों से इसकी तरफ देखा, बीवी के चेहरे पर पहले से ही पथरीली रुखाई थी···तो थोड़ी जगह के लिए गुजारिश करने की गुंजाइश कहीं दिखी नहीं। शायद इसीलिए चौथा मुसाफिर पहले ही दूसरी ऊपरी बर्थ पर उधर को करवट ले चुका था।

ऊपर जाने का निश्चय कर वह बाथरूम गया, लौटकर जूते उतार···सूटकेस के बगल में सरका ऊपर चढ़ गया। रेल का बिस्तर बर्थ पर पहले से ही रखा था। ऊपर बैठे-बैठे ही उसने बिस्तर लगा, ब्रीफकेस से एक पत्रिका निकाली, ब्रीफकेस को दीवार के सहारे टिकाया, फिर लेटकर लैंप जला पत्रिका उलटने-पलटने लगा।

उसी वक्त नीचे के आदमी ने बड़ी लाइट बुझाई और पढ़ने के लिए अपना लैंप जला लिया।

ब्रीफकेस बर्थ पर कहीं जम नहीं रहा था। उसके बगल में सीलिंग के ठीक नीचे जो एक ट्रे-नुमा मेज-सी निकली हुई थी, वहां एक थर्मस रखा हुआ था।

"ये थर्मस आपका है? इसे ज़रा नीचे रख लेंगे, मेरा ब्रीफकेस यहां आ जाएगा···" उसने नीचे कहा, मियां-बीवी में से जो सुन ले।

"थर्मस वहीं रहेगा"···मियां उसकी तरफ देखे बगैर, सख्ती-भरी ठसक से

बोला।

बात को दरकिनार कर उसने ब्रीफकेस को तकिये के बगल में टिका लिया और फिर पत्रिका उठा ली। पत्रिका में कुछ खास नहीं था। थोड़ी देर में ही वह लैंप बुझाकर सोने की कोशिश करने लगा। ब्रीफकेस से असुविधा हो रही थी। इधर रखो तो कोहनी से टकराता था, पीछे की तरफ रखो तो पीठ पर गड़ता था। उसका शरीर लंबा-चौड़ा था···यों भी ऊपर की बर्थ में नहीं आता था, फिर ब्रीफकेस के साथ···ऐसे तो वह रात-भर नहीं सो पाएगा।

उसने देखा कि आईने के ठीक नीचे, उसकी तरफ ही एक खूंटी थी—जो खाली थी। ब्रीफकेस की जगह झोला होता तो वह उस पर लटका सकता था, थर्मस तो वहां लटक ही सकता है। उसने मासूमियत से थर्मस को डोरी से उठाकर खूंटी पर लटका दिया और उसकी जगह अपना ब्रीफकेस रख दिया।

"तूने मेरे बच्चे के दूध को छुआ···?" फौरन नीचे से आदमी गुर्राया···जैसे उसने अपनी नजरें इस पर बराबर रखी हुई थीं।

"भाईसाहब···आप बेवजह गुस्सा हो रहे हैं, आखिर मेरे सामान के लिए भी तो थोड़ी जगह चाहिए···मैंने भी टिकट खरीदा है। ये ऊपर की जाली ऊपर की बर्थ वालों के लिए है, जैसे नीचे की मेज नीचे वालों के लिए।"

"तूने बच्चे के दूध को छुआ···उसे बेकार कर दिया, ऊपर से रंगदारी करता है!"

"माफ करिएगा···आपको सहयात्रियों से कैसा बर्ताव करना चाहिए, कैसे बोलना चाहिए—यह नहीं आता। मुझे कहना पड़ रहा है।"

"अभी, अभी पता चल जाएगा···थर्मस को मत छूना···" बीवी को हिदायत देकर मोबाइल लिए आदमी बाथरूम की तरफ निकल गया।

वह हैरान था—थर्मस को उठाकर खूंटी पर लटका दिया···ऐसा क्या जुर्म कर दिया। तभी उसे कौंधा, नीचे सूटकेस पर उसका नाम चिपका था—रामपाल, जिससे छोटी जाति की ध्वनि निकलती थी। उस आदमी ने शायद वह पढ़ लिया होगा··· वह छुआछूत मानने वाला होगा।

नीचे का आदमी थोड़ी देर में वापस आकर लेट गया। इधर वह भी सोने की कोशिश करने लगा। ऐसा लगता था कि बात आई-गई हो गई थी।

वह नींद में उतर-उतर ही रहा था···कि डिब्बे के सामने प्लेटफॉर्म पर आवाजें सुनाई दीं। कोई स्टेशन था। नीचे का आदमी अपनी बर्थ पर नहीं था। शिकायत कर रहा होगा···तो वह भी अपना पक्ष बता दे—यह सोच वह भी डिब्बे के दरवाजे पर पहुंच गया···

"यही है···" नीचे के आदमी ने उसकी तरफ इशारा करके सामने वालों से कहा। वे रेलवे पुलिस के लोग थे। वह भी उतरकर उन्हें समझाने लगा–

"साहब···अजीब आदमी हैं ये, दूसरे की तकलीफ जरा भी नहीं सोचते। सोने का समय नहीं हुआ···और मैं नीचे बैठ नहीं सकता···कोई जगह नहीं। कहीं सामान नहीं रख सकता···"

वह बोल रहा था, पर उसे कोई नहीं सुन रहा था। रेलवे पुलिस में से एक मौका-मुआयना करने डिब्बे में चढ़ गया। एक दूसरा उसे घूरे जा रहा था–लंबा-चौड़ा, कसा शरीर, ऊपर से दाढ़ी, जो उसने इधर शौकिया ही पाल ली थी। उसे पहली बार अहसास हुआ कि यह दाढ़ी उसके कसरती शरीर के साथ उसके चेहरे को खौफनाक दिखाती थी। तभी गाड़ी ने सीटी दी।

"आप चलें, सर! करीमगंज तक यह कांस्टेबल आपके साथ जाएगा, आप चिंता न करें।"

"करीमगंज फोन कर दें··· जैसा मैंने बताया···" नीचे के आदमी ने हिदायत दी और डिब्बे में चढ़ प्लेटफॉर्म पर खड़े लोगों या कि इस पर बिना एक नजर डाले अपनी बर्थ की तरफ चला गया। गाड़ी चली तो यह भी चढ़ गया। पहली बार उसे डर लगा–नीचे का आदमी कोई बड़ा आदमी था···या कोई नेता···तभी कांस्टेबल साथ जा रहा है। स्टेशन पर लोग उसे 'सर-सर' कर रहे थे। गैलरी में उसे कांस्टेबल मिल गया–

"कौन साहब हैं···ये?" उसने पूछा।

"वह तो करीमगंज पहुंचकर पता चलेगा। आप रंगदारी क्यों करते हो?"

"रंगदारी···मायने?"

"मायने···रंगदारी···और क्या?"

कांस्टेबल टेढ़ा आदमी था। उसका टेढ़ापन और भी बढ़ जाता था, क्योंकि उसकी बारीक मूंछों की तरह उसके जुमले भी छोटे होते थे और हर बार बोलने के बाद उसके होंठ दाएं कोने पर थोड़ा नीचे आ जाते थे···तब वह बड़े बीभत्स ढंग से मुस्कराता दिखता था।

एक हुंह में उस सारे वाकये को परे कर वह फिर अपनी बर्थ पर जाकर लेट गया···वह क्यों डरे, क्या किया है उसने···उसे चोर-उचक्का समझ अगर वे अपनी या अपने ढेर सारे सामान की हिफाजत कर रहे हैं तो किया करें, उसे उनमें या उनके सामान में क्या दिलचस्पी! उसने इधर को करवट लेकर अपने हाथ का अगला हिस्सा जाली पर रखे अपने ब्रीफकेस पर टिका दिया और फिर सोने की कोशिश करने लगा। वैसे यह भी अच्छा है कि कांस्टेबल साथ चल रहा है, उन

लोगों के सामान के साथ-साथ उसके सामान की भी निगरानी होती चलेगी।

कुछ देर वह सोने-जागने के बीच झूलता रहा…बीच कहीं आंख लग गई। वह सोया हुआ था जब कोई उसके पैर को हिला-हिलाकर उसे जगा रहा था। वही टेढ़ा कांस्टेबल। गाड़ी फिर किसी स्टेशन पर थी। सवेरे के चार बजे थे। नीचे वाला परिवार सामान समेत जा चुका था।

उसने खिड़की का पर्दा हटाकर देखा, डिब्बे के पास काफी लोग खड़े थे, जिनमें आठ-दस वर्दीधारी पुलिस वाले थे। नीचे का आदमी एक तरफ अपने परिवार और सामान के साथ खड़ा था।

"कौन-सा स्टेशन है यह?"

"करीमगंज।" टेढ़े कांस्टेबल ने व्यंग्य-भरी मुस्कराहट से कहा।

"मुझे तो आगे जाना है…अच्छा हुआ नीचे की बर्थ खाली हो गई।" वह खाली बर्थ पर लेट गया, ऊपर से तकिया उठा सिर के नीचे रख लिया।

तभी डिब्बे में चार मुस्टंड सिपाही चढ़े और इसकी बर्थ पर आ पहुंचे। उठकर यह बर्थ पर बैठ गया, चप्पलों में पैर डाल लिए कि देखे, आखिर माजरा क्या है…

"चप्पल उतारिए…" एक ने कहा, फिर जोर से कहा—"उतारिए चप्पल।"

उसने चप्पलों से पैर निकाल ऊपर सिकोड़ लिए…शायद नीचे वाले आदमी के किसी छूटे सामान की तलाश थी।

एकाएक चारों सिपाहियों ने इसे उठा लिया और डिब्बे के बाहर ले चले। यह "अरे…अरे…ये क्या करते हैं…" करता रह गया। वह बहुत डर गया था। सिपाहियों ने उसे प्लेटफॉर्म पर उतार दिया।

"सामान भी नीचे उतारो…" सिपाहियों के लीडर ने कहा।

रेल के जाने का समय कब का हो चुका था, पर वह रोक दी गई थी। डिब्बे के पास छोटी-मोटी भीड़ जमा थी…लोगों का कयास था कि कोई आतंकवादी, जिसका इरादा रेल उड़ाने का था…वह पकड़ा गया, उसे उतारा जा रहा था…

"यही सामान है?" लीडर ने अपने रूल से उतरे हुए सामान की तरफ इशारा करते हुए उससे पूछा। तभी टेढ़े कांस्टेबल ने डिब्बे से उसके जूते-चप्पलें भी सामान के पास फेंक दिए।"

"आप चलिए सर! आराम कीजिए। इधर हम देख लेंगे।" सिपाहियों के लीडर ने नीचे वाले आदमी के पास जाकर कहा। जो तीन-चार लोग उधर खड़े थे, उन्होंने एक-एक, दो-दो करके सामान उठाया…और काफिला चल दिया।

काफिले के निकल जाने के बाद लीडर ने इशारा किया और इधर दो कांस्टेबलों ने उसका एक-एक हाथ पकड़ा, दो ने सूटकेस, ब्रीफकेस…जूते और

चप्पलें उठाए···और लीडर के पीछे-पीछे इसे ले चले, नंगे पैर। थोड़ी देर में गाड़ी ने भी सीटी दी और चल दी।

स्टेशन के एक कोने पर रेलवे पुलिस का दफ्तर और लॉकअप रूम था, जिसमें डालने के पहले उसकी तलाशी ली गई।

"आप लोग ये क्या कर रहे हैं···देखिए, देखिए···मैं एक सरकारी अफसर हूं, कोई चोर-उचक्का नहीं। मुझे···कल ड्यूटी ज्वाइन करनी है···यह देखिए।" उसने ब्रीफकेस में से अपना कार्ड निकालकर सिपाहियों के लीडर को दिखाया—"मुझे बताया तो जाए कि मुझे किस जुर्म में पकड़ा जा रहा है?"

कोई क्या बताता···कैसे बताता? जुर्म तो अभी तय ही नहीं हुए थे।

"आपके विभाग का कोई दफ्तर है यहां?" कार्ड देखने के बाद सिपाहियों का लीडर थोड़ा नरम पड़ा।

"हां, है। उन लोगों से पूछ लीजिए···मैं क्या हूं···कैसा आदमी हूं।"

लीडर कार्ड लिए चला गया। कार्ड का असर इतना हुआ कि उसे कार्यालय के बाथरूम में जाने दिया गया···लेकिन उसके बाद फिर लॉकअप रूम में डाल दिया।

सब कुछ सपने जैसा लग रहा था। वह सरकार का एक अधिकारी है···पुलिस ने उसे सामान की तरह उठाया और लाकर प्लेटफॉर्म पर पटक दिया, हाथ पकड़े हुए उसे नंगे पैरों चलाकर रेलवे पुलिस के दफ्तर तक लाया गया, बिना किसी जुर्म लॉकअप रूम में डाल दिया। वह अपने देश में है या कि किसी दूसरे देश में? पंद्रह अगस्त को हम तिरंगा फहराते हैं···अंग्रेज गए, क्या वाकई?

साफ था कि सब नीचे वाले आदमी के कहने पर हुआ था। लॉकअप रूम के बाहर सिपाहियों में एक जो थोड़ा शरीफ दिखता था, उसे पास बुलाकर इसने टटोला तो पता चला, वह आदमी करीमगंज का कलक्टर था। उस सिपाही ने आगे कहा—

"पता तो कर लेना चाहिए था कि कौन क्या है···यह क्या कि जो सामने आया, भिड़ गए।"

"अरे! कौन भिड़ा भैया? मैं सच कहता हूं—मैंने कुछ नहीं किया।"

वह अपनी सफाई देने लग गया···तब से सफाई ही देता चला आ रहा है और आज तक दोषी बना हुआ है।

"जो हुआ, हो गया"—सिपाही ने हितैषी की तरह सलाह दी—"अब यहां से निकलने की जुगत करिए, वर्ना यहीं पड़े रह जाएंगे।"

उसका भाग्य कि साढ़े दस बजे के करीब उसके विभाग का एक अधिकारी उसे देखने आया (सिपाहियों का लीडर, जो कार्ड ले गया था, उसने इत्तला दी

होगी)। सीखचों के उस तरफ वह इसे कुछ सहमा-सा ऊपर से नीचे तक देख रहा था—इसकी काली दाढ़ी, लंबा-चौड़ा कद, लंबा कुर्ता और पायजामा…हुलिया खासा तितर-बितर…आतंकवादी वाली अफवाह से उसके हुलिए को मिलाने की कोशिश कर रहा होगा…यही शुकदेव सिंह था।

उसने शुकदेव सिंह को सारी कहानी बताई…तब वह थोड़ा पसीजा। उसे हवालात से छुड़ाने की कोशिश करेगा…कहकर चला गया। जैसा शुकदेव सिंह ने बाद में बताया—तब तक एफ०आई०आर० दर्ज करा दी गई थी जिसमें कई चार्ज लिखे गए थे—'दाढ़ी वाला कद्दावर आदमी खतरनाक व्यक्ति है, उसने कलक्टर की पत्नी की तरफ भद्दे इशारे किए, उनका सामान फेंका और करीमगंज से पहले वाले स्टॉप पर जब कलक्टर रेलवे पुलिस से शिकायत कर रहे थे, वहां उतरकर उनके साथ झूमाझटकी की, इससे सामाजिक शांति भंग हुई है। यह आदमी रंगदारी करता है, आतंकवादी हो सकता है…'

शुकदेव सिंह ने यह भी बताया कि वह कलक्टर से मिलने गया तो जो स्लिप भेजी उसमें लिखा था कि जो हवालात में है, वह सरकारी अफसर है…तो भी कलक्टर ने अंदर से ही कहलवा दिया—मामला एस०पी० के कार्यक्षेत्र का है, एस०पी० से मिलें। इस बीच कलक्टर ने नई जानकारी के मद्देनजर संबंधित एस०पी० से फोन पर बात की होगी। एस०पी० शुकदेव सिंह और उसके साथियों से ठीक से मिला और उन्हें समझाया—"चूंकि लॉकअप में लिया जा चुका है, एफ०आई०आर० दर्ज हो चुकी है, तो उसे कोर्ट में तो पेश करना ही होगा, फिर जैसा कोर्ट आदेश दे। मामला गंभीर यों भी है कि उसने कलक्टर के काम में अड़चनें पैदा की हैं…लेकिन यह शख्स भी सरकारी अफसर है तो कोई हल तो निकालना ही होगा। ऐसा करिए कि उससे माफीनामा कलक्टर के नाम लिखा लाइए। कलक्टर साहब काफी खफा हैं, पर किसी तरह उन्हें मना लिया जाएगा, फिर आपसी समझौते के आधार पर केस को खत्म करने की पेशकश की जाएगी।"

एस०पी० ने पहले से ही लिखे रखे एक कागज को उन्हें पकड़ा दिया। उसमें एफ०आई०आर० वाले सारे आरोपों का जिक्र था, उनके लिए माफी मांगी गई थी। विभाग के अधिकारी जब उस माफीनामे पर इसके दस्तखत कराने आए तो वह चीख पड़ा—"मैंने यह सब किया ही नहीं है, तो क्यों माफी मांगूं, किस चीज की? माफी तो उन्हें मांगनी चाहिए जो जनता की सेवा के लिए हैं और ऐसा व्यवहार करते हैं। कैसी स्वतंत्रता है यह, कैसा प्रजातंत्र…एक पढ़े-लिखे, उनकी तरह ही एक सरकारी नौकर के साथ जब यह हो सकता है तो साधारण आदमी के साथ

क्या होता होगा?"

बाहर बौखलाहट थी, पर भीतर समझ भी उग रही थी—ऐसे शहर में जहां उसका कोई नहीं है, उस आदमी के साथ, जो खुद को शहर का मालिक मानता है, है भी···उससे वह कैसे पंगा ले सकता है···उसे लॉकअप से जल्दी निकलने की कोशिश करनी चाहिए···वर्ना एक अवधि से अधिक कैद में रहने पर उसका विभाग भी उसे सस्पैंड कर देगा···सरकारी नियम है!

पर वह इस बात पर अड़ा रहा कि जो उसने किया ही नहीं है—'कलक्टर की पत्नी से दुर्व्यवहार, न उसके साथ झूमाझटकी···'उसे छुआ तक नहीं—ऐसी चीजों के लिए माफी नहीं मांगेगा। माफीनामे का उसने अपना ड्राफ्ट बनाया—'उसने जानबूझकर कोई दुर्व्यवहार नहीं किया, लेकिन अगर उसके किसी व्यवहार से कलक्टर आहत हुए तो वह शर्मिंदा है और उसके लिए माफी मांगता है।'

उसे शुकदेव सिंह की गारंटी पर लॉकअप रूम से उसके विभागीय गेस्ट हाउस ले जाने दिया गया। शुकदेव सिंह ने जिम्मेवारी ली कि वह उसे दूसरे दिन कोर्ट में ले आएगा और इस बीच कहीं बाहर नहीं जाने देगा।

अगले दिन स्थानीय अखबार उसकी खबर से अटे पड़े थे—'रंगदारी करते पकड़ा गया···' 'कलक्टर को मारा'···'कलक्टर की पिटाई'···'विभाग का अफसर गिरफ्तार' जैसे चटखदार शीर्षकों से। जब वह शुकदेव सिंह और साथियों के साथ कोर्ट गया तो वहां पहले से ही ढेर सारे आदमी इकट्ठा हो गए थे। कितने उसके पास आकर फुसफुसाते—"मारा···अच्छा किया, वह इसी लायक है, और मारना था साले को, मारा तो जोर से मारते कि कुछ निशान-विशान पड़ता, याद रहती उसे···" वह फिर सफाई दे रहा था—"भाई, मैंने उसे छुआ तक नहीं, वह गुस्सा हो गया कि उसके बच्चे के थर्मस को मैंने उठाकर दूसरी जगह क्यों रख दिया··· इतनी-सी बात है, अखबारों में सारा झूठ छपा है।"

कचहरी में उसकी पेशी हो गई, आपसी समझौते का करारनामा दाखिल हो गया और जज ने मुकदमा खत्म करने का आदेश लिखा दिया। सब आनन-फानन। रेल विभाग ने उसे अगली गाड़ी का त्वरित आरक्षण दिला दिया···और शुकदेव सिंह और उसके साथियों को धन्यवाद देकर वह अपने कार्यस्थल के लिए रवाना हो गया।

जो हुआ वह कोई दुःस्वप्न-सा था। वह दिमाग कहीं और लगाने की कोशिश करता, पर एक पर एक दृश्य सामने आ जाते—उसे गठरी की तरह उठाया··· जेबकट की तरह नंगे पैर चलाया, जानवर की तरह सीखचों के भीतर बंद कर दिया···याद कर-करके रोना आ जाता। कार्यालय पहुंचकर उसने तीन दिनों की

देरी को छुट्टी में परिवर्तित करने की साधारण दर्ख्वास्त लगा पूरे वाकये को दफना दिया और ऑफिस के काम में खुद को डुबोने की कोशिश करने लगा···कि कुछ ही दिनों में वह प्रसंग सांप की तरह फन निकाल फिर सामने खड़ा था। करीमगंज के कलक्टर ने उसके डी०जी० को एक पत्र लिख एफ०आई०आर० वाले सारे आरोप उस पर फिर लगाए थे और लिखा था कि उसके सरकारी नौकर होने का खयाल करते हुए उन्होंने माफीनामा स्वीकार कर मुकदमा वापस लेने में सहयोग किया है···पर उसके खिलाफ विभागीय कार्यवाही अवश्य की जाए। उस पर लगातार निगाह रखी जाए, क्योंकि वह एक खतरनाक व्यक्ति है। अपने कसे हुए शरीर का फायदा उठाकर रंगदारी करता है, समाज की शांति के लिए वह एक खतरा है। कलक्टर के पत्र को आधार बनाकर अब उससे डी०जी० कार्यालय द्वारा पूछा गया था कि इन गंभीर तथ्यों को देखते हुए क्यों न उसके खिलाफ समुचित विभागीय कार्यवाही की जाए···शोकौज नोटिस!

दौड़ा-दौड़ा वह डी०जी० से मिलने गया। भरा हुआ था। उससे यह कहेगा, वह कहेगा···जो हुआ—एक-एक चीज बताएगा, विस्तार से। वे अपने विभाग के मुखिया हैं, वे जरूर समझेंगे, सीनियर अफसर हैं तो कलक्टर की हेकड़ी से वाकिफ भी होंगे।

डी०जी० का चपरासी स्लिप लेकर भीतर गया, आदेश लेकर लौटा कि पी०ए० से मिलो। उसे तीन दिन बाद मिलने का समय दिया गया। वह बुझ गया···तीन दिन और घुलता रहा।

वह डी०जी० से पहले कभी नहीं मिला था। तीन सीढ़ी ऊपर के अफसर थे वे। निश्चित दिन और समय उनके हॉलनुमा भव्य कमरे में घुसते ही उसका दिल बैठ गया। डी०जी० बिना कुछ बोले उसके कसरती शरीर का ऊपर से नीचे तक मुआयना कर रहे थे। वैसे देखते हुए काफी देर तक वे अपनी भवें उचकाते रहे जैसे कह रहे हों—'वाह बेटा! पहलवानी शरीर है, रंगदारी तो करोगे ही, कलक्टर को भी नहीं बख्शा!'

वह खड़ा रहा। आखिर डी०जी० ने उसे बैठने के लिए हाथ से इशारा किया। उनकी नजरें अब भी उसके शरीर पर थीं और भवें उचक रही थीं।

"सर! कलक्टर ने जो लिखा है, वह सरासर झूठ है। सारा वाकया उनके फूले हुए अहं के कारण है, अपने पद के आगे किसी को कुछ समझते नहीं··सिर्फ थर्मस का खूंटी पर लटका दिया जाना···"और भड़भड़ वह सारा वाकया बता गया···

कहते हैं, सच को साबित नहीं करना पड़ता, वह अपने आप बोलता है···पर यहां वह सच का लंबा बयान दिए जा रहा था और सामने वाले पर कुछ असर नहीं

हो रहा था···

पता नहीं डी०जी० ने कितना सुना, कितना नहीं, हां, उसे बोलने जी-भर दिया। आखिर में उनकी तरफ से मात्र चार शब्द आए···अंग्रेजी के–'गिव इट इन राइटिंग' और उसे रुखसत कर दिया।

उसने सारा कुछ लिखकर दे दिया। वही नोटिस का जवाब था। वह निश्चिंत था–आखिर विभाग उसका परिवार है। करीमगंज में वह पराये लोगों के बीच था, यहां अपनों के साथ है। उसका विभाग जरूर उस पर विश्वास करेगा। यों भी वह घटना उसके कार्यक्षेत्र के बाहर उसकी व्यक्तिगत हैसियत में हुई थी, कलक्टर का अहं भाव भी जगविख्यात है।

पंद्रह दिनों बाद उसे डी०जी० के हैडक्वार्टर्स के अफसर का आदेश मिला जिसमें सभी संदर्भित ब्योरों के उल्लेख के बाद लिखा था–

'अधोहस्ताक्षरी को यह कहने का निर्देश हुआ है कि सभी तथ्यों पर गंभीरता से विचार करने के बाद उसके जवाब को संतोषजनक नहीं पाया गया। उसे चेतावनी दी जाती है कि भविष्य में वह इस तरह का कोई काम न करे जो सरकारी अफसर की प्रतिष्ठा के प्रतिकूल हो। इस चेतावनी की एक प्रति संबंधित अधिकारी की चरित्रपंजिका के साथ लगाई जाएगी···'

माने···आगे कोई प्रमोशन नहीं···वह जिसके लिए सब नौकरी करते हैं–पदोन्नति, तनख्वाह में बढ़ोतरी···कुछ नहीं। एक छोटा-सा थर्मस नीचे की खूंटी पर क्या टांगा, उसके कैरियर को ही टांग दिया गया। दिन-रात खटते हुए उसके द्वारा पूरे किए गए कितने काम, कितने टार्गेट्स···उनकी कोई कीमत नहीं एक थर्मस के नीचे लटकने के सामने? वह सोचता था, उसका विभाग उसे सुरक्षा देगा, बाहर की आंधी-बारिश से बचाएगा···उसने भी लतया दिया। साल दर साल दफ्तर के लिए सुबह-शाम खुद को गलाने के बाद आज वह कहां है···ब्रह्मांड में उतराता यह एक बिंदु किसका? घूम-फिरकर घर-परिवार···वहां भी वकत दफ्तर के हिसाब से घटती-बढ़ती है। नीचे की रेत तेजी से सरक रही है। नौकरी···जिसको जीवन का सर्वस्व समझा, वह निकला सिर्फ एक गुब्बारा···सूई की एक नोक छू देने भर से जिसकी हवा निकल जाती है।

वह हताश था। किसी ने सलाह दी कि अभी कुछ नहीं बिगड़ा है, बड़े साहब अपने फैसले को 'रिव्यू' कर सकते हैं तो उसके लिए दरख्वास्त लगा दी। कुछ ही दिनों में 'रिव्यू पिटीशन' का दो लाइनों में जवाब आ गया–

'अधोहस्ताक्षरी को कहने का निर्देश हुआ है कि उसके आवेदन पर बहुत ही ध्यान से विचार किया गया और यह पाया गया कि उसकी इस प्रार्थना में कुछ भी मेरिट नहीं

है कि पुराने आदेश को रिव्यू किया जाए, पिटीशन खारिज किया जाता है।'

उसकी कॉन्फीडेंशियल रिपोर्टें, जो जब से उसने नौकरी शुरू की थी, उसके काम के आधार पर 'बहुत अच्छी' और 'असाधारण रूप से अच्छी' के नीचे कभी नहीं रहीं···वे सब घुल जाएंगी, उन पर एक इस चेतावनी का पानी फिर जाएगा···पानी, जो एक मामूली-से थर्मस से लुढ़का था···

अगले साल उसका एक प्रमोशन आने वाला है, पर 'चेतावनी' का असर पांच वर्षों तक रहता है—यानी प्रमोशन का नंबर आने पर भी उसे चेतावनी मिले होने के कारण दरकिनार कर दिया जाएगा। अब इसी पद पर वह लटका रहेगा, तनख्वाह वहीं की वहीं। उसके साथी उसके ऊपर चले जाएंगे, दफ्तर में बेइज्जती···वह स्वैच्छिक रिटायरमेंट लेने का मन बनाने लगा···तभी उसके एक सहकर्मी ने—कानून में जिसकी थोड़ी-बहुत पैठ थी—उसे ललकारा···

"अरे···ये साली ब्यूरोक्रेसी! ये बंदे जीवित लोग नहीं होते कि किसी का दुःख इन्हें छुए···मुर्दे हैं साले, मुर्दे···या बहुत हुआ तो मशीन···लकीर के फकीर···वर्ना वह कलक्टर का बच्चा एक यात्री के रूप में सीधा न लड़ता तुमसे और बात वहीं खत्म हो जाती···या अपना ये बिग बॉस मामले की तह में जाने की बजाय ऊपर-ऊपर से निपटता है···शब्दावली साली ऐसी कि आवेदन पर गंभीरता से विचार किया गया जबकि ठीक से देखा तक नहीं होगा। तुम्हारी गलती कि तुमने सच को सच के रूप में पेश किया···उन्हें दिखेगा ही नहीं। इन्हें तब दिखता है, जब इनका कुछ नुकसान होने की संभावना हो। यही चीज उन्हें मैं दिखाऊंगा। कल वकील की सलाह से ड्राफ्ट बनाकर लाता हूं···ड्राफ्ट क्या फेयर लाऊंगा···तुम्हें कोई चीज गलत ही नहीं लगेगी तो दस्तखत कैसे नहीं करोगे···"

दूसरे दिन जो वह लाया, वह विभाग के बड़े साहब को 'चेतावनी' वापस लेने के लिए आवेदन था, मगर कानूनी भाषा में खरखराता हुआ, जिसमें मुख्य दलीलें एक-दो-तीन करते हुए यों दी गई थीं—

(1) इन आरोपों पर स्थानीय न्यायालय का फैसला हो चुका और मामले को बंद किया जा चुका है।

(2) कलक्टर के पत्र के आधार पर उसे चेतावनी की सजा दी गई, पर न तो मौका-ए-वारदात पर और न ही आपके स्तर पर सच का पता लगाने के लिए कोई जांच की गई। बिना जांच के कोई निष्कर्ष कैसे निकाला जा सकता है?

(3) सारे तथाकथित अपराध डिब्बे या रेलवे प्लेटफॉर्म पर हुए, जहां कितने अन्य लोग भी मौजूद थे। अपराध साबित करने के लिए किसी स्तर पर एक का भी साक्ष्य नहीं लिया गया। उसके और कलक्टर के अलावा चौथी बर्थ पर एक

तीसरा यात्री भी था, वह चश्मदीद गवाह हो सकता था। उसकी गवाही क्यों नहीं ली गई?

(4) आरोप सिर्फ इस बिना पर कि वह कलक्टर के स्तर से लगाए गए हैं, बिना तहकीकात मान लिए गए और आपने दंड भी दे डाला, 'विदाउट एप्लीकेशन ऑफ माइंड'। उच्चतम न्यायालय के निर्णय में कहा गया है कि 'एप्लीकेशन ऑफ माइंड' होना चाहिए। आपके आदेश को कोर्ट में चुनौती देने की मुझे इजाजत दी जाए।

(5) कलक्टर ने आपको अपने पत्र में लिखा है कि मैं समाज के लिए खतरा हूं। मेरे व्यक्तित्व का ऐसा दोष इतने सालों की कॉन्फीडेंशियल रिपोर्ट में कभी नहीं लिखा गया। मुझे कलक्टर के खिलाफ मानहानि का मुकदमा दायर करने और पूरे प्रकरण से जो मुझे शारीरिक और मानसिक क्लेश पहुंचा, उसके मुआवजे का दावा करने की इजाजत दी जाए।

उपरोक्त तथ्यों को देखते हुए चेतावनी के आदेश का पुनरावलोकन किया जाए, इसे वापस लिया जाए वर्ना इसके खिलाफ न्यायालय में जाने के लिए मुझे बाध्य होना पड़ेगा।

डी०जी० के यहां कानूनी भाषा से लैस जब यह नया आवेदन पहुंचा तो ऊपर से दो दिनों के भीतर नया आदेश आ गया–

'अधोहस्ताक्षरी को यह कहने का निर्देश हुआ है कि चेतावनी से संबंधित आपके मामले पर नए तथ्यों के परिप्रेक्ष्य में विस्तार से विचार किया गया। सभी पक्षों पर ध्यानपूर्वक विचार करने के बाद 'डायरेक्टर जनरल' आपको दी गई 'चेतावनी' को निरस्त कर प्रसन्नता अनुभव करते हैं। पत्र संख्या···को वापस लिया हुआ मान लिया जाए···'

प्रकरण वहां समाप्त हो गया। आगे उसे समय पर प्रमोशन मिला, रिटायरमेंट तक विभाग की तरफ से किसी बात पर उसे छेड़ा नहीं गया, यह तो हुआ, लेकिन दरअसल उसे एक किनारे डाल दिया गया था···सब तटस्थ। नौकरी के बाकी साल वह एक तरह से अजूबा बना रहा, लोग उसे, दूर से···थोड़ी उत्सुकता-भरी नजरों से घूरते और बाहर निकल जाते, उसके पास आने से कतराते। एक तरह से उसका सामाजिक बहिष्कार हो गया था। कुछ एक-दो पुराने दोस्त ही रहे, जो रहे, नया एक नहीं बना। उनके पास उसका यह किस्सा पहले से ही पहुंच जाता और वे छिटक जाते। उसकी भी कुछ ऐसी आदत पड़ गई थी कि परिचय के बाद जो कोई उसके भीतरी वृत्त में आता जैसा दिखता, वह न भी पूछता तो भी यह अपनी सफाई में इस वाकये को तफ्सील से बताता···एक-एक चीज। खूब बोलता-बोलता चला

जाता, तीन-तीन दिनों तक बताता रहता···कथा···कथा की उपकथाएं, छोटी कथाएं ···जैसे बड़ी डगाल से छोटी डगाल, उससे टहनियां, उपटहनियां···

वैसा किसी को प्रभावित करने के लिए नहीं होता था, खुद को धोने के लिए था। एक-दो दिनों की उस घटना में उसे शुरू से आखिर तक गलत समझा गया, वही आगे भी तनता चला गया···यहां तक चला आया। वह कितना बोले···घाट पर लगी कीच धुलती नहीं, भीतर का घाव किसी को नहीं दिखता—कितना अपमान! उसे किस कदर ज़लील किया गया, डिब्बे के भीतर से होल्डाल की तरह उसे उठाया और प्लेटफॉर्म पर फेंक दिया, उसे दोनों तरफ से पकड़ा···कैदी की तरह, हथकड़ी नहीं डाली तो क्या, उनके हाथ हथकड़ी थे, नंगे पैर हवालात तक ले गए, सीखचों के पार खाली फर्श पर पाड़ दिया···शुकदेव सिंह ने उसे उसी हालत में देखा···कचहरी में पेशी, लोगों ने कैसी-कैसी फब्तियां कसीं···

लोगों को (यहां तक कि सगी बहन को भी) आज, इतने सालों बाद उसके जीवन में एक वही घटना दिखती है। जैसे उसके जीवन में कुछ और हुआ ही नहीं—नौकरी के लिए इम्तहान में बैठना, चुना जाना, नौकरी में एक से एक काम जो उसने किए, परिवार की जिम्मेदारियां जो निबाहीं, लड़के को सैटिल किया, लड़की की शादी की, रहने के लिए मकान बनवाया···उसका कोई जिक्र नहीं, शुरू हो जाएंगे···'वो सुना था···आपको···जेल···'

गुजरते सालों के साथ हवालात जेल हो गई···कौन जाने आगे चलकर हवालात के कुछ घंटों को जेल के साल मान लिया जाए···और लोग तसल्ली देते आएं—'चलो, कैद बमशक्कत तो नहीं थी···'

मशक्कत की थी—दिमागी, दिली···करीमगंज के कलक्टर से जो मिली, वह उम्रकैद थी···जीवन एक घटना में कैद होकर रह गया!

[2010]

❑❑